De quiltclub

Jennifer Chiaverini

De quiltclub

Vertaald door Jeannet Dekker

ARENA

Oorspronkelijke titel: *The Quilters's Apprentice*
© Oorspronkelijke uitgave: 2005 by Jennifer Chiaverini
© Nederlandse uitgave: Arena Amsterdam, 2005
© Vertaling uit het Engels: Jeannet Dekker
Omslagontwerp: Marry van Baar
Foto achterzijde omslag: Michelle Allen
Typografie en zetwerk: CeevanWee, Amsterdam
ISBN 90 6974 685 9
NUR 302

Voor Geraldine Neidenbach en Martin Chiaverini,
met al mijn liefde

Gerda Bergstrom (* 1831)
en andere niet nader
genoemde broers en zusse

Anneke Stahl (1838-1880)   X   Hans Bergstrom

Elizabeth Reese   X   David Bergstrom (* 1859)
Stephen (* 1859)
Albert
Lydia
George
Lucinda

Frederick Bergstrom (1888-1945)
Maude († 1918)   X   Louis († 1918)
Lily   X   Richard († 1918)
William
Clara (1905-1918)

Harold Midden   X
James Compson (1918-1945)   X
Joseph Emberly   X   Agnes Chevalier (* 1928)   X

Stacy
Laura

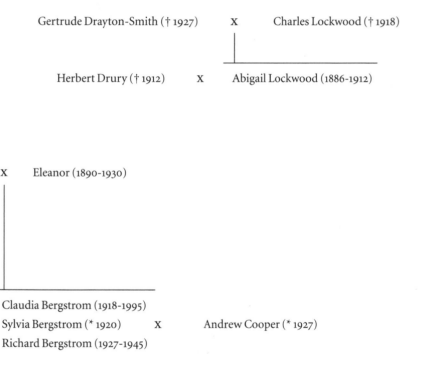

Gertrude Drayton-Smith († 1927) X Charles Lockwood († 1918)

Herbert Drury († 1912) X Abigail Lockwood (1886-1912)

X Eleanor (1890-1930)

Claudia Bergstrom (1918-1995)
Sylvia Bergstrom (* 1920) X Andrew Cooper (* 1927)
Richard Bergstrom (1927-1945)

X = gehuwd met

⌐‾‾‾‾‾ = kinderen van

Sarah leunde tegen de bakstenen muur en probeerde er ontspannen uit te zien, in de hoop dat geen van de voorbijgangers haar zou zien staan en niemand zich zou afvragen waarom ze op zo'n warme dag in een mantelpakje rondliep. Ze hield haar hand boven haar ogen tegen de zon en keek of ze Matts auto – hun auto – aan zag komen rijden, hoewel ze dat niet verwachtte. Hij was niet laat; zij was vroeg. Dit sollicatiegesprek was het kortste geweest dat ze ooit had gevoerd.

Een zweetdruppel liep tussen haar schouderbladen naar het smalle deel van haar rug, waar haar zijden blouse in haar donkerblauwe rok was gestopt. Ze trok haar jasje uit en vouwde het over haar arm, maar ze wist dat ze zich pas weer op haar gemak zou voelen als ze haar vertrouwde t-shirt en korte broek aan zou hebben. Een speldje hield haar haar uit haar gezicht, en onder de dikke, golvende, bruine lokken stond het zweet in haar nek. De mensen die langzaam langsliepen, op weg naar hun werk, de winkels of de zomercursus op het nabijgelegen Waterford College, leken zich al net zo verhit en ongemakkelijk te voelen als Sarah. Ze wist dat ze over een paar maanden zou klagen over de sneeuw, zoals iedereen in het hart van Pennsylvania, maar nu verlangde ze naar de herfst.

De handgreep van haar aktetas begon in haar handpalm te snijden. Terwijl ze de tas in haar andere hand nam, keek ze even naar de draaideur van het pand verderop. Het zou haar niets verbazen als ze de pech had dat een paar van de mensen die het sollicitatiegesprek hadden afgenomen een vroege lunchpauze zouden nemen en haar hier zouden zien rondhangen. Ze zouden waarschijnlijk erop aandringen dat ze binnen zou wachten, waar airconditioning was, en dan zou ze een beleefde manier moeten verzinnen om nee te zeggen. Of ze zou naar binnen moeten glippen als een kind dat een standje heeft gekregen. Bij alleen al de gedachte drukte ze haar rug tegen de muur en maakte ze zich zo klein mogelijk.

Er klonken twee korte stoten van een claxon, en toen zag Sarah hun rode pick-up naderen. Matt parkeerde aan de overkant langs het trottoir, en ze zette zich af tegen de muur en stak snel de straat over.

'Hoe ging het?' vroeg Matt toen ze naast hem ging zitten.

'Breek me de bek niet open.'

Hoewel ze had geprobeerd om luchtig te klinken, betrok het gezicht van Matt toch. Hij startte de auto, boog zich naar haar toe en gaf haar een klopje op haar knie. 'Je weet denk ik dat ik dit ook heel vervelend vind.'

'Dat je wat vervelend vindt? Je bent vroeg.'

'Je weet best wat ik bedoel, doe nu niet alsof het niet zo is. We moesten hierheen verhuizen vanwege mijn werk. Als ik hier geen baan had gekregen, waren we nooit gegaan.'

'Je hebt me niet echt aan mijn haren hierheen gesleept.' Sarah deed haar ogen dicht en zakte onderuit. 'Het is niet jouw schuld dat ik geen sollicitiegesprek kan voeren zonder als een volslagen idioot over te komen.'

'Dat kom je niet.'

'En het is niet jouw schuld dat ik geen werk heb.'

'Nou, ik voel me toch rot,' antwoordde hij, terwijl hij de auto tussen het overige verkeer voegde. 'Dat meen ik, Sarah, ik vind het echt heel vervelend.'

Natuurlijk vond hij het heel vervelend. Dat vond zij ook, maar haar kans om werk te vinden werd er niet groter door. En keihard werken om met goede cijfers te kunnen afstuderen en elk beschikbaar moment te besteden aan parttimebaantjes en stages om werkervaring op te doen, hielp blijkbaar evenmin. Zelfs de jaren die ze in haar laatste baan had gestoken deden haar blijkbaar meer kwaad dan goed. Potentiële werkgevers wierpen één blik op haar cv, zagen al de ervaring die ze met boekhouden had opgedaan en wilden haar niet meer in overweging nemen voor een andere functie.

Soms dacht Sarah terug aan die eerste jaren na haar studie en vroeg ze zich af hoe Matt en zij ooit zo hoopvol en optimistisch hadden kunnen zijn. Natuurlijk hadden hun vooruitzichten toen beter geleken, mede door de vreugde die een pasgetrouwd stel nu eenmaal voelde en door de naïeve kijk die ze toen op een carrière hadden gehad. Totdat haar baan als boekhouder voor een plaatselijke keten van supermarkten niet langer nieuw en spannend was en de dagen elkaar in een niet-aflatende sleur begonnen op te volgen. Matt had plezier in zijn baan op de campus van Penn State, maar kort nadat hij tot hoofd van zijn afdeling was benoemd, besloot de staat in het budget van de universiteit te schrappen. De hoge heren van de universiteit vonden dat ze het eerder zonder landschapsarchitecten dan zonder bibliotheekboeken en docenten konden stellen, wat betekende dat Matt en zijn collega's geen baan meer hadden.

Ze ontdekten al snel dat er in een universiteitsstadje van gemiddelde grootte in het hart van Pennsylvania weinig open vacatures waren. Matt kon geen vast werk vinden en alleen wat losse klussen doen voor een aantal van zijn voormalige docenten landbouwkunde. Zijn ex-collega's vonden een voor een banen in andere steden, en soms zelfs andere staten. Maar Matt wilde per se een baan vinden in State College, het stadje waar Sarah en hij elkaar hadden leren kennen, waar ze waren getrouwd en waar ze ooit hun kinderen hoopten op te voeden.

Uiteindelijk verdween zelfs Matts aangeboren optimisme en raakte hij elke maand steeds meer ontmoedigd. Sarah merkte al

11

snel dat ze 's morgens zo stilletjes mogelijk naar haar werk ging, zich afvragend of ze meer moest doen om hem aan een baan te helpen en bang dat hij, als ze hem meer zou helpen, zou denken dat ze twijfelde aan zijn vermogen om op eigen houtje iets te vinden.

Naarmate de tijd vorderde werden haar zorgen minder, maar helemaal verdwijnen deden ze nooit. Matt maakte het beste van de parttimebaantjes die hij kon krijgen, en Sarah was trots op hem. Ze zag hem voortzwoegen en probeerde niet al te veel over de saaiheid van haar eigen werk te klagen. Ze maakte gewoon jaar na jaar haar uren vol en inde haar salaris en bedankte haar baas voor de jaarlijkse gratificatie. Ze wist dat ze dankbaar moest zijn, maar diep in haar hart had ze het gevoel dat er iets ontbrak.

Op een keer in december, toen ze samen met Matt de kerstboom aan het optuigen was, telde Sarah het aantal Kerstmissen dat ze in die woning hadden gevierd.

'Zoveel al?' vroeg Matt. Er verscheen een droevige blik in zijn ogen. 'Ik had gedacht dat we ondertussen wel een eigen huis zouden hebben.'

Sarah hing een volgende bal aan een hoge tak en dacht snel na. 'Heel veel mensen wachten nog veel langer voordat ze een eigen huis kopen. En ik woon hier trouwens wel prettig.'

'Zoveel jaar in deze woning, en een groot deel van die tijd zonder vast werk.'

'Zoveel jaar centjes tellen. Het is een wonder dat mijn hersenen nog niet in pap zijn veranderd.'

Matt probeerde te lachen. 'Misschien hebben we wel last van een midlifecrisis.'

'Spreek voor jezelf. Daar ben ik nog niet oud genoeg voor.'

'Je weet wat ik bedoel. Zou het niet leuk zijn om opnieuw te beginnen, nu we weten wat we toen nog niet wisten?'

Ze pakte zijn hand en gaf die een kneepje om te laten merken dat ze het begreep.

Een paar weken later kwam een groepje vrienden bijeen in hun kleine flatje om het nieuwe jaar in te luiden. Ze keken de hele dag naar bowling en verklaarden hoe geweldig de Nittany Lions wel niet waren, en een half uur voor middernacht zagen ze op tv de bal op Times Square naar beneden zakken en vertelden ze om beurten wat hun goede voornemens waren. Iedereen barstte in lachen uit toen Sarah vertelde dat ze het examen voor registeraccountant wilde afleggen, zodat ze voor zichzelf zou kunnen beginnen. Ze merkten tamelijk treffend op dat het niet zo'n groot verschil zou betekenen met het werk dat ze nu deed en waaraan ze een hekel had. Ze begreep wat ze bedoelden, maar elke verandering, hoe gering ook, zou een opluchting zijn.

Toen stond Matt op en kondigde zijn voornemen aan: een vaste baan vinden, ook al zou hij er State College voor moeten verlaten.

Sarah keek hem met opgetrokken wenkbrauwen aan, een boodschap zonder woorden die hij onmiddellijk begreep. Hij voegde er snel aan toe: 'Als jij dat tenminste ziet zitten, liefje. Als je het niet erg vindt om te verhuizen.'

'Ik blijf liever hier, als je het niet erg vindt.'

'Maar we willen allebei opnieuw beginnen, dat zei je zelf.'

'Ik denk dat het tijd wordt om je op een droogje te zetten.' Ze glimlachte om haar woorden te verzachten en pakte het blikje bier uit zijn hand. Het was niet zijn goede voornemen dat haar zorgen baarde, maar de manier waarop hij het had gebracht en haar zomaar met iets heel belangrijks had geconfronteerd – ten overstaan van anderen. Matt was doordacht en geduldig, geen man voor verrassingen. Het was niets voor hem om beslissingen te nemen die hun allebei aangingen zonder eerst met haar te praten.

Ze wachtte totdat hun gasten weg waren en de rommel van het feestje opgeruimd was. Toen zette ze hem klem in de badkamer, waar hij zijn tanden aan het poetsen was. 'Zou je me volgende keer even kunnen waarschuwen voordat je zulke belangrijke beslissingen aankondigt, zeker wanneer je het ten overstaan van al onze vrienden doet?'

Matt spuugde zijn tandpasta uit. 'Het spijt me, Sarah. Ik zei het zonder nadenken.' Hij spoelde zijn mond en spuugde weer. 'Hoewel, dat is niet helemaal waar. Ik heb hier al heel vaak over nagedacht.'

'Over verhuizen?'

'Over ergens anders opnieuw beginnen. Toe nou, Sarah. Je hebt een hekel aan je baan en ik kan er geen vinden. Ergens anders kan het niet erger worden, en ik durf erop te gokken dat het alleen maar beter kan worden.' Hij keek haar even onderzoekend aan. 'Durf jij de gok te wagen?'

Sarah keek hem aan en dacht eraan hoe lang hij al op zoek was naar een vaste baan, hoeveel keren hij al een heel dagloon uit verschillende kleine klusjes bij elkaar had moeten schrapen en aan het feit haar eigen baan zo saai was dat ze 's morgens niet eens meer haar bed uit wilde komen.

'Ik zal er eens over nadenken,' zei ze.

De volgende ochtend zei ze tegen hem dat ze de gok ook wel wilde wagen.

Een paar weken later vond Matt eindelijk een baan, in een stadje op meer dan twee uur rijden van State College. Sarah proostte er met hem op en probeerde niet al te ontstemd te zijn toen hij vertelde dat Waterford een nog kleiner universiteitsstadje in een nog landelijker gedeelte van Pennsylvania was, met een arbeidsmarkt die nog krapper was dan die in State College. Maar hoe kon ze nee zeggen nu Matt zo opgetogen was over zijn nieuwe baan? En hoe kon ze niet de kant van Matt kiezen toen haar moeder door de telefoon krijste: 'Je bedoelt dat je je baan opgeeft om met die... die tuinman mee te gaan?'

Sarah had haar moeder er kortaf aan herinnerd dat die 'tuinman' haar echtgenoot was met een academische titel in landschapsarchitectuur en eraan toegevoegd dat ze niet de moeite zou nemen om haar nieuwe adres door te geven als haar moeder niet bijdraaide. Haar moeder had nooit begrepen wat ze in Matt zag en had het ook nooit geprobeerd te begrijpen. Ze vertrok haar mond slechts tot een afkeurende streep en weigerde te zien wat Sarah zag, namelijk dat Matt een intelligente, bedachtzame, liefdevolle man was, met een groot hart en vol liefde voor de aarde en regen en alles wat groeide. Als Sarahs moeder dacht dat hij haar dochter dwong om in een boerentrien te veranderen, dan had ze het mis.

Sarah stak haar hand uit en streek Matt over zijn krullen. Van april tot oktober had hij blonde strepen in zijn haar van de zon en was zijn neus voortdurend verbrand. 'We zijn hier nog maar twee maanden. Ik had niet gedacht dat ik meteen iets zou vinden. Dat is niet realistisch.'

Matt keek haar even aan en richtte zijn blik toen weer op de weg. 'Ik weet dat ik het niet mag vragen, maar hoe ging het?'

'Het oude liedje,' mompelde Sarah. 'Hoe meer ik zei, des te glaziger de blik in zijn ogen werd. En toen zei hij: "Eerlijk gezegd zoeken we iemand die beter binnen onze bedrijfscultuur past." En toen een glimlach en een handdruk, en ik stond weer buiten.'

'Bedrijfscultuur?'

'Ik denk dat hij bedoelde dat ik een vreemde eend in de bijt zou zijn.'

'Ze denken er doorgaans een dag of twee over na voordat ze iemand afwijzen.'

'Dank je, lieverd. In welk opzicht had die opmerking me een beter gevoel moeten geven?'

'Je weet wat ik bedoel.' Matt keek haar verontschuldigend aan. 'Heb je gezegd dat je niet meer als boekhouder wilt werken?'

'Ja, maar dat hielp niet. Ik heb het gevoel dat ik getypecast ben.'

'Nou, geef het nog niet op, liefje. Er dient zich vast wel iets aan.'

'Ja.' Sarah wilde verder niets zeggen omdat ze bang was dat

het onvermijdelijk was dat ze sarcastisch zou klinken. Er dient zich vast wel iets aan. Dat had ze minstens één keer per week tegen Matt gezegd toen hij werkloos was, en hij had het nooit geloofd. Maar nu hij hetzelfde bleef zeggen, begon het een soort mantra te worden. Ze was dol op Matt, maar soms werd ze gek van hem.

Matt gaf richting naar links aan en verruilde de hoofdweg voor een grintweg. 'Ik hoop niet dat je het erg vindt, maar ik maak even een omweg.'

'Waar gaan we heen?' vroeg Sarah, terwijl de auto al schommelend over de smalle weg reed, een wolk van stof achterlatend.

'Gisteren kwam er een nieuwe klant op kantoor om over een contract te praten. Ze had een paar foto's van het huis bij zich, maar ik moet het terrein eerst zelf zien voordat Tony definitief kan tekenen. Het is niets bijzonders, gewoon het huisje van een oude dame. Ik dacht dat je me wel zou kunnen helpen zoeken.'

'Ik vind het best. Ik heb geen haast.' Ze hoefde toch nergens naartoe. Ze keek om zich heen, maar zag geen huizen, alleen akkers waarop de lichtgroene maïsstengels al kniehoog stonden, met erachter het donkerder groen van de met bomen begroeide heuvels.

De weg splitste zich, en Matt nam het nog smallere weggetje dat scherp naar links afboog, een dicht bos in. 'Zie je dat weggetje?' vroeg Matt, die met zijn duim over zijn schouder naar het andere weggetje wees, dat ze niet hadden genomen. 'Dat voert rechtstreeks naar de voorzijde van het huis, of dat zou althans het geval zijn als de brug over de Elm Creek nog functioneerde. De vrouw van wie het huis is, zei dat ik dit achterafweggetje moest nemen. Ze zei dat ze het zat is dat mensen altijd maar klagen dat ze naar het stadje moeten lopen om een sleepwagen te regelen.'

Sarah glimlachte zwakjes en greep zich vast aan haar stoel toen de auto hobbelend een helling op reed. De wegen in Pennsylvania waren berucht om hun gaten, maar deze weg leek erger dan de meeste andere. Toen de helling steiler werd, hoopte Sarah maar dat er geen tegenliggers zouden komen. Ze vroeg zich af of hier wel twee auto's naast elkaar konden rijden zonder dat ze met hun zijkant langs een boom zouden schrapen. Of erger.

Plotseling maakte het bos plaats voor een open plek. Voor hen stond een rode schuur met een verdieping die tegen de helling aan was gebouwd. De weg, die uit weinig meer bestond dan twee bandensporen die een asbreedte uit elkaar lagen en omringd waren door veel te lang gras, voerde van hen vandaan, de heuvel op, en verdween achter de schuur. Matt schakelde terug en volgde het weggetje.

Net achter de schuur voerde de weg over een laag bruggetje en verbreedde zich daarna tot een met bomen omzoomde grintweg. 'Iepen,' constateerde Matt. 'Ze zien er gezond uit, maar ik moet ze onderzoeken. Het huis moet hier ergens zijn.'

Sarah zag iets tussen de bomen. 'Daar. Ik zie het.' En toen, toen ze dichterbij kwamen en ze meer kon onderscheiden, sperde ze haar ogen open. Matts beschrijving had haar niet voorbereid op iets wat zo groots was. Het landhuis van grijze steen telde twee verdiepingen en was l-vormig, met houtwerk in tudor-stijl langs de dakranden en zwarte luiken voor elk van de vele ramen. De korte poot van de l wees naar het westen, in hun richting, en de andere vleugel was op het zuiden gericht. Op de plek waar beide vleugels elkaar ontmoetten, leidden vier stenen treden naar een deur.

'Jij noemde dit "gewoon het huis van een oude dame", Matt?'

De pick-up minderde vaart toen ze een oprit vol grint opreden die zich rond twee enorme iepen slingerde. Matt zette de auto stil en grinnikte naar Sarah toen hij de handrem aantrok. 'Wat vind je ervan? Best wel indrukwekkend, hè?'

'Dat is nog zacht uitgedrukt.' Sarah stapte uit en sloot het portier achter zich, met haar blik voortdurend op het huis gericht. Een steek van jaloezie schoot door haar heen, die ze snel onderdrukte.

'Ik dacht al dat je het mooi zou vinden.' Hij liep om de auto heen en kwam naast haar staan. 'Tony had mazzel dat hij haar als klant kon krijgen. Ik sta te popelen om de rest van het terrein te bekijken.'

Ze liepen het trapje op en klopten op de deur. Terwijl ze stonden te wachten, deed Sarah haar ogen dicht, genietend van het briesje. Ondanks de felle middagzon leek het hier minstens een graad of vijf koeler dan in de stad.

Even later klopte Matt nog een keer. 'Misschien is er niemand thuis.'

'Weten ze dat je zou komen?'

'Tony zei dat hij voor vandaag een afspraak voor me had gemaakt. Ik bel meestal even om het te bevestigen, maar ze hebben hier geen telefoon.' Hij hief zijn hand op om voor de derde keer te kloppen.

Plotseling zwaaide de deur open. Snel liet Matt zijn hand zakken. In de deuropening was een vrouw in een lichtblauwe jurk verschenen, die de indruk wekte halverwege de zeventig te zijn. Ze was langer en slanker dan Sarah, en haar zilvergrijze, bot geknipte haar viel in een rechterscheiding tot een paar centimeter onder haar kaak. Het enig zachte in haar gezicht was de enigszins uitgezakte huid rond haar kaak en de dunne lijntjes rond haar ogen en mond. Iets aan haar houding wees erop dat ze eraan gewend was te worden gehoorzaamd, en even vroeg Sarah zich af of ze een knix moest maken. Wie de oude vrouw ook was, ze paste even goed bij het trotse oude landhuis als Matt bij zijn stoere, betrouwbare pick-up, even goed als Sarah... waarbij paste zij eigenlijk? Het lukte haar niet om iets te bedenken, maar wilde dat dat wel zo was.

De vrouw zette de bril op die aan een dun zilveren kettinkje om haar nek hing. 'Ja?' vroeg ze, fronsend, alsof ze niet zeker wist of hetgeen ze zag haar wel beviel.

'Goedemiddag, mevrouw. Ik ben Matt McClure van Exterior Architects. Ik heb een afspraak om het terrein te fotograferen ten behoeve van de herstelwerkzaamheden waarom u hebt gevraagd.'

'Hm.' Haar argwanende blik gleed naar Sarah. 'En wie ben jij?'

'O, ik ben... eh, Sarah. Ik ben de vrouw van Matt. Ik ben gewoon met Matt mee gekomen.' Ze glimlachte even snel naar de vrouw en stak haar hand uit.

De vrouw aarzelde even en schudde haar toen de hand. 'Nou, jullie weten waarschijnlijk wel dat ik Sylvia Compson ben. Noem me maar mevrouw Compson.' Ze bekeek Matt van top tot teen en fronste. 'Ik had je al eerder verwacht.' Ze draaide zich om en liep de gang in. 'Nou, kom op, Matt en eh, Sarah. Kom binnen. En doe de deur achter je dicht.'

Sarah en Matt keken elkaar even aan en liepen toen achter mevrouw Compson aan naar binnen. Ze liep een kamer aan de linkerkant van de gang in en leidde hen naar een ruime keuken. De linkerwand was gevuld met kasten en apparatuur, en onder het raam was een gootsteen. Recht tegenover hen stond een magnetron als een vreemde eend op het aanrecht naast een krakkemikkig oud fornuis. Aan de andere kant van het fornuis was een open deur, en in de aangrenzende muur bevond zich een dichte deur. Het midden van het vertrek werd in beslag genomen door een lange houten tafel. Mevrouw Compson liet zich op een lage bank naast de tafel zakken en keek hen even aan. 'Wil je misschien een glas limonade, of ijsthee?' vroeg ze uiteindelijk, de vraag aan Matt richtend.

'Nee, dank u, mevrouw. Ik hoef alleen even het terrein te zien, zodat ik een paar foto's kan maken, en dan gaan we weer weg.'

Met haar blik nog steeds op Matt gericht knikte mevrouw Compson in de richting van Sarah. 'En zij? Misschien wil zij wel iets.'

'Een glas limonade lijkt me heerlijk,' zei Sarah. 'Graag. Ik heb buiten staan wachten...'

'De glazen staan in de kast en de kan limonade staat in de koelkast. Denk maar niet dat ik je ga bedienen.'

Sarah knipperde met haar ogen. 'Dank u. Ik vind het wel.' Ze schonk de vrouw een geforceerd glimlachje en liep om de tafel heen naar de kast.

'En nu moeten we zeker allemaal gaan zitten wachten totdat jij je glas leeg hebt, ook al zijn jullie er later dan afgesproken en hebben jullie me al lang genoeg van mijn werk gehouden.'

Sarah verstijfde. 'Als het te veel moeite is...'

'Mevrouw Compson,' viel Matt haar in de rede, terwijl hij Sarah over de schouder van de oudere vrouw hulpeloos aankeek. 'Tony heeft een afspraak voor twee uur gemaakt. We zijn vijf minuten te vroeg.'

'Hm. Tien minuten te vroeg is op tijd, en een kwartier te vroeg is vroeg, als een eerste indruk je iets kan schelen. Nou, gaat ze nog iets te drinken pakken of blijft ze me aangapen tot ze wortel heeft geschoten?'

'Mevrouw Compson...'

'Het geeft niet, Matt,' onderbrak Sarah hem, hopend dat ze mevrouw Compsons strakke blik even streng beantwoordde. 'Ik wacht hier wel op je.' Het was een prachtig landgoed, maar om Matts klant tevreden te stellen zou Sarah hier blijven zitten en er niets meer van zien dan deze ene ruimte. Maar ze nam liever een glas limonade dan dat ze nog een minuut langer in het gezelschap van mevrouw Compson zou verblijven.

Mevrouw Compson knikte tevreden. 'Kom,' zei ze tegen Matt, terwijl ze stijfjes opstond. 'Ik zal je het terrein aan de voorzijde laten zien.' Ze liep zonder om te kijken de keuken uit.

Verbaasd trok Sarah aan Matts mouw. 'Wat heb ik verkeerd gedaan?' fluisterde ze, zodat de oude vrouw haar niet zou horen.

'Je hebt niets verkeerds gedaan. Ik weet niet wat haar scheelt.' Hij keek naar de deur en schudde vermoeid zijn hoofd. 'Luister, zal ik je anders naar huis brengen? Ik kan later wel teruggaan om foto's te nemen.'

'Nee, dat zou alles alleen maar erger maken. Ik wil niet dat je problemen krijgt.'

'Die krijg ik niet.'

'Het is al goed. Ik wacht hier wel. Echt.'

'Nou, als je het zeker weet...' Matt leek nog steeds te twijfelen, maar hij knikte. 'Goed. Maar ik zal me haasten, des te eerder kunnen we hier weg.' Hij gaf haar snel een zoen en glimlachte even geruststellend. Toen liep hij snel de keuken uit, mevrouw Compson achterna.

Sarah keek hem na, slaakte toen een zucht en maakte de kastdeur open, op zoek naar een glas. Ze vroeg zich af waarom de vrouw haar eigenlijk iets te drinken had aangeboden als het zoveel moeite was. Ze vond een glas, en toen ze de kast weer dichtdeed, keek ze uit het raam en zag de pick-up staan. Ze vroeg zich even af of ze daar zou wachten totdat Matt klaar was, maar dan zou de oude vrouw misschien denken dat ze Sarah met succes had verjaagd, en dat plezier gunde Sarah haar niet.

De koelkast stond vlak naast de dichte deur. Nadat ze een glas limonade had ingeschonken en de kan weer had teruggezet, ging ze op het bankje zitten en liet haar ellebogen op tafel rusten. Ze nipte van de koele, zoete vloeistof en keek om zich heen. Matt zou zeker een uur bezig zijn, misschien nog wel langer. Haar blik bleef op de dichte deur naast de koelkast rusten.

Nieuwsgierig stond Sarah op en pakte haar glas over met haar linkerhand. Ze veegde het beslagen glas met haar rechterhand droog en voelde aan de deurknop. Toen ze merkte dat de deur niet op slot zat, maakte ze hem open. Aan de andere kant was een klein kamertje, een soort bijkeuken met planken vol ingemaakte groenten en fruit en stoffen zakken waarvan niet duidelijk was wat ze bevatten. Ze deed de deur weer dicht en liep, na een korte blik in de richting waarin de oude vrouw was verdwenen, door de open deur aan de linkerkant.

Ze kwam terecht in een zonnige, aangename zitkamer, die langer en breder dan de keuken was en vol stond met gestoffeerde meubels die langs de ramen en rond de haard waren geplaatst. Aan de muren hingen vrolijke aquarellen, en op een tafel stond een naaimachine. Een stoel stond er vlak naast, alsof er kort geleden nog iemand had gezeten. Op de grootste bank lagen twee kussens en een klein stapeltje keurig gevouwen lakens, vlak naast een...

Sarah hapte naar adem en liep erheen om eens beter te kunnen kijken. Ze vouwde de deken met een hand open en drapeerde hem over de bank. Het is geen deken, het is een quilt, verbeterde ze zichzelf, over de stof aaiend. Kleine ruiten in alle tinten blauw, paars en groen vormden achtpuntige sterren, en de lichtere stof was bedekt met een vloeiend, op veertjes lijkend patroon dat van onvoorstelbaar kleine, gelijkmatige steekjes was gemaakt. Een smalle kronkelende baan van donker smaragdgroen slingerde zich langs de randen. 'Wat mooi,' fluisterde Sarah. Ze tilde een randje op, zodat het licht erop viel en ze de quilt beter kon bekijken.

'Als je limonade op die quilt morst, zul je er spijt van krijgen, dat kan ik je verzekeren,' zei een stem achter haar snauwend. Sarah hapte naar adem, liet de quilt los en draaide zich met een ruk om. Mevrouw Compson stond met een boos gezicht in de deuropening, haar handen op haar heupen.

'Mevrouw Compson... Ik dacht dat u met Matt...'

'Ik geloof niet dat ik heb gezegd dat je hier mocht komen,' onderbrak de oudere vrouw haar. Sarah sprong opzij toen mevrouw Compson naar de gevallen quilt beende en zich langzaam vooroverboog om hem op te pakken. Ze rechtte moeizaam haar rug, vouwde de quilt zorgvuldig op en legde hem weer op de bank. 'Je kunt buiten op je echtgenoot wachten,' zei ze over haar schouder. 'Als je tenminste de weg naar buiten kunt vinden zonder af te dwalen.'

Sarah knikte zwijgend. Ze zette haar glas op het aanrecht en snelde door de gang naar buiten. Idioot, zei ze verwijtend tegen zichzelf toen ze de achterdeur opende. Ze rende het trapje af en liep toen zo snel als haar hoge hakken het haar toestonden naar de pick-up. Ze ging op de passagiersstoel zitten, liet haar elleboog op het naar beneden gedraaide raampje rusten en beet op haar duimnagel. Was mevrouw Compson zo boos dat ze het contract zou annuleren? Als Matt zijn nieuwe baan kwijt zou raken omdat Sarah een van zijn opdrachtgevers had beledigd, zou ze het zichzelf nooit vergeven.

Een half uur later kwam Matt om de hoek van de zuidelijke vleugel te voorschijn. Sarah zag dat hij naar de achterdeur liep en aanklopte. De deur zwaaide bijna meteen open, maar Sarah kon vanaf haar plaatsje in de auto het interieur van het huis niet zien. Ze schoof onrustig op haar stoel heen en weer terwijl Matt en de onzichtbare oude vrouw een gesprek voerden. Ten slotte knikte Matt en stak hij bij wijze van afscheidsgroet zijn hand op. De deur ging dicht, en Matt liep de treden af, terug naar de auto.

Sarah probeerde zijn gezichtsuitdrukking te peilen toen hij instapte. 'Ik dacht dat je binnen zou wachten, lieverd. Wat doe je hier?' vroeg hij met een opgewekte lach, maar hij vervolgde, zonder op antwoord te wachten: 'Je had het terrein moeten zien.'

'Dat wilde ik ook,' mompelde Sarah.

Als Matt haar al hoorde, was hij te enthousiast om te reageren. Op weg terug naar Waterford beschreef hij het golvende gazon, de verwilderde tuin, de boomgaard en de beek die over het landgoed liep. Gewoonlijk zou Sarah geboeid zijn geweest, maar nu maakte ze zich te veel zorgen over wat hij zou zeggen als ze hem vertelde dat ze in het huis van zijn klant had rondgesnuffeld.

Ze wachtte tot na het eten, toen de ongerustheid haar eindelijk te veel werd. 'Matt,' begon ze toen ze de borden in de afwasmachine zette, 'waar hadden jij en mevrouw Compson het vlak voor ons vertrek over?'

Matt spoelde hun messen en vorken af en draaide de kraan dicht. 'Over niets bijzonders,' zei hij, terwijl hij het bestek in het mandje zette. 'Ze vroeg wat ik van de tuin aan de noordkant van het huis vond en zei dat ze me morgen wel weer zou zien.'

'Dus ze heeft de opdracht niet ingetrokken?'

'Nee, waarom zou ze dat doen?'

Sarah aarzelde. 'Nou, eerlijk gezegd liep ik in haar huis rond te snuffelen en heeft ze me betrapt.'

Hij trok een bezorgd gezicht. 'Rond te snuffelen?'

'Het is niet zo erg als het klinkt. Ik ben haar zitkamer binnen gegaan en heb een quilt aangeraakt. Daar werd ze nogal boos over.' Sarah kon hem niet aankijken. 'Ik was bang dat ze een andere tuinarchitect zou inhuren.'

Matt grinnikte en zette de afwasmachine aan. 'Je maakt je te veel zorgen. Ze heeft de opdracht niet ingetrokken.' Hij stak zijn armen naar haar uit.

Ze liet zich met een opgeluchte zucht in zijn armen vallen. 'Ik had gewoon in de keuken moeten blijven, maar ik verveelde me. Ik wilde iets meer van het huis zien omdat ik toch niks van de tuin te zien kreeg.'

'Ik ben er de hele zomer. Ik leid je wel een andere keer rond.'

'Als mevrouw Compson er maar niet achter komt.' Sarah stond niet te springen om haar weer te zien. 'Zeg eens, Matt, hoe komt zo'n onbeleefd oud mens aan een prachtig landhuis en die prachtige quilt en zo'n groot terrein terwijl een leuk stel als wij alleen maar de helft van een vervallen huisje heeft? Het is niet eerlijk.'

Matt maakte zich van haar los en keek aandachtig naar haar gezicht. 'Ik weet niet of je nu een grapje maakt of niet. Zou je echt zoals zij willen zijn en daar helemaal alleen in dat grote huis willen wonen, zonder familie of zelfs maar een hond om je gezelschap te houden?'

'Natuurlijk niet. Het is duidelijk dat dat huis haar niet gelukkig maakt. Ik zit liever met jou in een hutje dan dat ik in mijn eentje in het grootste landhuis ter wereld woon. Dat weet je best.'

'Dat dacht ik wel.' Hij hield haar dicht tegen zich aan.

Sarah omhelsde hem – en kon zichzelf wel voor de kop slaan. Hoe lang zou het nog duren voor ze eens na zou denken voordat ze zei wat in haar opkwam? Dezelfde gewoonte schaadde haar bij haar sollicitatiegesprekken, en als ze die neiging niet snel zou leren onderdrukken, zou dat hypothetische hutje inderdaad weleens hun volgende adres kunnen zijn.

De volgende morgen zat Sarah aan de ontbijttafel door de krant te bladeren, wensend dat ze zich, net als Matt, klaar moest maken om naar haar werk te gaan. Ze hoorde hem boven rondscharrelen, en aan de geluiden aan de andere kant van de muur met de buren te horen waren een paar van de zes studenten die de andere helft van het pand huurden zich ook aan het voorbereiden op de dag. Elke ochtend leek het alsof iedereen ergens heen moest, dat iedereen ergens nodig was behalve Sarah.

'Dan blijf je hier maar zitten mokken. Dat zal echt helpen,' mompelde ze. Ze nipte aan haar koffie en sloeg de bladzijde om, hoewel ze geen woord had gelezen. Bij de buren zette iemand de stereo aan, zo luid dat Sarah zich vaag bewust was van de dreunende baslijn, maar ook weer niet zo luid dat ze op de muur kon gaan bonken. Ze wist uit ervaring dat de lage dreun rond een uur of twaalf zou ophouden en dan ergens tussen half zeven en zeven uur 's avonds weer zou beginnen en tot middernacht zou aanhouden. Soms was het patroon in het weekend anders, maar veel verschil was er niet.

Het geluid zou haar waarschijnlijk lang niet zo hebben geërgerd als ze een goed humeur had gehad. Na ruim een maand voelde werkloos zijn niet langer als een vakantie, sinds tot haar was doorgedrongen dat er maar een paar personeelsadvertenties in de *Waterford Register* stonden die ook maar enigszins op haar van toepassing leken. En na twee maanden van werkloos zijn, vier onopvallende sollicitatiegesprekken en meer onbeantwoorde sollicitatiebrieven dan ze kon verwerken, was Sarah een beetje bang dat ze nooit meer aan de bak zou komen.

Matt kwam de trap af en liep de kamer in. Hij bleef even achter haar stoel staan, gaf haar een kneepje in haar schouder en liep toen verder naar de keuken. 'Is er nog iets?' vroeg hij, terwijl hij koffie in zijn thermoskan schonk.

'Ik weet het niet. Ik heb de advertenties nog niet bekeken.'

'Die las je vroeger altijd het eerst.'

'Ik weet het. Ik zag nu alleen een interessant artikel over...' Ze keek naar de grootste kop op de pagina. 'De zuivelprinses. Ze hebben net een nieuwe gekozen.'

Matt verscheen grijnzend in de deuropening. 'Moet ik geloven dat je zoveel belangstelling voor zuivel hebt dat je vergat om naar de advertenties te kijken?'

'Geen zuivel, de zuivelprinses.' Ze deed de krant dicht, leunde met haar ellebogen op tafel en wreef in haar ogen. 'Dat is iets anders. Een zuivelprinses is... Ach, ik heb eigenlijk geen idee wat een zuivelprinses is.'

'Misschien moet je Hare Majesteit maar eens bellen om te vragen of ze nog accountants nodig heeft om haar koeien te tellen.'

'Goh, je hebt vandaag wel gevoel voor humor, zeg.'

'Ja, dat is zo. Matt McClure, komiek.' Hij stak zijn hand uit en streek haar over haar schouder. 'Toe, Sarah. Je weet dat je hier uiteindelijk wel iets zult vinden, als je maar blijft zoeken. Ik zeg niet dat het gemakkelijk of snel zal gaan, maar het gebeurt heus wel.'

'Misschien.' Sarah wou dat ze er net zo zeker van kon zijn.

Matt keek op zijn horloge. 'Hoor eens, ik ga liever niet weg als je je zo rot voelt...'

'Doe niet zo gek.' Sarah stond op en schoof haar stoel onder tafel. 'Het gaat best. Als je elke keer wanneer ik me niet zo best voel vrij zou moeten nemen, dan zou je al snel net zo werkloos zijn als ik.'

Ze liep achter hem aan naar de deur, gaf hem een afscheidszoen en keek hem daarna door de hordeur na toen hij wegreed. Toen beval ze zichzelf weer aan tafel te gaan zitten en de opzijgeschoven krant weer te pakken. Nadat ze een kwartier de pagina's had bestudeerd, voelde ze iets van hoop opvlammen. Er waren twee nieuwe advertenties waarin kandidaten met een graad in de economie of marketing werden gevraagd. Ze liep met de krant en een kop verse koffie naar de tweede slaapkamer, die ze als kantoortje gebruikten. Misschien moest ze de filosofie van Matt gaan hanteren. Misschien waren hard werken en een beetje geluk wel alles wat ze nodig had. Als ze het volhield, zou ze heus wel voor haar vijfenzestigste een goede baan vinden.

De diskette met haar cv lag naast de computer, waar ze hem had laten liggen toen ze er voor het laatst aan had gewerkt. Ze voerde een paar wijzigingen in, printte haar cv een paar keer uit en ging daarna douchen en haar kleren aantrekken. Een uur later stond ze bij de halte op de bus naar de stad te wachten.

Waterford, Pennsylvania, was een stadje met ongeveer vijfendertigduizend inwoners, een aantal dat met vijftienduizend steeg wanneer het academisch jaar begon. Het centrum grensde aan de campus en bestond, op een paar gebouwen van de gemeente na, uit kroegen, hippe restaurantjes en winkels die zich op de studenten richtten. De plaatselijke bevolking wist dat ze voor haar overleven afhankelijk was van de telkens veranderende studentenpopulatie, en hoewel veel inwoners blij waren met het geld dat ze verdienden, vonden ze de afhankelijkheid vreselijk. Soms uitte het collectieve afgrijzen van het stadje zich in een plotselinge vlaag van regels op het gebied van huisvesting en geluidsoverlast en sloegen de studenten terug met boycots en sarcastische opmerkingen in het universiteitsblad. Sarah was er niet zeker van welke kant ze moest kiezen. De studenten behandelden haar als een lid van de gevestigde orde, dat met argwaan tegemoet werd getreden, maar de plaatselijke bevolking zag haar voor zo'n verachtelijke studente aan. Ze probeerde het probleem op te lossen door tegen iedereen vriendelijk te zijn, zelfs tegen hun luidruchtige buren en de incidentele detailhandelaar die haar angstvallig in de gaten hield, alsof ze er elk moment met de helft van de inventaris vandoor kon gaan, maar veel leek het niet te helpen.

Ze stapte uit bij de halte die het dichtst bij het postkantoor lag, met haar cv's in haar rugzak. Het was vochtig en bewolkt. Ze keek naar de grijze wolken en versnelde haar pas. In de afgelopen weken had ze door schade en schande geleerd dat de zomerse regenbuien in hun nieuwe woonplaats even kort en heftig als onverwacht waren. Ze zou zich moeten haasten als ze nog langs de markt wilde en de bus naar huis wilde halen zonder doorweekt te raken.

Op het postkantoor was ze binnen een paar minuten klaar, en nadat ze een paar boodschappen had gedaan, had ze nog tien minuten over voordat de volgende bus zou komen. Ze liep langzaam in de richting van de bushalte, ondertussen naar de etalages kijkend en erop lettend of ze misschien donderslagen hoorde.

Toen haar oog op een aantal felle kleuren viel, bleef ze even staan om beter te kunnen kijken. Haar ogen vlogen bewonderend verder open toen ze de rood met groene quilt zag die in de etalage van een winkel hing. Acht identieke ruiten, die elk bestonden uit zestien kleinere ruiten, vormden een grote ster met acht punten. Door de manier waarop de kleuren waren gebruikt, werd de illusie gewekt dat de ster vanuit het midden naar buiten toe straalde. Tussen de punten van de ster waren piepkleine steekjes aangebracht die op de achtergrond een patroon van kransen vormden. De quilt had iets bekends, en opeens wist ze waarom: het patroon leek erg op dat van de quilt die ze een dag eerder in de zitkamer van mevrouw Compson had gezien.

Terwijl Sarah de quilt aandachtig bestudeerde, wenste ze dat ze wist hoe ze zoiets moois kon maken. Ze had quilts altijd mooi gevonden en hield van het gevoel van de stof, van de manier waarop een quilt een bed of een muur kon verlevendigen. Bij het zien van een quilt moest ze altijd aan haar oma denken en voelde ze steevast een pijnlijke mengeling van liefde en verdriet. Toen Sarah nog een kind was, maakten ze maar twee keer per jaar, met kerstmis en in de zomer, de lange rit naar het huisje van haar oma in het noordwesten van Michigan. De bezoeken in de winter waren het leukst. Dan kropen ze op de bank weg onder twee of drie van oma's oude quilts en aten ze koekjes, dronken warme chocolademelk en keken door het raam naar de sneeuw die een deken op de grond begon te vormen. Een paar van de creaties van haar oma hingen nog steeds bij Sarahs moeder thuis aan de muur, maar Sarah kon zich niet herinneren dat ze haar moeder ooit met een naald in haar hand had gezien. Als het maken van quilts een ambacht was dat van moeder op dochter werd doorgegeven, dan was haar moeder de zwakke schakel in de keten. Als ze het had willen leren, had oma het haar zeker geleerd.

Sarah keek naar het bord waarop de naam van de winkel te lezen was en lachte vol verbazing toen ze in gouden letters op een rode achtergrond de naam OMA'S ZOLDERTJE zag staan. Ze keek op haar horloge, wierp een laatste snelle blik op de bushalte en liep de winkel binnen.

Aan de muren hingen planken waarop hoge stapels stof, draad, fournituren en andere artikelen lagen, en ook het grootste deel van de vloer was bedekt met rollen stof. Op de achtergrond was Keltische folk te horen. Midden in de ruimte stonden een paar vrouwen rond een grote kniptafel te praten en te lachen. Een van hen onderbrak het gesprek, keek op en glimlachte naar Sarah, en Sarah glimlachte terug. Ze liep om de toonbank heen naar de etalage en zag dat de quilt van dichtbij nog veel mooier was. Ze vroeg zich af of hij op hun bed zou passen.

'Ik zie dat de Lone Star weer een bezoeker naar binnen heeft gelokt.' Een aangename stem onderbrak haar gedachten. Sarah draaide zich om en zag dat de vrouw die naar haar had geglimlacht naast haar stond. Ze leek halverwege de vijftig te zijn en had donker, kortgeknipt haar en een vriendelijk, blozend gezicht.

'Heet hij zo, Lone Star? Hij is prachtig.'

De vrouw streek een paar losse stukjes draad van haar mouw en keek toen net als Sarah bewonderend naar de quilt. 'O ja, hij is beeldschoon, hè? Ik wou dat ik kon zeggen dat ik hem heb gemaakt, maar hij is het werk van een van onze plaatselijke kunstenaressen. Hij is groot genoeg voor een tweepersoonsbed en geheel met de hand gemaakt.'

'Hoeveel vraagt u ervoor?'

'Zevenhonderdvijftig dollar.'

'Toch bedankt,' zei Sarah, die niet helemaal in staat was om haar teleurstelling te verbergen.

De vrouw keek begrijpend. 'Ik weet het, het is een hoop, hè? Maar eigenlijk is het een koopje, als je kijkt naar het aantal uren dat erin is gestoken.'

'Dat geloof ik graag. Het duurt vast jaren voordat zo'n quilt klaar is.'

'De meeste mensen die komen vragen hoe duur hij is, lopen daarna meteen door naar een andere zaak voor een goedkope imitatie.' De vrouw zuchtte en schudde haar hoofd. 'Mensen die geen verstand van quilts hebben, zien de overduidelijke verschillen in de kwaliteit van het materiaal en het vakmanschap gewoon niet. Mevrouw Compson heeft geluk dat ze voor haar werk nog zo'n bedrag kan krijgen.'

'Mevrouw Compson?'

'Ja, Sylvia Compson. Sinds het overlijden van haar zus, twee maanden terug, woont ze in Elm Creek Manor. Ze is een opgewonden standje: ik moest eerst een zonnescherm laten monteren voordat ze haar quilts in de etalage wilde te hangen. Maar ze heeft natuurlijk gelijk. Ik zou het vreselijk vinden als een van haar quilts door het zonlicht zou verschieten. Er zitten twee quilts van haar in de permanente collectie van de American Quilter's Society in Paducah.'

'Dat is goed, toch?'

'Goed? Ik zou al heel blij zijn als iets van mij op hun jaarlijkse tentoonstelling te zien zou zijn.' De vrouw grinnikte. 'Ik dacht dat iedere quilter hier in de buurt Sylvia Compson wel kende.'

'Ik heb mevrouw Compson ontmoet, maar ik ben geen quilter. Maar ik ben wel gek op quilts.'

'Ja? Dan zou je moeten leren quilten.'

'Opletten, allemaal, Bonnie is weer iemand aan het bekeren,' riep een van de vrouwen bij de kniptafel.

'Wegwezen, meid,' zei een ander waarschuwend. Ze barstten allemaal in lachen uit.

Bonnie deed mee. 'Goed, ik moet toegeven dat ik er belang bij heb. Tevreden?' Ze deed alsof ze boos naar de anderen keek voordat ze zich weer tot Sarah wendde. 'We geven ook les, eh...'

'Sarah. Ben jij de oma van het bord aan de gevel?'

'O, nee,' zei Bonnie lachend. 'Nog niet, godzijdank, al vragen veel mensen dat. Er is geen oma. Er is ook geen zoldertje. Ik vond de naam gewoon leuk. Het heeft iets gezelligs, vind je niet? En zoals je al weet, heet ik Bonnie, en dit zijn een paar van mijn vriendinnen, de Tangled Web Quilters. We zijn een groepje dat zich min of meer heeft afgesplitst van het plaatselijke Waterford Quilting Guild. We nemen het quilten, en onszelf, erg serieus.' Haar toon gaf aan dat ze dat niet echt serieus meende. Ze gaf Sarah een fotokopietje van een kalenderblaadje. 'Dit is een overzicht van de lessen, mocht je belangstelling hebben. Kan ik je verder nog ergens mee helpen?'

Sarah schudde haar hoofd.

'Nou, leuk dat je even langskwam. Je bent altijd welkom. En dan moet ik nu terug naar dat stel daar, voordat Diane mijn rolmes weer kwijt maakt.' Ze glimlachte en liep terug naar de kniptafel.

'Dank je,' antwoordde Sarah. Ze vouwde het vel papier op en stopte het in haar rugzak. Ze liep de winkel uit, rende een half blok naar de bushalte en stapte net in toen de eerste dikke druppels regen op het trottoir neersloegen.

Sarahs hart maakte een sprongetje toen ze bij thuiskomst zag dat het lampje van het antwoordapparaat knipperde. Een bericht. Misschien had Waterford College wel gebeld over die baan bij de afdeling inschrijvingen. Ze liet haar boodschappen op de grond vallen en rende naar het apparaat om het knopje in te drukken. Of misschien was het de PennCellular Corporation. Dat zou nog beter zijn.

'Hoi, Sarah, met mij.'

Matt.

'Ik bel vanaf kantoor, maar ik was vanmorgen nog even bij Elm Creek Manor en... Ach, het kan denk ik ook wel wachten totdat ik thuis ben. Ik hoop dat je voor morgen geen plannen hebt. Tot vanavond. Ik hou van je.'

Terwijl het bandje zichzelf terugspoelde, zette Sarah haar rugzak in de gang op de grond en ging ze de boodschappen opruimen. Wat kon er wachten totdat hij thuis was? Ze vroeg zich af of ze Matt moest bellen om te vragen wat er was, maar ze besloot dat ze hem beter niet bij zijn werk kon storen. In plaats daarvan zette ze de boodschappen weg en liep naar de woonkamer. Ze opende de schuifdeur een klein stukje, zodat er wat frisse lucht naar binnen kon waaien, strekte zich uit op de bank en luisterde naar de regen.

Wat kon ze nu gaan doen? Ze had eergisteren al de was gedaan en hoefde voorlopig nog niet aan het eten te beginnen.

Misschien kon ze een van haar studievriendinnen bellen. Nee, op dit moment van de dag zaten die allemaal op hun werk of hadden ze het druk met hun vervolgopleiding of onderzoeken.

Grappig dat het allemaal zo was gelopen. Tijdens haar studie was zij degene geweest die heel goed had geweten wat ze wilde, die de juiste colleges had gevolgd en de juiste extra activiteiten en zomercursussen had gedaan. Haar vriendinnen hadden vaak opgemerkt dat hun eigen carrièreplannen maar vaag of onbetekenend leken in vergelijking met de hare. En nu waren zij van alles aan het doen terwijl zij hier thuis zat te niksen.

Ze ging op haar zij liggen en staarde naar het lege scherm van de tv. Er zou nu niets voor zijn, niets goeds tenminste. Ze wou bijna dat ze huiswerk had. Had ze maar een ander hoofdvak gekozen. Marketing, of management, misschien. Iets exacts zou nog beter zijn geweest. Maar op de middelbare school had de decaan Sarah verteld dat accountants nooit zonder werk zaten, en die woorden had ze zich ter harte genomen. Ze was de enige eerstejaars in haar studentenhuis geweest die vanaf de eerste dag had geweten welk hoofdvak ze aan het einde van het jaar zou gaan kiezen. Het leek zo verwend om zichzelf de vraag te stellen of ze accountant een leuk beroep vond; het was immers een loopbaan met goede vooruitzichten. Had ze maar naar haar gevoel geluisterd in plaats van naar haar decaan. Maar ze wist dat ze uiteindelijk niemand anders behalve zichzelf de schuld kon geven van het feit dat ze niets anders nuttigs kon dan centjes tellen.

Ze had opeens genoeg van zichzelf en bande die dreinende zelfverwijten uit haar gedachten. Goed, ze had weliswaar geen baan, maar ze hoefde nog niet zo te zeuren en te klagen. Dat was wat haar moeder zou doen. Wat Sarah nodig had, was iets wat haar kon bezighouden totdat ze een baan had gevonden. Door een verhuizing hierheen had ze het een paar weken zo druk gehad dat ze geen tijd had gehad om te piekeren; misschien kon ze zich nu aansluiten bij een leesgroepje of kon ze een cursus aan Waterford College gaan volgen.

Toen dwaalden haar gedachten af naar de quilt die ze eerder die dag in de etalage had zien hangen. Ze sprong op van de bank en haalde haar rugzak uit de gang. Het lesrooster van de quiltwinkel zat er nog steeds in, een tikje vochtig van haar wandeling door de regen vanaf de bushalte naar huis. Sarah vouwde het vel open en streek de vouwen glad. Ze bekeek aandachtig de namen van de cursussen, data, tijden en prijzen.

De moed zonk haar in de schoenen. De kosten leken redelijk, maar zelfs redelijke kosten waren te veel nu ze al meer dan twee maanden geen salaris had gehad. De quiltlessen zouden, net als veel andere zaken, moeten wachten totdat de McClures tweeverdieners waren. Maar hoe meer Sarah erover nadacht, hoe meer het idee haar aansprak. Quiltlessen zouden haar de gelegenheid bieden om mensen te leren kennen, en een zelfgemaakte quilt zou hun woning huiselijker maken. Ze moest het er met Matt over hebben. Misschien zouden ze ergens het geld vandaan kunnen halen.

Ze besloot het onderwerp die avond onder het eten ter sprake te brengen.

'Matt,' begon ze, 'ik heb de hele dag over iets na lopen denken.'

Matt schepte een tweede portie maïs op en grinnikte. 'Over mijn telefoontje, bedoel je? Het verbaast me dat je er niet eerder over bent begonnen. Meestal vind je het vreselijk wanneer ik je in spanning houd.'

Sarah zweeg even. Ze was het telefoontje helemaal vergeten. 'Je hebt gelijk. Je zei dat je me iets wilde vertellen.'

'Eerst wil ik weten of je voor morgen nog plannen hebt.'

Iets in zijn toon maakte haar argwanend. 'Hoezo?'

'Ja of nee?'

'Ik kan pas antwoord geven als ik weet waarover je het hebt.'

'Jeetje, wat ben jij achterdochtig.' Maar hij legde zijn vork neer en aarzelde even. 'Ik heb de hele dag bomen bekeken bij

Elm Creek Manor. Geen spoortje van iepenziekte te bekennen. Ik weet niet hoe ze dat voor elkaar hebben gekregen.'

'Hopelijk ben je niet natgeregend.'

'Nou, zodra het begon te onweren, vroeg mevrouw Compson me binnen. Ze heeft zelfs wat te eten voor me gemaakt.'

'Dat meen je niet. Je hoefde niet zelf te koken?'

'Nee.' Hij grinnikte. 'Ze kan nog goed koken ook. Onder het eten hebben we een beetje zitten babbelen. Ze wil dat je morgen met haar komt praten.'

'Wat? Waarom? Waarom wil ze met me praten?'

'Dat zei ze niet precies. Ze zei dat ze je persoonlijk wil spreken.'

'Ik ga niet. Zeg maar dat ik niet kan. Zeg maar dat ik het druk heb.'

Op Matts gezicht verscheen de uitdrukking die altijd te zien was wanneer hij wist dat hij zich in de nesten had gewerkt. 'Dat gaat niet. Ik heb haar al verteld dat je morgenochtend met me meekomt.'

'Waarom heb je dat gezegd? Bel haar maar en zeg... weet ik het, zeg maar wat. Zeg maar dat ik naar de tandarts moet.'

'Dat gaat niet. Ze heeft geen telefoon, weet je nog?'

'Matt...'

'Je moet het zo zien: het is daar een stuk koeler dan hier, niet-waar? Je bent dan in elk geval even uit de warmte vandaan.'

'Ik blijf liever thuis, met de airco aan.'

'O, toe nou, liefje, het kan toch geen kwaad?' Hij trok zijn meest ontwapenende gezicht. 'Ze is een belangrijke klant. Alsje-blieft?'

Sarah keek hem fronsend en vol ergernis aan.

'Alsjeblieft?'

Ze sloeg haar ogen ten hemel. 'O, goed dan. Maar vraag het me de volgende keer alsjeblieft voordat je toezeggingen doet.'

'Goed. Dat beloof ik.'

Sarah schudde zuchtend haar hoofd. Ze wist wel beter.

De volgende morgen was het weer zonnig en helder, en niet zo drukkend als het een dag eerder voor de bui was geweest. 'Waarom zou ze me willen spreken?' vroeg Sarah weer aan Matt toen ze samen naar het huis van mevrouw Compson reden.

'Voor de vierde keer, Sarah: dat weet ik niet. Dat merk je wel als we daar zijn.'

'Ze wil vast dat ik mijn verontschuldigingen aanbied omdat ik laatst bij haar heb rondgesnuffeld.' Sarah probeerde zich het gesprek in de zitkamer te herinneren. Ze had zich toch verontschuldigd toen mevrouw Compson haar had betrapt? 'Ik geloof niet dat ik echt heb gezegd dat het me speet. Ik denk dat ik te verbaasd was. Ze laat me waarschijnlijk hierheen komen om me de les te lezen over goede manieren.'

Het leek wel alsof ze van de zenuwen een knoop in haar maag kreeg, die nog strakker werd aangetrokken toen de auto in het grint van de oprit van het landhuis tot stilstand kwam.

'Je kunt sorry zeggen voordat ze dat van je vraagt,' zei Matt. 'Oude mensen zijn dol op verontschuldigingen en dat soort beleefdheden.'

'Ja. Ik heb gehoord dat ze het ook heerlijk vinden als je "oude mensen" zegt,' mompelde Sarah. Ze stapte uit en sloeg het portier dicht. Maar misschien had Matt wel gelijk. Ze liep achter hem aan naar de achterdeur.

Na een keer kloppen deed mevrouw Compson al open. 'Daar zijn jullie. Allebei. Nou, kom binnen.' Ze liet de deur openstaan, en ze liepen achter haar aan de gang in.

'Mevrouw Compson,' riep Matt haar achterna toen ze hen voorging door de brede, schamel verlichte gang. 'Ik wilde vandaag in de boomgaard aan de slag gaan. Of wilt u dat ik eerst nog iets anders doe?'

Ze bleef staan en draaide zich om. 'Nee, de boomgaard is prima. Sarah kan hier bij mij blijven.' Matt en Sarah keken elkaar even verbaasd aan. 'O, maak je geen zorgen, ik zal vandaag niet zo hard voor haar zijn. Je ziet haar wel weer bij het middageten.'

Matt wendde zich tot Sarah, onzeker. 'Is dat goed?'

Sarah haalde haar schouders op en knikte. Ze nam aan dat mevrouw Compson haar binnen zou laten, om een excuus zou vragen en haar dan weer weg zou sturen, maar als het mens het wilde rekken... Sarah zette zich inwendig schrap. Mevrouw Compson was per slot van rekening een belangrijke klant.

Met een laatste, onzekere glimlach draaide Matt zich om en liep langs dezelfde weg terug naar buiten. Sarah keek hem na en keek de oudere vrouw toen recht aan. 'Mevrouw Compson,' zei ze vastberaden, terwijl ze probeerde spijtig maar niet nerveus te klinken, 'ik wil mijn verontschuldigingen aanbieden omdat ik zomaar met mijn limonade uw zitkamer in ben gelopen en zonder het te vragen uw quilt heb aangeraakt. Dat had ik niet moeten doen, en het spijt me.'

Mevrouw Compson keek haar verbaasd aan. 'Verontschuldigingen aanvaard.' Ze draaide zich om en gebaarde dat Sarah haar moest volgen.

Verwonderd liep Sarah achter haar aan naar het einde van de gang, waar ze rechtsaf door een open deur liep. Was dat soms niet genoeg voor haar? Wat kon Sarah nog meer zeggen?

De gang kwam uit op een grote hal, en Sarah hapte langzaam naar adem. Hoewel de kamerhoge ramen schuilgingen achter zware gordijnen, kon ze zich voorstellen dat dit met een beetje liefde en aandacht een prachtige entree kon worden. De vloer was van zwart marmer, en aan Sarahs linkerhand bevonden zich treden van marmer die naar lagergelegen, vier meter hoge dubbele houten deuren voerden. Olieverfschilderijen en spiegels in sierlijk versierde lijsten bedekten de muren. Aan de andere kant van de hal bevond zich een kleiner stel dubbele deuren, en in de muur aan hun rechterkant was een derde paar. In de hoek ertussen begon een houten trap. De eerste vijf treden waren halfrond en leidden naar een wigvormige overloop vanwaar een trap naar een balkon op de eerste verdieping voerde dat de hele hal omzoomde. Toen Sarah opkeek, zag ze dat de trap op eenzelfde manier naar de tweede verdieping liep, en dat er aan het met fresco's beschilderde plafond ver boven haar een gigantische kristallen kroonluchter hing.

Mevrouw Compson liep de hal door, daalde voorzichtig de marmeren treden af en duwde langzaam een van de zware houten deuren open, Sarahs pogingen om haar te helpen wegwuivend.

Sarah liep achter haar aan naar buiten en moest zich inhouden om niet als een toerist met open mond rond te kijken. Ze stonden op een brede stenen veranda die zich langs de gehele lengte van het huis uitstrekte. Een overkapping ver boven hen rustte op witte pilaren. In het midden van de veranda begonnen naast elkaar twee stenen trappen die op een sierlijke manier splitsten en in een halve cirkel naar beneden liepen. De oprit slingerde zich om een groot beeld van een steigerend paard heen; een tweede blik leerde Sarah dat het een fontein was, verstopt door bladeren en regenwater. Dat beeld en de weg die naar de oprit leidde, waren de enige onderbrekingen van het gazon dat zich vanaf het landhuis naar de bomen in de verte uitstrekte.

Mevrouw Compson zag dat Sarah dit alles in zich opnam. 'Onder de indruk? Hm.' Ze liep naar binnen en verscheen kort daarna met een bezem, die ze aan Sarah gaf. 'Natuurlijk ben je onder de indruk. Dat is iedereen die hier voor het eerst komt. Dat waren ze tenminste, in de tijd dat we nog bezoekers kregen, voordat alles hier in verval raakte.'

Sarah bleef staan en keek onzeker van de bezem naar mevrouw Compson en weer naar de bezem.

'Gelukkig ben je wel op werken gekleed, in tegenstelling tot de vorige keer.' Mevrouw Compson gebaarde eerst naar de noordzijde van de veranda en daarna naar het uiteinde op het zuiden. 'Doe alles, en doe het grondig. Vergeet de dode bladeren in de hoeken niet. Ik kom later weer terug.' Ze liep in de richting van de geopende deur.

'Wacht!' riep Sarah haar achterna. 'Ik geloof dat er een vergissing in het spel is. Ik kan uw veranda niet vegen.'

Mevrouw Compson draaide zich om en keek haar fronsend aan. 'Weet een meisje van jouw leeftijd niet hoe ze moet vegen?'

'Dat is het niet. Ik weet hoe ik moet vegen, maar...'

'Ben je soms bang voor een beetje werk?'

'Nee, ik denk alleen dat er sprake is van een misverstand. U lijkt te denken dat ik voor het bedrijf van Matt werk, maar dat is niet zo.'

'O. Hebben ze je soms ontslagen?'

'Natuurlijk niet. Ik heb nooit voor Matts bedrijf gewerkt.'

'Als je dat niet deed, waarom kwam je vorige keer dan met hem mee?'

'We kwamen hierlangs. Hij bracht me thuis na een sollicitatiegesprek.'

'Hm. Nou, goed dan. Veeg de veranda evengoed maar. Als je werk zoekt, dan heb je het nu gevonden, zou ik zeggen. Wees maar blij dat ik je niet heb gevraagd om het gras te maaien.'

Sarah staarde haar aan. 'Weet u, u bent me er eentje.' Ze gooide de bezem neer en plantte haar handen op haar heupen. 'Ik heb geprobeerd mijn excuses aan te bieden, ik heb geprobeerd beleefd te zijn, maar u bent gewoon de meest onbeleefde, de... Als u het vriendelijk had gevraagd, had ik misschien bij wijze van een gunst jegens u, en Matt, uw veranda geveegd, maar...'

Mevrouw Compson keek haar grinnikend aan.

'Wat is er zo grappig? Vindt u het grappig om onbeleefd te zijn?'

De oude vrouw haalde haar schouders op, duidelijk geamuseerd, wat Sarah alleen maar meer ergerde. 'Ik begon me al af te vragen of je überhaupt een ruggengraat had.'

'Geloof me, die heb ik wel,' zei Sarah tussen opeengeklemde tanden door. Ze draaide zich met een ruk om en rende naar de dichtstbijzijnde trap.

'Wacht!' riep mevrouw Compson. 'Sarah, alsjeblieft, wacht even.'

Sarah dacht aan Matts contract, zuchtte, en bleef op de onderste tree staan. Ze draaide zich om en zag dat mevrouw Compson boven aan de trap stond. Op dat moment viel het haar pas op dat er geen leuning was en dat de stenen muur zo glad was dat de oude vrouw zich nergens aan kon vasthouden. Mevrouw Compson struikelde bijna, en Sarah stak instinctief haar armen uit om te voorkomen dat de oudere vrouw zou vallen, al was ze te ver weg om mevrouw Compson te kunnen opvangen.

'Goed dan,' zei Sarah. 'Ik ga nergens heen. U hoeft geen jacht op me te maken.'

Mevrouw Compson schudde haar hoofd en liep toch de trap af. 'Ik kan hier best wel wat hulp gebruiken,' zei ze, hijgend van inspanning. 'Ik zal je natuurlijk betalen.'

'Ik zoek een echte baan. Ik heb gestudeerd. Ik heb een titel.'

'Natuurlijk, natuurlijk. Maar je kunt voor mij werken totdat je iets beters hebt gevonden. Ik vind het niet erg als je af en toe iets eerder weggaat voor een sollicitatiegesprek.'

Ze zweeg even, wachtend op antwoord, maar Sarah keek haar alleen maar met een onbewogen gezicht aan.

'Ik weet niemand anders, begrijp je,' vervolgde mevrouw Compson, en tot Sarahs verbazing begon haar stem een beetje te trillen. 'Ik ben van plan om het landgoed te verkopen, en ik heb iemand nodig die me helpt met het uitzoeken van de spulletjes van mijn overleden zus en die een lijst van alles in het landhuis kan maken voor de veiling. Er zijn zoveel kamers, en er kan ik weet niet wat op zolder liggen, en ik heb moeite met de trappen.'

'U wilt het landgoed verkopen?'

De oude vrouw knikte. 'Een huis zo groot en leeg als dit is een zware last. Ik heb een eigen huis, in Sewickley.' Haar lippen vertrokken zich tot iets wat op een wrang lachje leek, maar zo te zien lachte ze niet vaak. 'Ik weet wat je denkt: voor die oude zeur werken? Dat nooit.'

Sarah probeerde haar gezicht in de plooi te houden, om haar gevoelens niet te verraden.

'Ik weet dat ik soms moeilijk kan doen, maar ik zal proberen om...' mevrouw Compson tuitte haar lippen en wendde haar blik af, alsof ze naar de juiste woorden zocht, '... beminnelijker te zijn. Waarmee kan ik je overhalen?'

Sarah keek haar even onderzoekend aan en schudde toen haar hoofd. 'Ik moet er even over nadenken.'

'Goed. Je mag hier blijven, of in de keuken als je dat wilt, en voel je vrij om het terrein te verkennen. De boomgaarden liggen ten westen van het huis, achter de schuur, en de tuin, of wat ervan over is, ligt aan de noordkant. Als je de knoop hebt doorgehakt, kun je me in de zitkamer aan de westzijde van het huis vinden. Ik geloof dat je al weet waar die is.' Daarna draaide ze zich om, liep de trap op en ging het huis binnen.

Sarah schudde ongelovig haar hoofd en keek mevrouw Compson na. Toen ze had gezegd dat ze er even over moest nadenken, had ze een paar dagen bedoeld, niet een paar uur. Aan de andere kant had ze al besloten.

Matt zou niet weten wat hij hoorde. Zodra hij was uitgelachen, zou Sarah hem vragen of hij haar naar huis wilde brengen, en met een beetje geluk zou ze die vreemde oude vrouw nooit meer zien.

Haar blik gleed over de voorzijde van het huis. Mevrouw Compson had gelijk; ze was onder de indruk. Wie zou dat niet zijn? Maar ze betwijfelde of ze hier onder een werkgeefster als mevrouw Compson zou willen werken. Ze was onder de indruk, maar ze wilde zich niet laten vernederen. Ze liep rond de door bomen geflankeerde noordzijde van het gebouw en de westvleugel. Ze liep snel, maar het duurde toch nog tien minuten voordat ze de schuur had bereikt, en nog eens vijf voordat ze bij de boomgaard was. Matt haalde net wat gereedschap uit de laadbak van de pick-up.

'Dit geloof je niet,' zei ze bij wijze van begroeting. 'Mevrouw Compson heeft iemand nodig die háár helpt het huis klaar te maken voor verkoop, en ze wil mij inhuren.'

Maar Matt barstte in tegenstelling tot wat ze had verwacht niet in lachen uit. Hij legde zijn gereedschap neer en leunde tegen de laadklep. 'Dat is fantastisch, liefje. Wanneer kun je beginnen?'

Sarah was een moment zo verbaasd dat ze alleen maar met haar ogen kon knipperen. 'Wanneer ik kan beginnen?'

'Je gaat haar toch wel helpen?'

'Dat was ik niet van plan,' wist ze uit te brengen.

'Waarom niet? Waarom zou je dat baantje niet aannemen?'

'Dat lijkt me wel duidelijk. Ze is niet echt aardig tegen me geweest, zoals je weet.'

'Heb je niet met haar te doen?'

'Natuurlijk heb ik met haar te doen, maar dat betekent nog niet dat ik elke werkdag met haar wil doorbrengen.'

'Maar dat is wel beter dan de hele dag thuis zitten kniezen, toch?'

'Niet per se. Als ik hier veranda's moet vegen, kom ik niet toe aan sollicitatiebrieven schrijven en op gesprek gaan.'

'Ik weet zeker dat je er wel een mouw aan kunt passen.'

'Matt, je snapt het niet. Ik heb jaren in mijn carrière gestoken. Ik ben iets te hoog opgeleid voor het opruimen van een huis.'

'Ik dacht dat het hele idee was dat je een nieuwe start ging maken.'

'Je hebt "een nieuwe start" en je hebt "met helemaal niets beginnen". Er zijn grenzen.'

Matt haalde zijn schouders op. 'Dat zie ik niet zo. Werk is werk.'

Sarah staarde hem stomverbaasd aan. Hij was altijd de eerste om haar erop te wijzen dat haar carrière haar eigen zaak was, maar nu probeerde hij haar zover te krijgen een baantje aan te nemen waarvoor je niet eens een middelbareschooldiploma nodig had. 'Matt, als ik dit baantje neem, krijgt mijn moeder een rolberoerte.'

'Wat maakt het uit wat je moeder ervan vindt? Het zou haar

trouwens niet eens wat kunnen schelen. Ze zou hoogstens blij zijn dat je een oude vrouw helpt.'

Sarah wilde antwoord geven, maar slikte toen hoofdschuddend haar woorden in. Wist hij maar hoe het zat. Ze kon het schrille, bekende 'Ik heb het toch gezegd' nu al bijna horen. Als ze dit baantje zou aannemen, zou dat voor haar moeder het bewijs zijn dat Sarahs carrière inderdaad aan een vrije val was begonnen op de dag dat ze had besloten omwille van Matt State College te verlaten, precies zoals haar moeder altijd had beweerd.

Toen kwam er plotseling een vlaag van argwaan in Sarah op. 'Matt, wat is er aan de hand?'

'Niets. Hoe bedoel je?'

'Eerst breng je me na mijn sollicitatiegesprek hierheen. Dan beloof je haar dat ik langs zal komen, zonder het mij te vragen. Je keek helemaal niet verbaasd toen je hoorde dat ze me een baan heeft aangeboden, en nu probeer je me zover te krijgen dat ik ja zeg. Je wist dat ze dit zou doen, of niet soms?'

'Ik wist het niet zeker. Ze zinspeelde erop, dat wel, maar ze zei het niet met zoveel woorden.' Hij keek naar de grond. 'Ik denk dat ik het een beter idee vond dan jij.'

Sarah zocht vol ergernis naar woorden. 'Waarom?'

'Het leek me leuk als we dezelfde werkplek zouden hebben. Dan zouden we elkaar vaker zien.'

'Dat kan wel waar zijn, maar wat verder nog?'

Matt zuchtte, zette zijn pet af en haalde zijn vingers door zijn krullen, totdat die er nog onstuimiger uitzagen dan gewoonlijk. 'Je denkt vast dat ik gek ben.'

Gek was een vriendelijker term dan wat Sarah in gedachten had. 'Misschien, maar zeg het toch maar.'

'Goed dan, maar dan moet je niet lachen.' Hij probeerde te glimlachen, maar zijn blik was droevig. 'Mevrouw Compson, nou, ze doet me aan mijn moeder denken. Dezelfde maniertjes, dezelfde manier van kleden, ze lijkt zelfs een beetje op haar. Afgezien van haar leeftijd, natuurlijk. Ik bedoel, ze zou onze oma kunnen zijn...'

'O, Matt.'

'Het is gewoon zo dat mijn moeder waarschijnlijk ergens helemaal alleen zit, en ik zou het ook fijn vinden als er een jong stel was dat een oogje op haar zou houden.'

Als je moeder ergens helemaal alleen zit, komt dat doordat ze jou en je vader in de steek heeft gelaten, dacht Sarah, die haar lippen opeenkneep om te voorkomen dat ze dat eruit zou flappen. Ze liep naar hem toe en sloeg haar armen stevig om hem heen. Hoe kon Matt nog weten wat de maniertjes van zijn moeder waren? Mevrouw McClure was vertrokken toen hij vijf was, en hoewel Sarah het nooit zei, vermoedde ze dat Matt zijn moeder alleen maar van foto's kende.

Matt streelde haar over haar haar. 'Het spijt me als ik te veel aandrong. Zo bedoelde ik het niet. Ik had meteen moeten zeggen wat ik dacht.'

'Ja, dat had je moeten doen.'

'Het spijt me. Echt. Ik zal het niet meer doen.'

Sarah antwoordde bijna dat ze hem daar ook geen kans toe zou geven, dat ze de rest van hun huwelijk op haar hoede zou blijven, maar hij zag er zo berouwvol uit dat ze van gedachten veranderde. 'Goed,' zei ze. 'Zand erover. Je hebt trouwens gelijk. Het zou leuk zijn als we dezelfde werkplek hadden.'

'We zullen elkaar overdag misschien niet voortdurend tegenkomen, maar we kunnen tussen de middag in elk geval samen eten.'

Sarah knikte bedachtzaam. Ze had iets heel anders willen doen, en deze baan was zeker anders. En het zou trouwens toch maar voor een paar maanden zijn. Het zou een manier zijn om haar dagen te vullen en ervoor te zorgen dat ze niet voortdurend aan het zoeken naar een baan zou denken.

Toen dacht ze aan de quilt die ze tijdens haar eerste bezoek aan het huis had gezien en dat was nog een goede reden om de baan aan te nemen.

'Wat zeg je ervan?' vroeg Matt.

'Het huis is prachtig, en het is hier buiten de stad een stuk koeler, zoals je al zei.' Sarah pakte Matts hand en kneep er even in. 'Ik ga nu meteen naar haar toe en zeg dat ik het doe, oké?' Ze draaide zich om en liep terug in de richting van het huis.

'Goed,' riep Matt haar achterna. 'Ik zie je tussen de middag.'

Op weg naar het huis besloot Sarah dat de situatie zoveel voordelen bood dat mevrouw Compsons eigenaardigheden ertegen konden worden weggestreept. Ze kon altijd nog ontslag nemen als het niet goed uitpakte. En ze wist daarbij de perfecte manier waarop mevrouw Compson haar zou kunnen betalen. Ze liep snel de achtertrap op en klopte op de deur.

Mevrouw Compson deed meteen open. 'Heb je een beslissing genomen?' Ze kneep haar lippen opeen, alsof ze slecht nieuws verwachtte.

'Ik neem de baan, op één voorwaarde.'

Mevrouw Compson trok een wenkbrauw op. 'Ik was al van plan je eten te geven.'

'Dank u, maar dat bedoelde ik niet.'

'Wat dan?'

'Ik wil dat u me leert quilten.'

'Pardon?'

'Ik wil dat u me leert quilten. Leer me hoe ik een quilt moet maken en ik help u met uw werk.'

'Dat kun je niet menen. Er zijn genoeg goede leraressen in Waterford. Ik kan je wel een paar namen geven.'

Sarah schudde haar hoofd. 'Nee. Dat is de afspraak. U leert me hoe ik een quilt moet maken, en ik help u met opruimen en het verkoopklaar maken van het huis. Ik heb uw quilts gezien, en...' Sarah probeerde zich te herinneren wat Bonnie had gezegd, '... en u hangt in de permanente collectie van de QAS. U zou in staat moeten zijn om me te leren quilten.'

'Je bedoelt de AQS, maar daar gaat het niet om. Natuurlijk kan ik je dat leren. Ik zie niet in waarom ik dat niet zou kunnen.'

47

De oudere vrouw keek haar aan alsof ze Sarah ondoorgrondelijk vond, haalde toen haar schouders op en stak haar hand uit. 'Goed dan. Afgesproken. Als aanvulling op je loon zal ik je leren quilten.'

Sarah trok haar hand terug net voordat ze die van mevrouw Compson wilde schudden. 'Nee, dat bedoelde ik niet. De lessen zijn mijn loon.'

'Hemel, kind, moet je geen rekeningen betalen?' Mevrouw Compson keek zuchtend op. 'Laat je niet in de war brengen door de ietwat vervallen toestand van dit huis. Mijn familie is niet meer wat ze ooit is geweest, maar we zitten nog niet op zwart zaad. Liefdadigheid is niet nodig.'

'Dat bedoelde ik niet.'

'Nee, nee, natuurlijk niet. Maar ik wil je per se op de een of andere manier betalen. Anders zou mijn geweten geen moment rust hebben.'

Sarah dacht er even over na. 'Goed. Maar wel een redelijk bedrag.' Ze wilde geen misbruik maken van iemand die duidelijk eenzaam was, hoe onbeleefd deze ook mocht zijn.

Ze kwamen een bedrag overeen, al had Sarah nog steeds het gevoel dat zij het meest voordeel van hun overeenkomst had. Toen ze elkaar de hand schudden, verscheen er een triomfantelijke blik in de ogen van mevrouw Compson. 'Ik denk dat je veel hoger had ingezet als je had geweten om hoeveel werk het gaat.'

'Ik hoop dat het niet al te lang duurt voordat ik een echte baan vind.'

Mevrouw Compson glimlachte. 'Ik niet, als je het niet erg vindt.' Ze hield de deur open, en Sarah liep naar binnen. 'Zou je echt voor niets de veranda hebben geveegd als ik het je vriendelijk had gevraagd?'

'Ja.' Sarah dacht er even over na en besloot open kaart te spelen. 'Misschien. Ik weet het niet. Maar nu doe ik het zeker, nu ik op de loonlijst sta.'

'Zeg het maar als je aan de lunch toe bent,' zei mevrouw Compson terwijl Sarah door de gang naar de ingang aan de voorzijde liep.

Sarah veegde de veranda, zoals ze had beloofd. Toen elk dood blad was opgeruimd en zelfs de hoeken netjes genoeg waren naar de zin van mevrouw Compson, strekte een groot deel van de morgen zich nog steeds voor haar uit. Ze besloot verder te gaan met de trappen en veegde takjes en bladeren en afgebroken stukjes voegsel naar de grond terwijl ze steeds een treetje lager stapte. Vaak moest ze zich bukken en onkruid en plukjes gras uit de spleten tussen de grijze stenen vandaan trekken. De spleten en de bleke opgeschoten dunne takjes waren haar niet eerder opgevallen, en ze besloot het er met Matt over te hebben. Zo te zien moesten de voegen hier en daar worden hersteld, en mogelijk moesten zelfs een paar stenen van de lagere treden worden vervangen.

Onder het werken hielden de schaduw van het huis en een zacht briesje uit het zuidwesten de ergste hitte van de zon uit haar buurt. Toen het tegen twaalven liep, zette ze haar gedachten op een rijtje en merkte ze tot haar schrik dat ze zich vermaakte. Haar moeder zou haar eens moeten zien. Sarah stelde zich de reactie van haar moeder voor wanneer die zou horen wat de nieuwe baan van haar dochter was, en moest glimlachen.

Rond etenstijd ging Sarah terug naar de keuken, waar ze Matt aan tafel zag zitten en mevrouw Compson in een schaal met tonijnsalade stond te roeren. Onder het eten vroeg mevrouw

Compson hun de oren van het hoofd over wat ze die ochtend hadden gedaan, tevreden knikkend wanneer ze de antwoorden vernam. Toen Matt haar een paar eerste voorlopige schetsen van de tuin aan de noordkant wilde laten zien, wierp ze er echter alleen maar even een vluchtige blik op, knikte toen en stond onverwacht op.

Matt en Sarah keken elkaar verwonderd aan. Betekende dat knikje dat ze Matts plannen goedvond of juist niet? 'We helpen wel even afruimen.' Sarah stond op.

Matt sprong op en begon de vuile borden op te stapelen. 'Nee, gaan jullie twee maar verder. Ik doe het wel.'

Mevrouw Compson staarde hem aan. 'Jij doet het wel?'

'Ja, hoor.' Grinnikend bracht hij de borden naar de gootsteen. 'Maakt u zich maar geen zorgen, ik zal niets laten vallen.'

'Dat is te hopen.' Mevrouw Compson wendde zich tot Sarah. 'Nou, dan hebben we later denk ik alleen maar meer tijd om over quilten te praten. Kom eerst maar even met mij mee, Sarah.'

Sarah gaf Matt een afscheidszoen en liep achter mevrouw Compson aan de keuken uit. Mevrouw Compson bleef staan bij een smalle kast aan de rechterkant en pakte een stapeltje stofdoeken te voorschijn, die ze aan Sarah gaf. Daarna vervolgde ze haar weg door de lange gang.

'We beginnen boven,' zei mevrouw Compson, toen ze in de grote hal rechtsaf sloegen. 'Of jij begint boven, om precies te zijn.'

Sarah liep achter haar aan. 'Waar leiden deze deuren heen?'

Zonder haar pas te vertragen wees mevrouw Compson naar de dubbele deuren aan haar rechterhand. 'Eetzaal. Een gewone eetkamer is niet goed genoeg voor Elm Creek Manor.' Ze wees naar de andere deuren, die recht voor hen lagen, links van de wigvormige trap. 'Balzaal. Er was een tijd waarin de begane grond van deze vleugel bijna helemaal in het teken van vermaak stond.' Ze had de trap bereikt, greep de leuning vast en leidde Sarah naar boven. 'We beginnen in de bibliotheek. Die ligt recht boven de balzaal.'

'En daarboven?'

'Daarboven ligt de kinderkamer. O, ik weet wat je denkt. Wat moet één familie met zo'n grote kinderkamer? Dat vind ik ook, die kamer is veel groter dan nodig is.'

Sarah knikte, zich afvragend wat een passend formaat voor een kinderkamer was. Terwijl ze de trap op liepen, vroeg ze zich af of ze de oudere vrouw haar arm moest bieden. Ze nam echter aan dat ze daarvoor op haar vingers zou worden getikt en besloot het niet te doen.

Halverwege de trap bleef mevrouw Compson even hijgend staan. 'Wat de rest betreft,' zei ze, een vaag gebaar makend, 'het zijn allemaal slaapkamers, met elk een eigen zitkamer.'

'Waarom zijn er zoveel?'

'Dit is gebouwd als een huis voor een hele familie; een aantal generaties, ooms, tantes, neven, nichten, die allemaal gelukkig onder één dak wonen. Hm.'

'Welke kamer is van u?'

Mevrouw Compson wierp haar een scherpe blik toe en liep toen weer verder. 'Ik gebruik de zitkamer beneden.'

'Slaapt u op de bank? Zijn de slaapkamers niet ingericht?'

Mevrouw Compson zweeg. Sarah beet op de binnenkant van haar bovenlip, in een vergeefse poging de vraag in te slikken. Toen ze boven aan de trap kwamen, slaakte mevrouw Compson een opgeluchte zucht en ging ze linksaf, de overloop op. 'Mijn zus heeft alles bewaard,' zei ze ten slotte toen ze langs twee dichte deuren aan de rechterzijde liepen. Toen de overloop zich verbreedde en eindigde voor weer een stel dubbele deuren, bleef mevrouw Compson staan. 'En dan bedoel ik ook alles. Oude tijdschriften, kranten, boeken. Ik wil dat je me helpt uit te zoeken wat kan worden bewaard en wat niet.'

Met haar lippen stevig opeengeknepen deed mevrouw Compson beide deuren open, en ze betraden de bibliotheek. De bedompte, overvolle ruimte besloeg de hele breedte van het uiteinde van de zuidvleugel. Stofdeeltjes zweefden traag rond in het schemerige licht dat door de hoge ramen in de west-, zuiden oostgevel naar binnen viel. Tussen de ramen stonden eiken boekenkasten, waarvan de planken waren gevuld met boeken, snuisterijen en losse vellen papier. Midden in het vertrek stonden twee banken, tegenover elkaar, met aan weerszijden ervan lage bijzettafels met stoffige lampen erop. Tussen de banken stond een salontafel, op zijn kop. Voor een groot eiken bureau aan de oostkant van de ruimte lagen nog meer boeken en papieren op de grond. Twee gestoffeerde stoelen met een hoge rugleuning stonden voor de haard, die zich in het midden van de zuidgevel bevond, en daar vlakbij lag een derde stoel op zijn kant.

Sarah moest niezen.

'Gezondheid.' Mevrouw Compson glimlachte. 'Zullen we de ramen opendoen en eens kijken of we met een beetje frisse lucht het stof weg kunnen krijgen?'

Sarah legde de stofdoeken op het bureau en hielp haar om voorzichtig de ramen open te doen, die waren gemaakt van kleine stukjes ruitvormig glas die met loden reepjes aan elkaar waren gezet. Sommige ruitjes waren doorzichtig, maar andere waren dof door ouderdom en slijtage. Sarah stak haar hoofd en schouders uit een van de ramen in de zuidgevel. Ze kon het dak van de schuur tussen de bomen door zien.

Glimlachend wendde ze zich tot haar nieuwe werkgeefster, die de omgevallen stoel rechtop probeerde te zetten. 'Waar wilt u dat ik begin?' vroeg ze, in haar haast om te helpen.

'Waar je maar wilt. Als je er maar voor zorgt dat het werk wordt gedaan.' Mevrouw Compson veegde het stof van haar handen. 'Leg alle oude kranten op een stapel, zodat ze naar het oud papier kunnen, en doe hetzelfde met de tijdschriften. Losse vellen kunnen ook bij het oud papier, of vernietigd, als dat je het beste lijkt. Leg alle oude paperbacks bij elkaar. Als die nog goed genoeg zijn, kunnen we ze in een doos doen en aan de plaatselijke bibliotheek cadeau doen. De gebonden boeken wil ik graag houden, voorlopig althans. Die mag je afstoffen en weer op de plank zetten.'

'De bibliotheek van Waterford mag hiervoor wel een nieuwe vestiging openen,' merkte Sarah op toen ze de planken bekeek. 'Uw zus was vast dol op lezen.'

De oudere vrouw uitte een ruwe lach die meer op een gesmoorde kuch leek. 'Mijn zus las graag rommel: de goedkoopste romannetjes, de ergste roddelbladen. Tegen het einde van haar leven bewaarde ze ook de kranten, maar ik denk niet dat ze die ook las. Nee, ze stapelde ze gewoon op, alleen maar bijdragend tot het brandgevaar, zodat een ander ze later zou kunnen opruimen.' Ze schudde haar hoofd. 'De betere boeken waren van mijn vader. En van mij.'

Sarah voelde dat ze begon te blozen. Blijkbaar was het tijd om over de familie van mevrouw Compson te zwijgen. 'Nou, dan zal ik maar beginnen,' zei ze.

Mevrouw Compson knikte kort. 'Je kunt tot vier uur doorwerken. Daarna kun je naar de zitkamer komen, dan kunnen we het over je quiltlessen hebben.'

Sarah slaakte een snelle zucht toen mevrouw Compson de bibliotheek verliet, opgelucht dat ze aan weer een reprimande was ontkomen. Mevrouw Compson leek geen al te hoge dunk van haar zus te hebben. Of misschien was ze zo vervuld van verdriet dat ze niet eens aan haar kon denken en was ze daarom zo kortaf. Sarah bukte zich om een paar rondslingerende krantenpagina's op te pakken en beloofde zichzelf dat ze vaker haar mond zou houden.

Zelfs met de ramen open was het in de bibliotheek stoffig en benauwd. Toen Sarah de rommel doorzocht, vond ze een aantal in leer gebonden boeken, die ze zorgvuldig afstofte en op de schoongemaakte planken zette. Toen ze in de noordoostelijke hoek van het vertrek een hele kast vol stapels vergeelde oude kranten vond, begon ze gretig te bladeren. Knipsels uit de vroegere en gelukkiger jaren van het landgoed konden haar meer vertellen over de mensen die hier hadden gewoond. Tot haar teleurstelling ontdekte ze echter dat alle de kranten van na halverwege de jaren tachtig stamden. Terwijl ze haar werk voortzette, begon ze te geloven dat het oordeel dat mevrouw Compson over de leesgewoonten van haar zus had geveld weleens juist zou kunnen zijn.

Om vier uur hoorde Sarah mevrouw Compson van onder aan de trap roepen. Ze kromde haar rug, rekte zich uit en veegde met een schoon hoekje van een stofdoek haar voorhoofd af. Er was nog steeds heel veel te doen, maar zelfs mevrouw Compson zou toe moeten geven dat Sarah aardig was opgeschoten.

Ze haastte zich naar beneden, waar mevrouw Compson haar met een geamuseerde blik begroette. 'Er lijkt meer stof op jou te zitten dan er in de hele bibliotheek lag.'

Sarah veegde snel haar handen af aan haar korte broek en stopte haar blouse in. 'O, maakt u zich maar geen zorgen, er is nog genoeg stof over.'

Mevrouw Compson grinnikte en gebaarde dat Sarah haar door de gang moest volgen. 'Hoeveel heb je vandaag gedaan?'

'Ik heb alles wat op de grond lag opgeruimd en de boekenkasten aan de noord- en westkant schoongemaakt. Ik heb de ramen weer dichtgedaan, voor het geval we vannacht regen krijgen. Wilt u nog wat dingen bekijken voordat ze naar het oud papier gaan?'

'Heb je mijn instructies opgevolgd? Heb je goed opgelet?'

'Ik denk het wel, maar het zijn uw spullen. Ik wil niets weggooien wat u later zou kunnen gaan missen. Misschien moet u de stapels toch nog maar even doornemen.'

Ze liepen de keuken in. 'Dat is niet nodig. Het enige wat ik hier ooit heb gewild, kon ik toch niet krijgen.' Mevrouw Compson gebaarde naar de gootsteen. 'Als je je weer een beetje hebt opgefrist, kun je naar de zitkamer komen.'

Sarah waste haar handen en haar gezicht, maar bleef even in

de deuropening van de zitkamer staan. Mevrouw Compson haalde een paar quilts uit een cederhouten kast en hing ze over de bank. Op een bijzettafel lagen een paar opengeslagen boeken. Mevrouw Compson draaide zich om en zag haar staan. 'Nou, kom je nog binnen of niet? Je bent deze keer uitgenodigd, in tegenstelling tot de eerste keer.'

'Ik had gehoopt dat u dat was vergeten.'

'Ik vergeet nooit iets.'

Sarah nam aan dat de oude vrouw waarschijnlijk ook nooit iets vergaf. Ze liep de kamer in naar de quilts. De stof leek versleten en verschoten, op sommige plekken zelfs een beetje gevlekt, maar de steekjes en de rangschikking van de piepkleine stukjes stof waren even fraai als bij de nieuwere quilts die ze had gezien. Voorzichtig volgde haar vingertop het patroon van de rood met witte quilt. 'Hebt u deze gemaakt?'

'Ik heb ze allemaal gemaakt. Ze zijn oud.'

'Ze zijn prachtig.'

'Hm. Jongedame, als je dat soort dingen blijft zeggen, mag je misschien blijven.' Mevrouw Compson deed de cederhouten kast dicht en spreidde de laatste quilt uit over de bank. 'Ik zou ze hier niet moeten bewaren. Contact met hout kan ze beschadigen. Maar Claudia was te verstrooid om daaraan te denken.' Ze zuchtte en liet zich in een stoel naast de bijzettafel zakken. 'Niet dat het veel uitmaakt. Deze quilts waren bedoeld om te gebruiken en te verslijten. Ik dacht dat ze je misschien op ideeën konden brengen, bij wijze van begin.'

Claudia. Dat moest haar zus zijn geweest, dacht Sarah, terwijl ze haar stoel dichter bij die van mevrouw Compson zette.

'Toen ik voor het laatst iemand leerde quilten... hemel, dat moet minstens vijftig jaar geleden zijn geweest,' zei mevrouw Compson, alsof ze hardop dacht. 'Natuurlijk heeft ze het nooit echt willen leren. Ik weet zeker dat jij het veel beter zult doen.'

'O, maar ik wil het ook echt leren. Mijn oma maakte quilts,

maar ze overleed voordat ik oud genoeg was om het te kunnen leren.'

Mevrouw Compson trok een wenkbrauw op. 'Ik begon op mijn vijfde.' Ze zette haar bril op en keek naar een van de boeken. 'Ik denk dat je het beste kunt beginnen met een *sampler*. Bedenk wel dat ik van plan ben om je de traditionele technieken te leren, dus met de hand. Je moet niet denken dat je je quilt deze week of zelfs dit jaar af zult krijgen.'

'Ik weet dat het tijd kost. Dat vind ik niet erg.'

'Er zijn heel veel volkomen aanvaardbare moderne technieken waardoor je sneller en gemakkelijker kunt quilten.' Ze knikte even in de richting van de naaimachine. 'Daar maak ik zelf ook weleens gebruik van. Maar voorlopig is met de hand goed genoeg.'

Sarah keek vol ongeloof naar de naaimachine. 'Kunt u op dat speelgoedding naaien?'

Matt trok soms een gezicht dat erg leek op het gezicht dat mevrouw Compson nu trok, en dat deed hij meestal wanneer Sarah een amaryllis een lelie noemde of wanneer ze alles van löss tot turf onder de noemer 'aarde' schaarde. 'Dat is geen speelgoed. Dat model wordt niet meer gemaakt, maar het is een van de beste naaimachines die een quilter zich kan wensen. Je moet zaken niet op grond van hun formaat of hun leeftijd veroordelen.'

Sarah voelde zich terechtgewezen en veranderde van onderwerp: 'U zei dat ik een *sampler* moet gaan maken?'

Mevrouw Compson knikte. 'Een quilt met verschillende blokken, zodat je kunt oefenen. Hoe groot moet de quilt worden?'

'Groot genoeg voor ons bed. Een gewoon tweepersoons.'

'Dan heb je ongeveer twaalf verschillende blokken nodig als we ze in rechte lijnen aan elkaar zetten, met *sashings* of tussenstroken tussen de blokken in plaats van ze op de punt te zetten. We kunnen brede stroken van jouw achtergrondstof tussen de blokken en de buitenste rand zetten, zodat je meer dan genoeg ruimte hebt om je steken te oefenen.' Mevrouw Compson gaf Sarah een van de boeken aan. 'Kies hier maar twaalf blokken uit die je wilt proberen te maken. In de andere boeken staan nog meer patronen. Ik help je wel een goede verdeling te maken.'

Met de hulp van mevrouw Compson koos Sarah twaalf patronen uit de honderden die in het boek stonden. Mevrouw Compson legde uit wat het verschil was tussen blokken patchwork, die werden gemaakt door lapjes stof aan elkaar te zetten, en appliqué, waarbij figuren van stof op de achtergrondstof werden genaaid. Mevrouw Compson zei dat ze van elk van deze technieken iets in haar *sampler* moest verwerken. De tijd vloog voorbij omdat ze de blokken moesten kiezen, bespreken en soms weer van de hand wijzen, en voordat Sarah het wist was het half zes. Ze had twaalf blokken gekozen die varieerden in stijl, uiterlijk en moeilijkheidsgraad, en Matt stond in de deuropening glimlachend naar haar te kijken.

'Hoe gaat het op de quiltschool?' vroeg hij. Hij liep naar Sarah toe en gaf haar een kus.

Sarah keek hem glimlachend aan. 'Ik krijg net te horen wat mijn huiswerk is.'

'Ja, Sarah heeft besloten om weer in de schoolbanken plaats te nemen.' Mevrouw Compson maakte een paar aantekeningen in een schrijfblok. Toen scheurde ze het bovenste vel af en gaf het aan Sarah. 'Dit is een lijstje met stoffen en naaigerei die je nodig zult hebben voor de *top*, de bovenkant van je quilt. We kijken later wel naar de andere dingen die je nodig hebt. Ken je de quiltwinkel in de stad?'

'Ik ben er een keer geweest.'

'Vraag iemand daar maar om te helpen de spullen op deze lijst uit te kiezen. Bonnie Markham is de eigenares. Een erg aardige vrouw. Ze weet het wel.'

Sarah knikte bij de herinnering aan de vriendelijke, donkerharige dame. Ze keek even naar de lijst, vouwde het vel op en stak het in haar zak. 'Ik zie u maandag weer.'

Mevrouw Compson vergezelde hen naar de deur, en Sarah en Matt reden naar huis.

Toen ze binnenkwamen, knipperde het lampje van het antwoordapparaat bij wijze van begroeting. Sarahs maag maakte een salto toen ze om Matt heen dook en naar het afspeelknopje tastte.

'Met Brian Turnbull van de PennCellular Corporation.'

Sarah sloot haar ogen en onderdrukte een kreun.

'Ik ben op zoek naar Sarah McClure in verband met het cv dat u ons hebt toegezonden. Als u nog steeds geïnteresseerd bent in de baan, zou u ons dan vandaag voor vijven een belletje willen geven? Dan kunnen we een datum voor een gesprek prikken.'

Sarah keek vol ongenoegen naar de klok. Het was bijna zes uur.

'Als ik u voor die tijd niet meer spreek: ik ben maandagochtend weer op kantoor te bereiken.' Hij noemde snel zijn telefoonnummer en hing op.

'Wat vind je daar nu van?' mompelde Sarah, die de telefoon greep. 'Was ik maar thuis geweest. Stel dat hij denkt dat ik geen belangstelling heb? Nu heeft hij die baan misschien al aan een ander aangeboden.'

'Hé, rustig maar.' Matt masseerde haar schouders. 'Hij zei toch dat je hem maandag weer kunt bellen? Dat zou hij toch niet zeggen als hij geen belangstelling had?'

Sarah schudde haar hoofd. 'Dit is een teken.'

'Het is geen teken.'

'Wel waar. Het is een erg slecht teken.'

'Sarah, je overdrijft. Je zou niet zo...' Matt zweeg en slaakte een zucht. Hij schudde zijn hoofd en fronste, overdreven hulpeloos. 'Weet je wat, laten we eerst gaan eten. Ik heb honger als een paard.'

Sarahs bezorgdheid nam langzaam af. 'En dan?'

'Dan ruimen we op.'

'En daarna?'

'Daarna,' zei hij, terwijl hij haar bij haar middel pakte en haar naar zich toe trok, 'moet je even helemaal niet meer aan werk denken.' Hij kuste haar en glimlachte, terwijl zijn ogen ondeugend glansden.

Sarah glimlachte terug. 'Waarom zouden we tot na het eten wachten?'

5

Zaterdagochtend las Sarah tijdens het ontbijt met veel meer zelfvertrouwen dan in de afgelopen paar weken de personeelsadvertenties. Nu ze dankzij haar werk bij mevrouw Compson geld verdiende, hoefde ze niet meteen de perfecte baan te vinden. En bovendien bracht ze liever de zomer op Elm Creek Manor door in plaats van op een hokje op kantoor onder de airco sommetjes te zitten maken.

Sarah zag drie nieuwe advertenties staan waarin accountants en boekhouders werden gevraagd, en dat beschouwde ze als een teken dat het geluk haar eindelijk toelachte. Gewoonlijk zocht ze naar woorden voor haar sollicitatiebrief, maar vandaag vlogen haar vingers over het toetsenbord. In een opwelling veranderde ze het font van haar cv van Helvetica in New Century Schoolbook, dat er vrolijker uitzag en mogelijk een betere indruk zou maken. Om tien uur reed ze samen met Matt naar het postkantoor, waar ze haar brieven aan hun hoopvolle reis liet beginnen. Daarna ging Matt een paar boodschappen voor zichzelf doen en haastte Sarah zich te voet naar Oma's Zoldertje.

Het was drukker in de winkel dan bij haar eerste bezoek. Een aantal klanten drentelde door het gangpad en bestudeerde ijverig de rollen stof of bladerde door de boeken en patronen die bij de ingang lagen. Sarah zag Bonnie met vijf andere vrouwen bij het uiteinde van de lange kniptafel staan. Ze wilde net naar hen toe lopen toen ze allemaal in lachen uitbarstten. Omdat ze zich een beetje opgelaten voelde, bleef ze staan. Ze kwamen niet afstandelijk over, maar het was zo overduidelijk dat ze vriendinnen waren dat Sarah vreesde dat het zou lijken alsof ze hen probeerde af te luisteren. Daarom wuifde ze onopvallend, in de hoop dat ze de aandacht van de eigenares kon trekken zonder het levendige gesprek te onderbreken.

De jongste vrouw in het groepje keek haar kant uit, glimlachte en liep bij de tafel vandaan. Ze had lang, steil kastanjebruin haar dat ze in een middenscheiding droeg en dat tot halverwege haar rug viel. 'Kan ik u helpen?' vroeg ze toen ze dichterbij kwam. Ze leek een paar jaar jonger dan Sarah, mogelijk rond de twintig.

Bonnie kwam vlak achter haar aan. 'En, Sarah, ga je de sprong wagen?'

Sarah haalde het lijstje van mevrouw Compson uit haar zak. 'Ja, en ik moet een aantal dingen aanschaffen. Maar ik weet niet zeker... Nou, iets als dit. Ik word geacht 'drie meter stof met een gemiddelde waarde' te halen. Wat is dat?'

'De waarde van de stof kan donker, licht of gemiddeld zijn,' legde het meisje met het kastanjebruine haar uit.

'Hoeveel de stof kost, bedoel je?'

De lach van het meisje werd breder, en in haar rechterwang verscheen een kuiltje. 'Nee, dat niet. Ik zal het opnieuw uitleggen. De lichtwaarde van een kleur geeft aan hoe licht of donker de kleur is, hoeveel zwart of wit er door de kleur heen zit. Als je het patroon van een blok goed naar voren wilt laten komen, moet je contrasterende waarden gebruiken. Denk maar aan donkerbruine moddersporen op een beige tapijt. De modder en het tapijt hebben verschillende lichtwaarden, zodat je de voetstappen duidelijk kunt zien. Maar als je donkerbruine moddersporen op een donkerblauw tapijt maakt, kun je de voetstappen lang niet zo duidelijk zien. En als jouw moeder op de mijne lijkt, merkt ze niet eens dat er vlekken op zitten.'

'Dat heb ik gehoord, meid,' riep een van de vrouwen bij de

kniptafel. 'Je weet dat je in het openbaar geen commentaar op mijn huishoudelijke talenten dient te geven.' Haar haar was ook kastanjebruin, maar ze was steviger gebouwd dan haar tengere dochter. Ze droeg een lange wijde rok en een paar kralenkettingen.

'Ze zegt niets wat we nog niet weten, Gwen,' zei de vrouw die naast haar stond op lijzige toon. Ze was opvallend knap, lang, dun en gebruind, en ze droeg haar korte blonde haar in krullen.

'Het was trouwens voor een goed doel, mam. Ik help een nieuwe quilter.'

Gwen haalde haar schouders op. 'O. Ga in dat geval maar door.'

De anderen barstten weer in lachen uit. Toen Sarah naar hen keek, voelde ze het begin van een lach rond haar mondhoeken spelen.

'Als Summer alles onder controle heeft, kunnen we je wel in haar vaardige handen achterlaten,' stelde Bonnie voor. 'Ze weet net zoveel van quilten als alle anderen hier.'

'Niet echt. Ik ben het ook nog aan het leren,' antwoordde Summer, maar ze keek verheugd toen ze gebaarde dat Sarah haar naar de dichtstbijzijnde rij stoffen moest volgen.

Nadat Sarah rollen katoen met alle mogelijke patronen en kleuren had bekeken, vond ze een stof met een gemiddelde lichtwaarde die ze mooi vond, een paisleypatroon in rood, blauw, crème en bruin. Daarna liet Summer haar zien hoe ze stoffen moest uitkiezen die bij die eerste stof pasten. Aanvankelijk koos Sarah alleen maar stoffen met een patroon van bloemen uit, maar Summer legde uit dat verschillende patronen – een mengeling van grote, luchtige, geometrische, ton-sur-ton en veelkleurige patronen – de voltooide quilt veel interessanter zouden maken.

'Ik moet aan zoveel dingen denken,' zei Sarah, overweldigd. 'Ik had niet gedacht dat het maken van een quilt gemakkelijk zou zijn, maar als zelfs al het doen van inkopen zo ingewikkeld is, durf ik er niet aan te denken hoe moeilijk het naaien zal zijn.'

'Het wordt gemakkelijker, maar ik begrijp wat je bedoelt,' bekende Summer, die haar stem liet zakken. 'Toen mijn moeder me leerde quilten, had ik hetzelfde gevoel. Maar zeg dat maar niet tegen haar. Ze is ervan overtuigd dat ik een wonderkind was, en ik wil dat beeld niet graag verpesten.'

Sarah lachte. Het was fijn om weer eens met een vriendelijk iemand te praten. Plotseling besefte ze, met een steek van pijn, dat ze haar vriendinnen uit State College heel erg miste. Ze hadden altijd zoveel gepraat en gelachen en lol gehad, waar ze ook waren of wat ze ook deden. Zelfs een bezoekje aan de wasserette was met hen een dolle boel geweest, en hoe erg haar werkdag of een ruzie met haar moeder ook was, zij wisten haar altijd weer op te vrolijken en te troosten. Bonnie en de andere vrouwen wekten de indruk dat hun vriendschap ook zo was. Terwijl Summer haar hielp om de spulletjes op de lijst van mevrouw Compson bijeen te zoeken, wou Sarah dat zij en Summer vriendinnen waren en dat Summer haar aan de andere vrouwen zou voorstellen. Ze zagen er allemaal zo vrolijk uit en leken zich bij elkaar op hun gemak te voelen.

'Volg je een cursus bij Bonnie?' vroeg Summer toen ze met de rollen stof naar het andere einde van de kniptafel liepen. Ze rolde de eerste rol af en begon de stof te knippen.

'Nee. Sylvia Compson gaat het me leren.'

Summer staarde haar aan. Haar schaar bleef beweginloos in de lucht hangen. 'Sylvia Compson gaat je leren quilten? Dat meen je niet.'

Op dat moment viel het gesprek aan het andere uiteinde van de kniptafel stil en keken de vrouwen hun kant op. De uitdrukking op hun gezichten varieerde van enigszins verbaasd tot ronduit verbijsterd. Een vrouw met Aziatische trekken verbrak de stilte: 'Ze quilt altijd alleen. Dat zegt ze tenminste.' Ze droeg een baby in een draagzak op haar rug, en terwijl ze sprak, trok ze afwezig een lok van haar zwarte haar uit het knuistje van de baby.

De oudste vrouw, die klein was en wit haar had, knikte. 'Volgens mij heeft Judy gelijk.' In de blauwe ogen achter de roze brillenglazen was een verbaasde blik te zien. 'Ze geeft geen les meer, dat heeft ze voorzover ik weet al heel lang niet meer gedaan.'

'Zo te horen krijg je concurrentie, Bonnie,' voegde de blonde vrouw naast Gwen eraan toe.

'Des te beter,' vond Bonnie. 'Ze heeft zoveel talent. Het is geweldig dat ze die gave door wil geven.'

'Het wordt tijd dat ze wat minder verwaand wordt,' mompelde de blonde vrouw. 'Ze wint wel alle prijzen, maar ze wil niet bij een quiltgroepje.'

'Hou op, Diane,' zei Judy. 'Ze is hier trouwens nog maar net terug, sinds de dood van Claudia. Wie weet, misschien zat ze wel bij een clubje in... waar ze woonde.'

'Sewickley,' zei Sarah.

Zes paar ogen staarden haar aan.

'Kom jij ook uit Sewickley?' vroeg de oudste vrouw. 'Ben je een vriendin van haar? Kun je ons vertellen hoe het met haar gaat? Ik ben mevrouw Emberly. Mevrouw Compson zou het niet erg vinden als je het me zou vertellen, sterker nog, ik denk dat ze dat wel verwacht. Ben je familie?'

'Nou, nee, ik bedoel, ik ben geen familie. Ik werk voor mevrouw Compson. Maar ik kom niet uit Sewickley. Ik kom uit State College.' Sarah probeerde niet te veel te ratelen. 'Ik ken mevrouw Compson helemaal niet zo goed...'

'Aha, State College.' Gwen grinnikte. 'Dan heb je vast aan Penn State gestudeerd.'

'Dat klopt. Ik ben hier net komen wonen.'

'Zit je al ergens bij of ben je op eigen houtje bezig?'

Sarah fronste verbaasd haar wenkbrauwen.

Summer schoot haar te hulp. 'Wat mama wil weten, is of je al bij het Waterford Quilting Guild zit of dat je nog op zoek bent naar een clubje.'

'Ik ben op eigen houtje bezig, niet echt vrijwillig, maar...'

'Dan kun je bij ons clubje komen,' riep Summer uit. 'Als je dat zou willen, bedoel ik. Als je het niet te druk hebt.'

'Dat zou ik enig vinden. Maar ik ben nog maar een beginner. Is dat erg?'

'We zijn ooit allemaal beginners geweest,' zei Gwen tot haar opluchting. Ze stelde haar voor aan de andere vrouwen, die stuk voor stuk naar Sarah glimlachten toen Gwen de ronde deed.

Gwen legde uit dat het Waterford Quilting Guild, dat honderd leden telde, een keer per maand op de campus van de universiteit bijeenkwam om het over verenigingszaken en activiteiten te hebben en dat er kleinere groepjes waren die elke week bij elkaar kwamen. 'Zo zijn de Tangled Web Quilters ook begonnen, maar na een tijdje gingen we niet meer naar de maandelijkse bijeenkomsten. Ik kreeg persoonlijk genoeg van dat bureaucratische gedoe. Dan moest er weer iemand voor dit worden gekozen, dan moest er weer een comité voor dat worden samengesteld... Al die onzin kost tijd die je ook aan quilten kunt besteden. Als je op donderdagavond niets te doen hebt, ben je van harte welkom om met ons mee te doen.'

'Je zult het heel leuk vinden, Sarah,' zei Bonnie. 'Neem iets te quilten mee en bereid je erop voor dat je ons je levensverhaal zult moeten vertellen.'

Diane grinnikte. 'Of zoals we gewoonlijk zeggen: "Stikken, al dan niet van de lach"'.

Ze moesten allemaal lachen.

'Zeg dat nou niet,' merkte mevrouw Emberly op, een lach onderdrukkend. 'Anders denkt ze nog dat we alleen maar zitten te geinen.'

'Nee, echt niet,' verzekerde Sarah haar. De Tangled Web Quilters leken meer op haar vriendinnen uit State College dan ze ooit had kunnen vermoeden.

Summer knipte de laatste stoffen die Sarah had uitgekozen terwijl Gwen wat informatie over de bijeenkomst van volgende week op papier zette. Sarah betaalde, nam afscheid van haar nieuwe vriendinnen en verliet de winkel. Toen ze naar het koffiehuis liep waar Matt voor de lunch op haar zat te wachten, zwaaide ze vrolijk met haar boodschappentas. Voor de eerste keer sinds ze naar Waterford waren verhuisd, leek het centrum inderdaad zo gezellig en vriendelijk als de makelaar had beloofd.

'Het klinkt alsof die Diane jaloers is op mevrouw Compson,' zei Matt nadat Sarah had verteld hoe haar ochtend was geweest.

'O, ik denk dat ze echt wel aardig is, hoor. Ze leken me allemaal erg aardig.' Sarah keek hem aandachtig aan en onderdrukte een grijns. Hij zag eruit alsof hij mevrouw Compson meteen zou verdedigen als iemand nog iets lelijks over haar zou zeggen.

'Terwijl jij in de quiltwinkel was, heb ik op mijn werk een autotelefoon geregeld,' ging Matt verder. 'Die kunnen we denk ik wel gebruiken nu we heel vaak op Elm Creek Manor zullen zijn.'

'Dat is een goed idee.'

'Misschien moeten we mevrouw Compson zover zien te krijgen dat ze telefoon neemt. Niet voor ons, maar voor haar, voor het geval er iets gebeurt of zo. Ik snap niet dat ze nog geen telefoon heeft.' Plotseling fronste hij, een verbaasd gezicht trekkend. 'Wat is er? Heb ik soms kruimels op mijn gezicht of zo? Waarom zit je te lachen?'

'Om jou,' zei Sarah plagend. 'Het is schattig dat je je zo druk maakt om mevrouw Compson. Het lijkt wel alsof je haar hebt geadopteerd.'

Matt keek beschaamd. 'Je doet net alsof ik een padvinder ben.'

'Ik vind het wel lief.' Ze stak haar hand uit en kneep vol liefde in de zijne. 'Je hebt gelijk wat die telefoon betreft. Ik vraag me af wat ze bij een noodgeval doet. Ik denk niet dat iemand haar zou horen als ze om hulp zou roepen.'

'Dat denk ik ook niet. De hoofdweg ligt te ver van het huis, en er komen sowieso niet veel mensen langs. Elm Creek Manor ligt nogal geïsoleerd, zeker voor iemand die geen auto heeft.'

'Heeft ze geen auto?'

'Heb je ooit een auto achter het huis zien staan? Afgezien van die van ons, bedoel ik?'

Sarah probeerde het zich te herinneren. 'Nee, ik geloof het niet, en ze zou zo dicht mogelijk bij de achterdeur parkeren omdat ze niet zo gemakkelijk loopt.' De gedachte baarde haar zorgen. Geen telefoon, waarschijnlijk geen auto, en niemand in huis, behalve wanneer Sarah aan het werk was.

'Geen wonder dat ze de tent wil verkopen en terug wil naar Sewickley.' Matt schudde zijn hoofd. 'Jammer, hoor. Wanneer we daar klaar zijn, zal het er schitterend uitzien, maar zij zal er niet van kunnen genieten.'

'Ja, dat is echt jammer.' Sarah fronste en tikte met haar vingers tegen haar koffiekopje.

Voordat Sarah en Matt op maandagmorgen naar Elm Creek Manor vertrokken, raapte Sarah al haar moed bijeen en belde ze meneer Turnbull van de PennCellular Corporation. 'Waarom ga je niet even naar boven of zo?' vroeg ze aan Matt toen ze het nummer draaide. 'Anders leid je me maar af.'

'Goed,' zei Matt, maar hij bleef in de deuropening staan.

Nadat de telefoon een paar keer was overgegaan, nam de receptioniste op, die Sarah meteen in de wacht zette. Terwijl ze zat te wachten, had ze het gevoel dat haar keel werd dichtgeknepen.

'Niet zo zenuwachtig,' fluisterde Matt.

Sarah gebaarde dat hij weg moest gaan, maar hij zette maar één stap buiten de keuken.

'Turnbull,' blafte een stem opeens kortaf in haar oor.

'Goedemorgen, meneer Turnbull,' zei Sarah, die zich dwong zelfverzekerd te klinken. 'Met Sarah McClure. U hebt me gebeld over...'

'O ja, natuurlijk, Sarah McClure.' Op de achtergrond ritselde papier. 'Je hebt gesolliciteerd naar een baan op onze pr-afdeling, klopt dat? Dat was best een aardig cv.'

'Dank u.'

'Ik heb ook aan Penn State gestudeerd, wist je dat? Dat was natuurlijk voor jouw tijd. Ik zie dat je als accountant bent opgeleid. Geeft professor Clarke er nog steeds les?'

'Ja. Ik bedoel, voorzover ik weet wel. Ik heb jaren geleden les van haar gehad.'

'Ik was gek op haar colleges en had een hekel aan haar examens.' Meneer Turnbull grinnikte. 'Goed, eens even kijken. Ik heb je cv bekeken, en weet je, Sarah, je lijkt me veel beter geschikt voor een baan op onze boekhoudafdeling.'

Sarah voelde dat de moed haar in de schoenen zonk. Ze probeerde een passend antwoord te bedenken.

'Nu wil het toeval dat we daar een vacature op instapniveau hebben,' vervolgde meneer Turnbull. 'We hebben nog niet eens een advertentie geplaatst. Wat vind je ervan? Heb je interesse?'

'Ja, natuurlijk, maar ik heb ook veel interesse voor die andere...'

'Mooi. Er zijn een paar mensen op die afdeling die je wel willen spreken. Heb je deze week tijd?'

'Ja. Dank u.'

'Wat dacht je van morgen, om een uur of een?'

Zo snel? 'Dat lijkt me prima.' Sarah wist dat ze nog iets moest zeggen, iets indrukwekkends, iets slims, maar ze stond met haar mond vol tanden.

Meneer Turnbull vertelde in hoog tempo waar ze het kantoor kon vinden, terwijl Sarah snel aantekeningen maakte. 'Tot morgen dan.'

'Dank u, meneer Turnbull. Ik kijk ernaar uit. Tot morgen. Nogmaals bedankt.'

Matt had tijdens het hele gesprek aandachtig naar haar gezicht gekeken en liep weer de keuken in toen Sarah ophing. Ze kreunde, deed haar ogen dicht en liet zich tegen de keukenmuur vallen. 'Zo erg kan het niet geweest zijn,' zei Matt ongelovig. 'Je hing zo kort aan de lijn dat je nooit veel schade kunt hebben veroorzaakt.'

'Ik had dat gesprek moeten oefenen. Jeetje, kan ik het dan nooit goed doen?' Ze bonsde met haar hoofd tegen de muur.

'Nou, tegen de muur bonken zal niet veel helpen.'

'Hij wil me niet voor die PR-baan hebben.'

'Hoe bedoel je? Je hebt net toch een afspraak voor een gesprek gemaakt?'

'Voor een baan op de boekhoudafdeling. Ik heb geprobeerd iets over die PR-baan te zeggen, maar hij had het telkens over boekhouden.'

'Je ziet hem morgen toch? Dan kun je het erover hebben.'

'Nee, ik heb het verknald. Dat was pas een slechte eerste indruk. Misschien moet ik maar bellen om het af te zeggen.'

Matt lachte. 'O ja, dat zal een nog veel betere indruk maken.' Hij liep naar haar toe en legde zijn handen op haar schouders. 'Wees niet zo hard voor jezelf, Sarah. Goed, je was een beetje nerveus, maar dat betekent niet dat je het hebt verknald. Ik denk dat iedereen met wie hij praat nerveus is, misschien nog wel nerveuzer dan jij. Hij vond vast dat je goed klonk, anders had hij je toch nooit uitgenodigd voor een gesprek?' Hij bukte zich, zodat hij haar recht in haar ogen kon kijken, en grijnsde speels naar haar. 'Heb ik gelijk? Zeg dat ik gelijk heb.'

Sarah wist heel zwakjes te glimlachen. 'Goed, misschien heb je wel gelijk. Hij had ook op kunnen hangen. En hij heeft aan Penn State gestudeerd. Bij professor Clarke.'

'Nou, daar heb je het al. Meneer Turnbull vindt professor Clarke aardig, en professor Clarke vindt jou aardig, nietwaar? Kat in het bakkie.'

'Ik denk niet dat het zo simpel is, Matt.'

'Dat weet je niet.' Hij gaf haar een snelle kus en pakte toen zijn portefeuille en sleutels van het aanrecht. 'Kom, dan gaan we. Mevrouw Compson vindt het vast niet leuk als we te laat zijn.'

Sarah pakte haar tas met quiltspullen, trok haar regenjas aan en haastte zich achter hem aan naar buiten. Tegen de tijd dat hij haar achter Elm Creek Manor afzette, was ze een kwartier te laat. Toen ze van de auto naar de achterdeur rende, probeerde ze de grootste plassen te vermijden.

Mevrouw Compson stond in de hal op haar te wachten. 'Je

bent te laat,' zei ze voordat Sarah de kans had gehad om 'Hallo' te zeggen. 'Ik dacht dat je niet meer zou komen.'

'Het spijt me, mevrouw Compson.' Ze deed haar regenjas uit en schudde de druppels uit haar haar. 'Ik moest een belangrijk telefoontje plegen, maar het kantoor ging pas om acht uur open.'

'Om acht uur had je hier aan het werk moeten zijn en had je niet thuis moeten zitten bellen.'

'Ik zei dat het me speet. Het zal niet nog eens gebeuren.'

'Hm.' Mevrouw Compson snoof en ontspande toen wat. 'Je bent vast je quiltspullen vergeten.'

'Ik heb alles hier.' Sarah hield haar tas omhoog.

'Heb je de stof gewassen en geperst?'

'Precies zoals u me hebt uitgelegd.'

'Hm. Nou, dan moet je vandaag maar tot de lunch in de bibliotheek gaan werken.' Mevrouw Compson pakte de tas aan en liep naar de keuken. 'Laat je schoenen hier maar staan. Ik wil niet dat je overal moddersporen achterlaat.'

Sarah trok achter mevrouw Compsons rug een vermoeid gezicht. Die vrouw kon echt overdrijven. Ze wist dat het vinden van een echte baan voor Sarah het allerbelangrijkste was. Als mevrouw Compson telefoon had gehad, zoals alle normale mensen, dan had Sarah op tijd op haar werk kunnen zijn en vanaf hier kunnen bellen. Ze trok haar schoenen uit en voelde dat de kilte van de stenen vloer in haar tenen trok. Binnensmonds mopperend trok ze haar sokken omhoog en volgde haar werkgeefster naar de keuken.

'Hing mijn quilt nog in de etalage van Oma's Zoldertje?' vroeg mevrouw Compson toen Sarah de keuken binnenkwam. Ze zat aan tafel door haar bril naar een krant te turen.

'Zaterdagmorgen nog wel.'

Mevrouw Compson fronste en schudde haar hoofd. 'Misschien moeten ze hem maar weghalen. Ik denk niet dat iemand hem koopt. Ik zou hem gewoon in de kast moeten leggen, bij de andere.'

'O nee, ze moeten hem laten hangen. Hij is zo mooi. Er komt vast wel iemand die hem koopt, dat weet ik zeker.'

Mevrouw Compson keek haar met een onzeker gezicht aan. 'Denk je dat echt?'

'Als ik het geld had, zou ik hem kopen.'

'Het is lief dat je het zegt, maar ik heb mijn twijfels. Ik denk dat mensen niet meer geven om voorwerpen als quilts.'

Sarah dacht aan Bonnie, Summer en de andere Tangled Web Quilters. 'Dat weet ik niet. Ik denk dat heel veel mensen om quilts geven.'

Mevrouw Compson lachte halfslachtig. 'Dat zei ik niet.' Ze zuchtte en ging weer verder met haar krant.

Sarah keek even naar haar, draaide zich toen om en ging naar de bibliotheek. Ze voelde zich niet lief. Ze wou dat ze meer op Matt leek; die nam mensen altijd zoals ze waren, oordeelde nooit te snel, gaf mensen het voordeel van de twijfel in plaats van om het minste of geringste kwaad te worden. Mevrouw Compson overdreef misschien wel een beetje, maar Sarah was te laat op haar werk gekomen, al was het maar een kwartiertje. Ze voelde zich een beetje schuldig, maar dat kwam meer door haar boze reactie op het gedrag van mevrouw Compson dan door het feit dat ze te laat was geweest.

Mevrouw Compson had drie lege dozen, een bol touw, een blik meubelwas en een stapel schone stofdoeken op de grond naast het bureau gezet. Omdat de wind uit het zuiden kwam, deed Sarah alleen de ramen in de oostgevel open, zodat er wat frisse lucht naar binnen kon waaien zonder dat de hardhouten vloer of de pers in het midden doorweekt raakte. Toen begon ze aan haar werk van die dag door de dozen te vullen met Claudia's oude paperbacks en de bundeltjes kranten met een touw samen te binden. In de bibliotheek was het die ochtend aangenaam koel, en Sarah neuriede opgewekt tijdens het werk, ondertussen luisterend naar de regen die buiten viel. Af en toe klonk in de verte het gerommel van de donder en rammelden de ramen en flikkerden de lampen.

Rond een uur of twaalf hoorde ze de trage voetstappen van mevrouw Compson boven aan de trap. Sarah legde haar stofdoek neer en snelde naar de deur van de bibliotheek. Daar stond mevrouw Compson met een dienblad met broodjes, een fruitsalade en een kan ijsthee.

'U had niet helemaal hierheen hoeven komen.' Sarah pakte het blad aan en droeg het naar de salontafel. 'Ik was wel naar beneden gekomen.'

'Ik wilde wel even kijken hoe het hierboven ging.' Mevrouw Compson keek om zich heen en knikte tevreden toen ze naast Sarah midden in de ruimte ging staan. 'Ja, het ziet er goed uit. Het ziet er bijna weer zo uit als ik me kan herinneren.' Ze liet zich voorzichtig op de bank zakken, waaruit een stofwolk opsteeg.

Sarah prentte zich in dat ze na het eten de kussens moest uitkloppen. Ze ging aan de andere kant van de tafel op de grond zitten en schonk een glas ijsthee voor zichzelf in.

'Het leek me leuk om samen een hapje te eten,' zei mevrouw Compson. 'Als je het tenminste niet erg vindt om te worden lastiggevallen.'

'U valt me niet lastig. Ik vind een beetje gezelschap wel fijn.' Sarah schonk nog een glas vol en gaf dat aan haar werkgeefster. Daarna pakte ze een broodje van de stapel en legde het op het breekbare porseleinen bordje dat mevrouw Compson voor haar had neergezet. Het bordje was bijna doorzichtig, met een geschulpte rand die was afgezet met goud. In het midden stond een steigerend paard afgebeeld. 'Weet u, ik heb die afbeelding van dat paard al overal gezien hier,' zei Sarah nadenkend, even vergetend dat ze zich niet meer met mevrouw Compsons privéleven wilde bemoeien. 'Bij de fontein voor het huis, en op het porselein, en het is in goudkleurig reliëf in het bureau aangebracht...'

'Compson was de naam van mijn echtgenoot.' Mevrouw

Compson nipte van haar ijsthee. 'O ja, natuurlijk, je komt niet uit Waterford. Dan heb je waarschijnlijk nooit van Hans Bergstrom gehoord? Of van de Bergstrom-volbloeds?'

Sarah schudde haar hoofd.

'Wat weet je van paarden?'

'Niet veel.'

'Hans Bergstrom was mijn overgrootvader.' Mevrouw Compson stond op en liep naar het bureau. Ze liet haar hand over het reliëf van het steigerende paard gaan. 'Hij fokte de mooiste paarden van het land. Ik heb hem nooit gekend, behalve dan uit verhalen van mijn ouders, maar hij moet een bijzonder man zijn geweest. Dat waren de Bergstroms allemaal.'

Ik kan me één verhaal nog goed herinneren. Van alle verhalen die in dit huis hun oorsprong hebben, vind ik dit het mooiste.

Mijn overgrootvader was de jongste zoon van een tamelijk welgestelde Duitse familie, afkomstig uit een klein stadje in de buurt van Baden-Baden. Ik zeg nu wel dat de familie uit Baden-Baden kwam, maar dat is niet helemaal waar. De grootvader van Hans was daarheen verhuisd toen hij met een Duits meisje trouwde. En als je denkt dat ze daarmee genoeg waren verhuisd voor één familie, dan heb je het mis.

Ik denk dat Hans Bergstrom erg op zijn grootvader leek: altijd onderweg. Zijn ouders wilden dat hij dominee werd, maar daar wilde hij niets van weten. Hij wilde in Amerika op zoek gaan naar avontuur en faam. Toen hij nog jong was, misschien een paar jaar jonger dan jij nu bent, stapte hij aan boord van een schip en emigreerde zonder toestemming van zijn ouders, zonder hun zelfs te vertellen dat hij op reis ging. Alleen zijn oudste zus wist ervan, maar ze zei pas iets toen het schip al een week op zee was.

Het duurde niet lang voordat hij in Pennsylvania terechtkwam en zijn kennis over het fokken en dresseren van paarden gebruikte om een baan te vinden, daarbij elke cent sparend die hij verdiende. Hij had namelijk een plan, hij wilde op een dag een eigen stoeterij beginnen en de beste paarden fokken die er waren, in zowel de oude wereld als de nieuwe.

Toen hij genoeg geld had gespaard, kocht hij dit stuk land en bouwde hij een klein huisje aan de westrand van het terrein, waar nu de boomgaarden liggen. Zo zelfverzekerd was hij, zo onbesuisd, zo zeker van zijn toekomstige succes. Hij schreef aan zijn familie in Duitsland dat ze zich bij hem moesten voegen, maar zijn oudste zus, Gerda, was de enige die kwam. Ze was niet getrouwd, en erg verstandig, maar ze durfde de gok wel te wagen.

Tegen de tijd dat Gerda's schip zou aankomen, reisde Hans naar New York om haar op te halen. En nu komt het deel van het verhaal dat ik het mooist vind. Toen hij bij de douane aankwam, zag hij een groepje mannen opgewonden met elkaar praten en gebaren en zo doen als mannen altijd doen wanneer ze ergens over twisten. Hans, die zich altijd met de zaken van een ander bemoeide, gaf de man naast hem een por en vroeg wat er aan de hand was.

'Er zit daar een meisje,' zei de man tegen hem. 'Ze zeggen dat ze hier nu al drie dagen rondhangt.'

'Een week, heb ik gehoord,' kwam een andere man tussenbeide.

De eerste man haalde zijn schouders op. 'Hoe dan ook, ze willen dat ze vertrekt. Ze proberen te bedenken wat ze met haar moeten beginnen.'

Hans baande zich geboeid een weg door de menigte en zag toen het mooiste meisje dat hij ooit onder ogen had gekregen. O, ze zag er wel doodmoe uit, dat wel, maar met haar groene ogen en bruine haar – nou, ik heb haar portret gezien en kan je verzekeren dat ze een plaatje moet zijn geweest. Ze zat boven op een spiksplinternieuwe trapnaaimachine, met haar enkels over elkaar geslagen, haar handen keurig in haar schoot gevouwen, haar kin dapper omhoog, alsof ze daar op een troon zat. Een paar hutkoffers lagen aan haar voeten op de grond, en naast haar stonden drie mannen in uniform haar toekomst te bespreken, alsof ze er helemaal niets over te zeggen had – wat ze waarschijnlijk ook niet had. Ze negeerde hen met zoveel waardigheid als ze kon opbrengen.

Nadat Hans nog een paar vragen aan de mensen om hem heen had gesteld, kwam hij erachter dat de jonge vrouw uit Berlijn kwam en drie dagen eerder hier de man had moeten treffen die had beloofd met haar te trouwen. Ze had al haar spaargeld uitgegeven aan een reis naar Amerika en aan de trapnaaimachine waarmee ze haar geld wilde verdienen, ze had alles ingezet op de belofte van een man die niet was komen opdagen. De douane wist niet wat ze met haar moest beginnen. Ze had geen familie in Amerika, ze sprak geen Engels en ze had niemand die voor haar op kon komen nu haar waardeloze verloofde haar had laten zitten. De meeste mannen vonden dat men haar aan boord van het eerste het beste schip naar Europa moest zetten, maar daar wilde ze niets van weten. Natuurlijk had ze geen andere keus dan te gehoorzamen, maar niet meteen: ze was niet van plan om zich als een mak schaap te laten afvoeren.

Als ik die jonge vrouw was geweest, had ik mijn voeten stevig op de grond gezet, die mannen recht aangekeken en hen uitgedaagd om me aan boord van een schip te zetten dat ik niet wilde nemen, maar dat waren andere tijden. Ik denk dat mijn tijd net zoveel van de hare verschilde als de jouwe van de mijne.

Toen hief een van de beambten wanhopig zijn handen op. 'Nou, tenzij een van jullie met haar wil trouwen, stel ik voor om haar aan boord van het eerstvolgende schip te gooien, met die naaimachine erbij!'

'Ik trouw wel met haar,' zei mijn overgrootvader, die een stap naar voren deed. Hij wendde zich tot het mooie meisje op de naaimachine en begroette haar in het Duits.

Ze knipperde verbaasd toen ze een Amerikaan haar eigen taal hoorde spreken. Ze werd nog verbaasder toen hij voor haar vertaalde wat hij net tegen de mannen had gezegd.

'Als ik vandaag met je zou trouwen, zou ik me gelukkig prijzen,' zei Hans in het Duits. 'Maar ik mag niet van je verwachten dat je onder deze omstandigheden ja zegt. Ik heb liever dat mijn bruid voor mij kiest vanwege mij dan vanwege het vooruitzicht op deportatie.'

Daar moest het mooie meisje om lachen.

'We zeggen tegen deze mannen dat we gaan trouwen,' vervolgde Hans. 'Wat niet weet, wat niet deert. Je kunt zo lang als je wilt bij mij en mijn zus blijven wonen. Misschien zeg je over een jaar of twee wel tegen me dat je echt met me wilt trouwen. Of misschien vind je wel een andere man. Ik hoop dat je voor mij zult kiezen, maar ik wil dat je weet waar je aan begint voordat je ja zegt.'

Glimlachend bood ze hem haar hand. 'Misschien kun je me eerst vertellen hoe je heet, dan hebben we het later wel over trouwen. Over een jaar of twee.'

Het bleek dat ze maar een half jaar nodig had om een besluit te nemen. Ze werden verliefd, en dat maakte het gemakkelijker voor haar. Soms vraag ik me af of ze eerst verliefd werd op Hans' droom, op zijn hoop, op de uitdagingen die hij aanging, en daarna pas op hemzelf. Of misschien groeide haar liefde voor deze man uit tot een liefde voor zijn droom. Ik zal het wel nooit weten.

Nou, ik denk dat je inmiddels wel hebt geconcludeerd dat dat mooie meisje mijn overgrootmoeder was, Anneke. Zij en mijn overgrootvader trouwden acht maanden na hun eerste ontmoeting, en Gerda was bruidsmeisje. Door de jaren heen wisten ze Elm Creek Manor op te bouwen en werkten ze keihard om ervoor te zorgen dat de volbloeds van Bergstrom overal werden gezien als de beste paarden die er waren. Zelfs vandaag de dag zijn de bloedlijnen van de beste paarden nog terug te leiden tot deze plek.

Mijn overgrootouders voedden hier hun kinderen op, en

toen die kinderen trouwden, bleven ze hier bijna allemaal met hun echtgenoten en kinderen wonen. Ook mijn vader bracht mijn moeder hierheen. Ik weet nog dat ik als kind wel veertien speelkameraadjes om me heen had. Het was een heerlijke, gelukkige tijd.

'Wat gebeurde er toen?' wilde Sarah weten. Waarom had mevrouw Compson aan het einde van haar verhaal zo droevig geklonken? En waarom was alles veranderd? Het landhuis was nu zo goed als verlaten, niet langer te herkennen als de vrolijke plek die mevrouw Compson had beschreven.

'Het landgoed bloeide op. Mijn vader zette de traditie voort die met mijn overgrootvader was begonnen, en mijn man en ik hebben dat ook een tijdlang gedaan.' Mevrouw Compson zuchtte en wendde zich naar een van de ramen in de oostelijke gevel. Ze keek naar buiten. 'Maar dat is allemaal alweer zo lang geleden, en nu is alles anders. Een groot deel van het land dat we ooit bezaten is verkocht, en het enige wat nog rest van de droom van overgrootvader Bergstrom is dit huis, een paar hectare land, prachtige paarden die zich over de hele wereld hebben verspreid...' Haar stem stokte. 'En herinneringen. Maar dat moet maar genoeg zijn. Soms is het te veel.'

Sarah wilde iets zeggen, maar ze kon alleen maar kijken naar mevrouw Compson, die naar de regen staarde. Aan de stijfheid in de schouders en het gebogen hoofd van de oudere vrouw dacht Sarah te kunnen zien dat er sprake was van een verdriet dat ze niet kon begrijpen.

Mevrouw Compson draaide zich om en liep naar haar toe. 'Wil je het dienblad om drie uur weer mee naar beneden nemen?'

'Wilt u niet nog iets eten?'

'Nee, dank je, liefje. Ik heb toch niet zo'n honger. Ik zie je vanmiddag weer beneden.' Ze liep de bibliotheek uit en sloot de deur achter zich.

Fronsend wilde Sarah verder eten, maar toen legde ze haar broodje neer en schoof haar bordje opzij. Wat was er met de familie Bergstrom gebeurd? Waarom was mevrouw Compson zo ongelukkig?

Sarah liep naar het raam vanwaar mevrouw Compson naar de regenbui had staan kijken. Als het doorweekte gazon, de bomen in de verte waarvan de groene takken doorbogen in de wind en de fontein met het steigerende paard, die zich in hoog tempo met regen vulde, al antwoorden boden, dan kon Sarah ze niet zien.

7

Om drie uur nam Sarah het dienblad mee naar de keuken en voegde zich bij mevrouw Compson in de zitkamer. De goed verlichte ruimte was, ondanks de bui die buiten woedde, knus en vrolijk. Mevrouw Compson had de stoffen die Sarah had uitgekozen over de bank gedrapeerd en bekeek ze net aandachtig toen Sarah haar begroette.

'Je hebt echt oog voor kleur, Sarah.'

'Een van Bonnies werknemers heeft me geholpen.' Sarah pakte een van de quiltboeken en begon erin te bladeren. 'Gaan we vandaag beginnen met quilten?'

'Als je daarmee bedoelt of we een begin maken met het hele proces dat je quilten noemt, is het antwoord ja. Als je daarmee bedoelt of we de drie lagen op elkaar gaan naaien die een quilt vormen, dan is het antwoord nee.' Mevrouw Compson schoof haar naaimachine tegen de muur en gebaarde dat Sarah bij haar aan tafel moest komen zitten. 'We beginnen met het maken van de mallen voor je eerste blok, de Sawtooth Star.'

'Mallen?'

Mevrouw Compson zocht het patroon van het blok op in een boek. 'We nemen de onderdelen van dit blok over op dit doorzichtige plastic. Daarna snijden we de mal uit, leggen de stukken op de verkeerde kant van de stof en tekenen eromheen. Als je de stukken met een halve centimeter extra uit de stof knipt, heb je je eerste stukje van de quilt.'

'Waarom knippen we niet langs de lijn?'

'De getekende lijn is de lijn waarlangs je naait. De halve centimeter extra is de naadtoeslag.'

'O.' Sarah wist niet zeker of ze het begreep, maar ze ging zitten en pakte het vel plastic dat mevrouw Compson aan haar gaf. Het was bedekt met een raster van rode lijntjes. 'Kan ik het gewoon overtrekken uit het boek? Het lijkt zo klein.'

'Dat is ook zo,' zei mevrouw Compson. 'Als je de stukken gewoon zou overtrekken, zou je voltooide blok maar vijftien bij vijftien centimeter zijn, maar we willen dat het twee keer zo groot wordt. In veel boeken en bladen zijn patronen op ware grootte, maar deze zullen we moeten vergroten.'

Ze liet Sarah zien hoe ze de verkleinde patroontekening uit het boek met behulp van de rode lijnen tot op ware grootte kon uitvergroten. Met de hulp van mevrouw Compson maakte Sarah vier mallen: een klein vierkantje, een groter vierkant en twee gelijkbenige driehoeken; een met de rechte hoek links en de andere met de rechte hoek rechts.

Tijdens het werken kwam er een herinnering bij Sarah op. Telkens wanneer ze naar het patroon van de Sawtooth Star keek, had ze het gevoel dat ze iets belangrijks, iets overduidelijks miste; iets wat ze zou moeten zien, maar niet zag. Ze probeerde het gevoel van zich af te schudden, maar tevergeefs.

'Nu kun je de vorm van de mallen uit de stof gaan knippen.' Mevrouw Compson pakte de blauwe stof met de gemiddelde lichtwaarde en de crèmekleurige stof die Sarah als achtergrondstof had uitgekozen uit de stapel op de bank. Ze gaf Sarah de opdracht om een groot vierkant en acht kleine driehoeken uit de blauwe stof en vier kleine vierkanten en vier grote driehoeken uit de crèmekleurige stof te knippen. Toen Sarah dat had gedaan, legde mevrouw Compson de stukjes zo op tafel dat ze een ster vormden.

Het aanhoudende gevoel dat ze dit kende, liet Sarah niet los toen ze naar de stukjes keek. 'Ik heb dit eerder gezien.'

'Natuurlijk. Je hebt dit blok zelf uitgekozen.'

'Nee, dat is het niet.' Sarah dacht diep na, en het was alsof een onduidelijk beeld plotseling scherpgesteld werd. 'Ik heb ooit een quilt met dit patroon gehad.' Terwijl ze die woorden uitsprak, kon ze de roze met witte quilt die haar oma voor haar achtste verjaardag voor haar had gemaakt bijna voor zich zien.

Ze wist nog heel goed dat de mond van haar moeder zich had verstrakt toen ze haar cadeautje uitpakte. 'Hemel, moeder,' had haar moeder gezegd. 'Dat had je niet hoeven doen. Ik heb twee maanden geleden nog een nieuwe sprei voor haar gekocht.'

'Een kleindochter verdient een handgemaakte quilt. Ik heb er met plezier aan gewerkt.'

'Ze morst er vast iets op, dan is hij verpest.'

'Nee, dat zal ik niet doen. Dat beloof ik,' had Sarah gezegd, die haar handje over de quilt had laten gaan.

'Vind je de sprei niet mooi die we samen hebben uitgezocht?'

Sarah had opgekeken, geschrokken van de waarschuwende toon van haar moeders stem. 'Ja-a.' Ze zweeg even. 'Maar ik vind deze ook heel mooi.'

'Welke vind je mooier?'

'Dat moet je niet vragen,' had haar oma gezegd.

'Nee, nee, wees maar niet bang dat je me beledigt, moeder. Ik wil het weten. Toe dan, Sarah, zeg eens eerlijk.'

'Ik vind...' Sarah kon zich nog herinneren dat ze van de harde blik in de ogen van haar moeder naar de droevige blik in de ogen van haar oma had gekeken. 'Ik vind de quilt het mooist.'

'Dacht ik al.' Haar moeder stond op. 'Dat wilde je zeker horen, hè moeder?'

'Het is geen wedstrijd.'

'Dat kun jij gemakkelijk zeggen. Jij hebt gewonnen.' Haar moeder pakte de quilt en legde hem terug in de doos. 'Sarah zal er goed voor zorgen, hè Sarah?' Ze zette de doos zonder een woord te zeggen terug.

Oma stak haar armen uit, en Sarah ging op haar schoot zitten.

Ze kneep haar ogen dicht om te voorkomen dat ze zou gaan huilen, maar de tranen kwamen toch.

Zelfs nu, jaren later, voelde ze verbolgenheid naar boven komen. Ze bande de herinnering uit haar gedachten. 'Toen ik acht werd, heeft mijn oma een quilt met dit patroon voor me gemaakt.'

'O ja?'

'Ja.' Sarah staarde naar het blok. 'Maar ik mocht hem niet gebruiken. Mijn moeder vond hem te chic voor alledaags gebruik en bewaarde hem in een doos in haar kast. Ik mocht hem alleen gebruiken als oma op bezoek kwam.'

'Aha.' Mevrouw Compson keek haar begrijpend aan. 'Was je moeder soms zo'n net type, met plastic hoezen over de meubels en zo?'

'Nee.' Sarah schoof twee blokken tegen elkaar en keek ernaar. 'Ze deed nergens moeilijk over, behalve over die quilt.' Ze vroeg zich af waar de quilt nu was. Waarschijnlijk nog steeds onder in de kast van haar moeder. 'Ik was het helemaal vergeten. Grappig dat ik van alle blokken die u me hebt laten zien nu juist deze heb gekozen.'

'Zo vreemd is dat niet. Misschien koos je voor dit blok omdat je de quilt van je oma eigenlijk nooit bent vergeten en hem nog steeds mist.'

'Denkt u dat echt?'

'Of misschien heeft ze wel helemaal geen Sawtooth Star gebruikt, maar een Dove in Winter, of een Sunbonnet Sue. Of misschien kreeg je geen quilt, maar een pop of een mooie jurk. Het geheugen kan ons soms lelijk parten spelen.'

Die gedachte gaf Sarah een ongemakkelijk gevoel. 'Denkt u dat ik me iets herinner wat nooit is gebeurd?' Dat leek niet logisch. Ze zag zichzelf nog die quilt vasthouden, ze voelde nog dat ze haar hand over de zachte stof haalde en diep onder de indruk was van de felle kleuren.

'Nee, dat niet. Er is iets gebeurd, een conflict met je moeder, spanning tussen haar en haar eigen moeder. Maar of het om een quilt met de Sawtooth Star of iets heel anders ging, kan ik niet zeggen.'

Sarah fronste. De verklaring van mevrouw Compson bood geen duidelijkheid. Ze legde de stukjes van de blokken anders neer en keek er boos naar. 'Deze hoeken, die sluiten niet goed op elkaar aan.'

Mevrouw Compson tikte haar op haar pols. 'Laat die stukjes eens met rust. Je vergeet de naadtoeslag weer. Als de stukjes eenmaal aan elkaar zijn genaaid, past alles precies en zul je zien dat het een heel mooi blok is geworden.' Ze maakte een doosje met spelden open. 'Nu ga ik je leren hoe je ze met de hand aan elkaar moet naaien.'

Sarah wist hoe ze een knoop aan moest zetten, maar verder reikte haar kennis niet. Ze luisterde dus aandachtig naar de instructies van mevrouw Compson. Op haar aanwijzing pakte ze een crèmekleurig en een blauw driehoekje en spelde die langs de naailijn met de goede kanten op elkaar. Toen pakte ze de naald met garen aan die mevrouw Compson haar gaf, legde een knoop aan het einde van het stukje garen en naaide de stukjes stof langs de lijn op elkaar, ondertussen de spelden verwijderend. Nadat ze een tweede knoop in de draad had gelegd en het overtollige stuk had afgeknipt, streek ze de zoom met haar nagel glad.

'Nou, als je dat nog een paar duizend keer doet, is de bovenkant van je quilt klaar,' merkte mevrouw Compson op.

Sarah ging verder, terwijl mevrouw Compson over haar schouder keek en advies gaf. Toen Sarah alle rechte naden af had en de stukjes van één rij aan elkaar had gezet, legde mevrouw Compson uit hoe ze de rijen aan elkaar moest zetten en daarbij door de hoeknaden heen moest naaien. Hoewel Sarahs werk met elke naad sneller en beter werd, kwam Matt al binnen voordat ze een blok had kunnen afmaken. Ze stopte de stukjes stof en haar naaigerei in haar rugzak, zodat ze thuis verder zou kunnen gaan.

Het regende niet meer, en buiten was het weer warm en druk-kend. Tijdens de rit naar huis vertelde Sarah aan Matt over het weinige wat mevrouw Compson over haar familie en de ge-schiedenis van Elm Creek Manor had willen zeggen.

'Ik vraag me af wat er is gebeurd,' zei Matt toen ze was uitge-sproken.

'Ik ook. Even leek het erop dat ze me dat zou vertellen, maar net toen ze iets opener leek te worden, raakte ze van streek en liep weg. Ik snap het niet. Zo te horen, hadden ze alles. Letterlijk. Familie, een thuis, genoeg geld om lekker van te leven. Waarom zou iemand dat allemaal achter zich laten?'

'Dat moet je niet aan mij vragen.'

Sarah hoorde hem amper. 'Ik vraag me af,' dacht ze hardop, 'of Claudia of iemand anders misschien zo naar tegen mevrouw Compson heeft gedaan dat die alle banden met haar familie heeft verbroken.'

'Dat doen mensen soms ook als hun familie niet naar tegen hen doet.'

Sarah schrok op. 'Matt, lieverd, ik wilde niet...'

'Kunnen we er alsjeblieft over ophouden?'

'Maar ik wilde daarmee niet zeggen dat jouw moeder is weg-gegaan omdat...'

'Kunnen we erover ophouden, vroeg ik.'

Sarah zag dat hij met een grimmig gezicht naar de weg voor hen keek. Er verstreek een lang moment waarin ze allebei zwe-gen.

'Matt?'

'Wat?'

'Mevrouw Compson is teruggekeerd naar Elm Creek Manor. Je weet het nooit, misschien...'

'Nee, ik weet het wel. Als mijn moeder terug had willen ko-men, dan had ze dat een hele tijd geleden al gedaan. Doe niet als-of ik een kleuter ben, oké?'

Gekwetst leunde Sarah achterover op haar stoel en staarde uit het raampje. Toen ze thuis waren, sprong ze de auto uit en rende naar binnen. Ze ging snel naar boven en nam een lange douche, telkens weer haar prikkende ogen uitwrijvend. Met tegenzin draaide ze de kraan dicht, en ze bleef nog even in de damp staan omdat ze niet wist hoe ze haar man in dit kleine huis uit de weg moest gaan.

Toen ze eindelijk haar badjas aandeed en naar de slaapkamer liep, zat Matt met een somber gezicht in kleermakerszit op het bed.

Sarah probeerde hem te negeren toen ze een t-shirt en een katoenen korte broek aantrok.

'Lieverd, het spijt me dat ik zo lelijk tegen je deed.'

Sarah gaf geen antwoord. Ze haalde een paar sokken uit de la en ging zitten om ze aan te kunnen doen.

'Sarah, het spijt me echt.'

'Ik bedoelde er niets mee,' mompelde ze, starend naar de vloer. 'Ik probeerde je alleen maar op te beuren.'

'Dat weet ik.' Hij raakte zachtjes haar schouder aan.

'Ik maak het altijd alleen maar erger.'

'Nee, dat doe je niet.'

'Ja, dat doe ik wel. Dat is niet mijn bedoeling, maar het gebeurt toch. Ik zeg altijd de ergste dingen op precies het verkeerde moment.'

'Dat is helemaal niet waar. Ik praat gewoon niet graag over mijn moeder.'

'Goed.' Sarah dacht even na. 'Maar onderweg had ik het niet over jouw moeder. Ik had het over de zus van mevrouw Compson.'

'Je had het over mensen die weggaan.'

'O. Ja.' Sarah keek hem aan en glimlachte even. 'Even kijken of ik dit goed begrijp: ik kan maar beter niets zeggen over familie, mensen die weggaan, moeder...'

'Als je wilt, kunnen we het over jouw moeder hebben.'

'Alsjeblieft niet. Allesbehalve dat.' Sarah liet zich achterover op het bed vallen en deed haar ogen dicht.

'Weet je, je moet niet zo hard voor je moeder zijn.'

Sarah kreunde en sloeg haar arm voor haar gezicht. 'Begin er alsjeblieft niet over.' Ze hadden dit gesprek al talloze keren gevoerd, en ze veranderden geen van beiden van mening. Sinds Sarahs moeder drie maanden na de dood van haar vader weer met mannen uit was gegaan, veranderde elk gesprek tussen Sarah en haar moeder al snel in ruzie. Sarah loste het probleem op door het contact zo veel mogelijk uit de weg te gaan, ook al was het duidelijk dat Matt dat niet leuk vond. Hij dacht waarschijnlijk dat ze allemaal een grote vrolijke familie zouden zijn als Sarah zich niet zo gedroeg. Als hij eens wist wat Sarahs moeder over hem zei wanneer hij er niet bij was...

Sarah zuchtte. 'Ik zal vanavond niets meer over jouw moeder zeggen als jij niets meer over de mijne zegt.'

Matt grinnikte. 'Goed. Afgesproken.'

Sarah pakte zijn hand en trok hem naar zich toe. Ze liet haar hoofd op zijn schouder rusten en ademde zijn geur van gras en aarde en zonlicht in.

Haar familie, die van Matt, die van mevrouw Compson, scheen geen duurzaamheid te zijn beschoren. Ze dacht diep na en kwam tot de conclusie dat ze maar een paar families en gezinnen kenden die normaal waren. Of die deden waarschijnlijk beter alsof.

Ze trok Matt tegen zich aan. Hij was nu haar familie. Ze zouden hun eigen gezin vormen, een gezin zonder verdriet.

8

Toen Sarah de volgende ochtend in de bibliotheek aan het werk was, probeerde ze zich op het indelen van de boekenplanken te concentreren en zich niet al te veel zorgen te maken over haar aanstaande sollicitatiegesprek met de PennCellular Corporation. Nadat ze de laatste stapel boeken, papieren en losse vellen had gesorteerd, bracht ze de bundeltjes oude kranten naar beneden. Later kon ze die samen met Matt achter in de pick-up leggen en ze in de oudpapierbak vlak bij hun huis gooien.

Nu de meeste rommel was opgeruimd, zag de bibliotheek er een stuk voornamer uit. Sarah keek om zich heen, tevreden over wat ze had gedaan. Als zij en Matt ooit een huis zouden kopen, zou ze dolgraag een kamer als deze willen, vol boeken en comfortabele banken waarop je je kon nestelen, en met een haard waarin je 's winters een vuur kon maken. Voordat ze echter een huis konden kopen, moest Sarah een baan zien te vinden. Een echte baan.

Sarah zuchtte en gaf het op. Het had geen zin; elke willekeurige gedachte voerde haar terug naar het gesprek, hoe hard ze ook haar best deed. Het was helemaal niet erg om nu op Elm Creek Manor te werken, maar ze moest iets zien te vinden wat toekomst had. Had ze maar een familielid of vriend die als kruiwagen kon dienen. Zulke kennissen had ze echter niet, en het lag niet echt voor de hand dat ze ze hier, in Nergenshuizen, zou tegenkomen.

Tussen de middag trok Sarah het pakje aan waarin ze het sollicitatiegesprek wilde voeren en liep ze naar de zitkamer om tegen mevrouw Compson te zeggen dat ze vertrok. De oude vrouw legde haar quilt opzij en keek kritisch naar Sarahs verschijning. 'Ga eens rechtop staan,' zei ze streng. 'Je wilt hun toch de indruk geven dat je zelfverzekerd bent? Ze huren niemand in die ineengedoken loopt.'

Sarah wou dat haar houding het enige was waarover ze zich druk hoefde te maken.

Matt zette haar dik een kwartier te vroeg af, wat ze helemaal niet erg vond: het was vroeg genoeg om een goede indruk te maken, maar niet zo vroeg dat ze wanhopig leek. 'Wanhopig ben je misschien wel, maar dat hoeft Brian Turnbull niet te weten,' mompelde Sarah tegen haar spiegelbeeld toen ze de glazen deur openduwde.

De receptioniste bij de ingang begroette haar en bracht haar naar een kleine wachtkamer. Een paar van de mannen die daar zaten, keken op toen ze binnenkwam en richtten zich toen weer op hun kranten en tijdschriften.

Ze ging op de laatste vrije stoel zitten en probeerde de andere kandidaten zo onopvallend mogelijk te bekijken. Het waren allemaal mannen, wat op zich al vreemd was, maar ze waren ook allemaal eind veertig, begin vijftig, wat betekende dat ze veel te veel ervaring hadden voor het werk dat Sarah zou kunnen doen. Ze droegen dure, goed gemaakte pakken. Ontstemd peuterde Sarah aan de zoom van haar confectiejasje. Ze voelde dat ze begon te blozen. Ze was er zeker van geweest dat Turnbull het over een baan op instapniveau had gehad. Dit gesprek zou een nachtmerrie worden.

De man op de stoel naast haar wendde zich glimlachend tot haar. 'Bent u ook hier voor de baan als accountant?'

Sarah knikte. 'Ja.'

'Dat zijn we allemaal.' De man schoof heen en weer op zijn stoel en veegde zijn handen af aan zijn dure krijtstreeppantalon.

De grote ringen aan de ringvingers van beide handen fonkelden toen hij naar de bezette stoelen wees. 'Kijk eens wat een mensen, en het heeft nog niet eens in de krant gestaan.'

'Blijkbaar willen veel mensen hier werken.'

'Veel mensen willen werken, dat is alles.' Hij leunde achterover en sloeg zijn rechterenkel over zijn linkerknie. Zijn haar en snor waren donker en dik en doorschoten met grijs. 'Ben je pas afgestudeerd?'

Sarah glimlachte. 'Dat zal ik als compliment beschouwen. Het is alweer een tijdje geleden.'

'O. Je ziet er jong uit.' Hij zuchtte diep. 'Hoofdvak accountancy?'

'Klopt.'

'Daar zijn er nogal veel van, hè?'

Sarah keek hem recht aan. 'Ik geloof niet dat ik begrijp wat u bedoelt.'

'Niets. Ik bedoel niets.' Zijn lachje leek geforceerd. 'Het is alleen net alsof er elk jaar meer mensen in die richting afstuderen.'

Sarah haalde haar schouders op, niet goed wetend hoe ze op een beleefde manier een einde aan het gesprek kon maken. 'Misschien wel. Het is een interessant vak, denk ik, met goede carrièrekansen...'

'Goed?' onderbrak een gedrongen man die tegenover hen zat haar. 'Heb je niet gehoord dat ze overal inkrimpen?'

'Bill, moet dat nou?' vroeg de man met het donkere haar. Hij wendde zich weer tot Sarah. 'Let maar niet op hem. Hij wordt chagrijnig als hij vijf minuten niet kan roken.'

De gedrongen man keek hem boos aan en hief toen zijn krant op, zodat hij hen niet hoefde te zien.

'U kent hem blijkbaar,' mompelde Sarah.

'We hebben tijdens de aangiftetijd samen als uitzendkracht gewerkt. Bill rookt als een schoorsteen. Ik ben zelf een half jaar geleden gestopt. Wist je dat de verzekeringspremie voor rokers hoger is dan voor niet-rokers?'

Sarah schudde haar hoofd.

'Nou, dat is zo. Daarom ben ik gestopt. Waarom zou een bedrijf een roker aannemen als ze voor een niet-roker minder geld kwijt zijn?'

'Is dat echt zo? Is dat geen discriminatie?'

'Strikt genomen mogen ze iemand om die reden niet weigeren, maar ze verzinnen altijd wel een excuus. "U bent te hoog opgeleid", of "De nieuwe eigenaren stellen liever hun eigen team samen". Dat soort onzin.' Hij zuchtte. 'Maar waarom zou je het risico nemen, dat bedoel ik.'

'Ik begrijp wat u bedoelt.'

'Ik heb twintig jaar lang voor de grootste verzekeringsmaatschappij van Pittsburgh gewerkt, ik weet waar ik over praat.'

Iedereen keek op toen een lange vrouw in een elegant maatpakje in de deuropening verscheen. 'Thomas Wilson?' vroeg ze.

De donkerharige man pakte zijn tas en stond op. 'Leuk u te hebben gesproken. Veel succes.' Hij stak zijn hand uit.

Sarah schudde die. 'Dank u. Insgelijks.'

Hij liep achter de vrouw aan de wachtkamer uit.

Plotseling kwamen haar zenuwen weer in alle hevigheid terug. Ze pakte een tijdschrift van de stapel op de tafel vlak bij haar en probeerde zich te concentreren op een artikel over gezondheidsorganisaties. Af en toe kwam de elegante vrouw terug om de naam van een van de sollicanten te noemen, die dan opstond en achter haar aan liep.

Ten slotte was de beurt aan Sarah.

Toen ze buiten de wachtkamer waren, begroette de vrouw Sarah met een ferme handdruk en een vriendelijke glimlach. 'Aangenaam, Sarah. Ik ben Marcia Welsh, hoofd personeelszaken.'

'Aangenaam.' Tot haar verbazing klonk haar stem veel zelfverzekerder dan ze zich voelde.

Marcia bleef staan voor een deur met het opschrift VERGADERZAAL. Ze opende de deur en liet Sarah voorgaan.

De vergaderzaal was ongeveer even groot als de wachtkamer,

maar werd bijna geheel in beslag genomen door een grote tafel. Vier mannen en een vrouw zaten rond de tafel, gekleed in conservatieve, zakelijke kleding. Ze hadden ernstige gezichten. Marcia deed de deur dicht en ging tussen hen in zitten. Ze gebaarde naar een lege stoel aan Sarahs kant van de tafel. Toen Sarah ging zitten, schonk de man die het dichtst bij haar zat een glas water uit een kristallen kan in en schoof dat naar haar toe.

'Dank u,' zei Sarah. Hij negeerde haar.

'Nou, laten we maar beginnen,' zei de man in het midden. 'Ik ben Brian Turnbull, eigenaar en directeur van de PennCellular Corporation.' Hij ratelde de andere namen en functies zo snel af dat Sarah wist dat ze ze nooit zou onthouden. Ze kreeg de indruk dat hier het hoogste kader van het bedrijf was verzameld, samen met vertegenwoordigers van de boekhoudafdeling, maar dat er niemand van pr zat.

'Aangenaam.' Sarah stond op en probeerde iedereen de hand te schudden, maar door de tafel tussen hen in redde ze het niet. Beschaamd ging ze snel weer zitten. Marcia glimlachte begripvol, maar de anderen reageerden niet.

Brian Turnbull begon met het stellen van de vragen die haar bij dit soort gesprekken altijd werden gesteld: waarom ze naar Penn State was gegaan, wat ze bij haar laatste werkgever had gedaan, wat ze als haar goede en minder goede kanten beschouwde enzovoort. Ze ratelde de antwoorden af die ze had voorbereid en probeerde oogcontact met iedereen aan tafel te maken. Ze leken tevreden te zijn over haar antwoorden en Sarah voelde haar nervositeit wegebben.

Toen legde de man die haar het glas water had ingeschonken zijn pen neer en duwde zijn schrijfblok opzij. 'Genoeg gepraat. Hoe goed bent u in wiskunde en logisch denken?'

Sarah schrok op; niet omdat de vraag zo moeilijk te beantwoorden was, maar omdat tot dan toe uitsluitend meneer Turnbull haar had aangesproken. En meneer Turnbull was veel vriendelijker geweest. 'Volgens mij vrij goed,' antwoordde ze, terwijl ze probeerde een zelfverzekerd gezicht te trekken. 'U kunt op mijn cv zien dat ik voor mijn examens accountancy hoge cijfers heb gehaald en dat mijn ervaring...'

'Ja, ja, ik kan lezen. Maar dat is geen antwoord op mijn vraag.'

Sarah aarzelde. Waarom keek hij zo geërgerd? 'Nou...'

'Weet u bijvoorbeeld hoeveel supermarkten de Verenigde Staten tellen?'

'Hoeveel... hoeveel supermarkten?'

'Ja. Hoeveel supermarkten. Als u het aantal wilt beperken, kunt u de avondwinkels weglaten.'

Sarah keek hem aan. 'Supermarkten. Ja.' Ze besloot wat water te drinken om wat tijd te rekken. Ze keek naar haar hand toen ze het glas langzaam naar haar mond bracht. Die trilde vervaarlijk, en even was ze bang dat het water alle kanten op zou vliegen. Ze probeerde te glimlachen toen ze het glas voorzichtig weer veilig terug op tafel zette. 'Toen ze het daar over hadden, was ik zeker ziek.'

Niemand lachte.

Goed, verkeerde antwoord. 'Ik zou het kunnen uitrekenen.'

'Probeer het maar.' De man aan het uiteinde van de tafel schoof zijn pen en schrijfblok naar haar toe.

'Goed, er wonen ongeveer tweehonderdvijftig miljoen mensen in de Verenigde Staten, nietwaar?'

Geen antwoord.

'Goed, tweehonderdvijftig miljoen.' Ze krabbelde het getal op het schrijfblok en voelde dat de moed haar ontglipte omdat ze haar geen enkele aanwijzing gaven. Het zwijgen van de mensen aan tafel maakte haar nerveus, zodat ze de stappen die ze nam hardop verklaarde terwijl ze aantekeningen maakte. Eerst rekende ze het gemiddelde aantal paden in een supermarkt uit, daarna de gemiddelde tijd die een klant bij de kassa moest wachten. Met die getallen rekende ze het gemiddelde aantal klanten per dag uit, al wist ze dat er een paar duizend of een paar honderdduizend naast zou kunnen zitten. Er was echter geen enkele manier waarop ze haar berekeningen kon verifiëren.

Omdat ze geen andere keus had, ploeterde ze voort, terwijl haar nervositeit in woede veranderde. Het was geen eerlijke vraag; hij had niets te maken met de baan waarop ze solliciteerde, het was een vraag die ze nooit goed zou kunnen beantwoorden. Ze had onderzoek gedaan naar PennCellular, ze wist alles wat ze moest weten over de laatste ontwikkelingen op haar vakgebied – maar dat maakte allemaal niet uit. Het enige waar ze iets om gaven, was de vraag hoeveel supermarkten er waren.

De man aan het uiteinde van de tafel sloeg zijn ogen ten hemel en schudde zijn hoofd toen Sarah opnieuw moest beginnen om een fout recht te zetten; ze was uitgegaan van het aantal inwoners in plaats van het aantal gezinnen, wat een beter uitgangspunt was omdat doorgaans één lid van het gezin de boodschappen deed. Ze probeerde zich niets van zijn neerbuigende houding aan te trekken, maar ze voelde dat haar wangen rood werden en wou dat ze nooit was gekomen. Ze snelde door de laatste berekeningen heen. Hoe eerder ze klaar was, des te eerder ze weg kon.

'Goed,' zei Sarah ten slotte. 'Als er 62 500 000 mensen zijn die boodschappen doen...'

'Dat is nogal een grote "als",' mompelde de man aan het uiteinde.

Sarah haalde diep adem en probeerde haar stem niet te laten trillen. 'Als er zoveel mensen zijn die boodschappen doen, dan hebben we... eh... 4133,5 supermarkten nodig. Maar halve supermarkten bestaan niet, dus zeg 4135.' Ze staarde naar het getal. 'Dat kan niet kloppen. Het zouden er meer moeten zijn.' Ze beet op haar lip en keek de man aan het einde van de tafel aan. 'Klopt dit?'

Hij rechtte zijn rug, gepikeerd. 'Hoe moet ik dat weten?'

Sarah staarde hem aan. 'Maar...'

'Nou, dat is het wel zo'n beetje,' zei Turnbull. 'Hebt u nog vragen?'

'Wat?' Ze keek nog steeds naar de man aan het einde.

'Hebt u nog vragen over ons bedrijf of de baan?'

Vragen... Ze moest vragen over de baan stellen. Wanhopig probeerde ze zich de vragen te herinneren die ze had voorbereid. Wat waren die ook alweer? 'Mobiele telefoons,' zei ze abrupt. 'U verkoopt mobiele telefoons?'

Turnbull keek verwonderd. 'Ja, natuurlijk. Ik dacht dat u dat wist.'

'O, dat wist ik. Ik wilde het even zeker weten. Misschien verkoopt u nog meer dingen.'

'Nee, alleen maar mobiele telefoons.' Hij zweeg even en keek haar aandachtig aan. 'Nog iets?'

'Nee, nee, ik geloof het niet.'

'Goed, dan zijn we klaar.' Turnbull stond op, en de anderen sprongen overeind. Sarah ging staan en voelde dat haar benen trilden. Hij boog zich over de tafel heen en schudde haar de hand. 'U hoort binnen een paar weken van ons. Bedankt voor uw komst. Mevrouw Welsh laat u even uit.'

Sarah knikte. 'Dank u.' Ze voelde zich als verdoofd. Marcia leidde haar naar de uitgang en zei haar gedag.

Toen Sarah de pick-up op de parkeerplaats zag staan, rende ze er bijna heen. 'Godzijdank ben je er.' Ze stapte in en leunde achterover, haar ogen sluitend.

Matt startte de auto. 'Ik sta hier al een tijdje. Ze hebben je lang beziggehouden.'

'Ik heb het grootste deel van de tijd zitten wachten. Dit was het raarste gesprek dat ik ooit heb gevoerd.' Ze vertelde hem wat er was gebeurd, zonder ook maar een detail weg te laten, hoe vreemd of beschamend het ook was.

Toen ze klaar was, haalde Matt zijn schouders op. 'Volgens mij heb je het prima aangepakt.'

'Prima? Ik wekte de indruk dat ik op de middelbare school niet eens mijn algebra heb gehaald.' Toen viel haar iets anders in. Ze sloeg met haar vlakke hand tegen haar voorhoofd. 'O nee.'

'Wat is er?'

'Ik heb uitgerekend hoeveel supermarkten er zouden moeten zijn, niet hoeveel er zijn.'

Matt keek even van de weg naar haar. 'Dat maakt toch niet zoveel uit?'

'Hoe bedoel je? Natuurlijk maakt dat uit. Het is een volkomen andere vraag.'

'Misschien ging het hem erom hoe je de vraag aanpakt, en niet of je het juiste antwoord weet. Hij kon het moeilijk controleren. Misschien wilde hij ook weten hoe je onder druk presteert.'

'Denk je dat echt?'

'Ja zeker.'

'Dan is het nog erger dan ik dacht.'

'O, Sarah.' Hij schudde grinnikend zijn hoofd. 'Je deed het vast niet slechter dan de andere kandidaten. Waarschijnlijk beter.'

'Denk je? Je hebt de wachtkamer niet gezien. Allemaal oudere mannen, met heel veel ervaring. Hoe kan ik met hen concurreren?'

'Zij vragen zich waarschijnlijk af hoe ze moeten concurreren met een jonger iemand die een minder hoog salaris verwacht en niet binnen vijf of tien jaar met pensioen wil.'

Sarah keek zwijgend uit het raampje. Dat was waar. Ze vroeg zich af waarom iemand met hun ervaring belangstelling had voor een baan op instapniveau en waarom ze überhaupt zonder werk zaten. Maar die mannen zouden niet lang zonder werk zitten, niet met hun achtergrond. Alle anderen die vandaag in de wachtkamer hadden gezeten, zouden waarschijnlijk al een nieuwe baan hebben voordat zij weer een sollicitatiegesprek zou hebben.

9

Twee dagen later was Sarah klaar met haar werk in de bibliotheek en kon ze aan de volgende schoonmaak- en opruimklus beginnen. Maar niet meteen. Eerst wilde ze verder met haar quiltlessen. Ze liep met twee treden tegelijk de trap af en haastte zich naar de zitkamer.

'Mooi gedaan,' zei mevrouw Compson nadat ze Sarahs blok met de Sawtooth Star aandachtig had bestudeerd. 'Hier zijn de steekjes een beetje scheef, maar je hoeft ze niet uit te halen. Mooi werk voor een beginner.'

'En nu?'

'Nu moet je de mallen maken voor je volgende blok, de Double Nine Patch. Dat is vrij eenvoudig, omdat je geen ronde naden hebt en niet tot aan de hoekpunten hoeft te naaien, maar het kan lastig zijn. Sommige stukjes zijn klein, en op veel punten moeten de naden precies op elkaar aansluiten, anders is het hele effect weg.' Toen Sarah ging zitten, gaf mevrouw Compson haar de spullen waarmee ze de mallen kon maken.

De Double Nine Patch, zo legde mevrouw Compson uit, was een van de vele blokken die waren gebaseerd op een raster van drie bij drie; die werden *nine patches* genoemd omdat een enkel groot vierkant door het raster in negen kleinere vierkanten was verdeeld. Bij de Double Nine Patch waren de kleinere vierkanten in de hoeken en in het midden nogmaals in negen nog kleinere vierkanten verdeeld.

Deze keer maakte Sarah twee mallen, een groot en een klein vierkant. Ze knipte vier grote vierkanten uit de crèmekleurige achtergrondstof en gebruikte de kleinere mal om vijfentwintig vierkantjes uit de donkerrode stof en twintig uit de crèmekleurige te knippen.

'Mijn allereerste quilt was een Nine Patch,' merkte mevrouw Compson op. Ze pakte een eigen werkje waaraan ze kon quilten terwijl ze Sarahs vorderingen in de gaten hield. 'Geen Double Nine Patch, maar een Nine Patch. Het zag eruit als een schaakbord in allerlei kleuren.'

Sarah keek op van de twee piepkleine vierkantjes die ze bij de hoeken op elkaar aan het spelden was. 'Hebt u les van iemand gehad, net zoals ik nu krijg?'

'Hm. Mijn zus en ik hebben het samen geleerd, en onze lessen waren lang niet zo aangenaam als deze. Niets ging ooit gemakkelijk als Claudia en ik in dezelfde kamer zaten. Weet je, ik denk dat mijn moeder daar de fout in is gegaan. Ze had het ons niet samen moeten leren, maar het Claudia eerst moeten leren, een paar jaar eerder, toen ik nog zo jong was dat ik er niets om gaf.' Ze schudde haar hoofd en zuchtte. 'Misschien zou alles dan anders zijn gegaan.'

'Wat is er gebeurd? Wilt u me dat vertellen?'

Mevrouw Compson aarzelde. 'Als je eerst een glas water voor me haalt.'

Sarah sprong overeind en haalde snel een glas water. Mevrouw Compson nam een flinke slok en zette toen het glas weg. 'Goed, dan zal ik het je wel vertellen,' zei ze. 'Maar zorg ervoor dat je wel je aandacht bij je quilt houdt. Als je steken niet goed genoeg zijn, laat ik je alles weer uithalen.'

Claudia, mijn zus, was twee jaar ouder dan ik, maar omdat ik net zo slim en bijna even groot was, behandelde men ons alsof we even oud waren. Claudia was de knapste van ons twee; ze had het dikke bruine haar van mijn moeder, dat in glanzende golven over haar rug viel, terwijl mijn haar donkerder was en er dof en onverzorgd uitzag omdat ik altijd buiten in het rond rende. Alle grote mensen zeiden dat Claudia het evenbeeld was van over-grootmoeder Anneke, maar ze hadden zoveel respect voor onze voorouders dat ze geen van hen verantwoordelijk hielden voor mijn verschijning. Ik kon beter leren, maar de leraren vonden Claudia aardiger. Iedereen vond Claudia aardiger. Ze was altijd vriendelijk en opgewekt, en ik was humeurig en prikkelbaar. Het moet een vreselijke teleurstelling voor mijn moeder zijn geweest dat ze na zo'n gemakkelijk kind een moeilijk kind kreeg.

Toen ik vijf was en Claudia zeven, was er 's winters een keer een hevige sneeuwstorm. Het sneeuwde zo hard dat we niet naar school konden. Claudia was opgelucht; ze had haar les voor die dag niet geleerd en was bang dat ze onze knappe jonge onder-wijzeres, juffrouw Turner, die iedereen graag mocht, zou teleur-stellen. Ik zat me daarentegen urenlang op te winden, ijsbeerde door de kinderkamer, keek boos naar buiten. Stel dat de andere kinderen iets leerden wat ik nog niet wist? Mijn moeder verze-kerde me dat er die dag niemand naar school ging, maar ik was pas tevreden toen ze beloofde om ons die dag iets nieuws te le-ren. 'Maar geen lezen of rekenen,' zei ze tot mijn verbazing. 'Het is tijd dat jullie meisjes leren quilten.'

We hadden moeder vaker zien naaien, maar dit was de eerste keer dat wij mochten quilten, net als onze tantes en moeders volwassen vriendinnen. Die quiltten altijd. Sommige van hun quilts liggen hier misschien nog altijd – op zolder, wie weet.

Moeder liet ons dus zien hoe je moest quilten, bijna op de-zelfde manier als ik het jou nu laat zien, alleen gebruikten wij restjes uit haar naaimandje. We hadden er zo'n schik in dat we eigenlijk niet wilden ophouden voor het middageten. We kozen zorgvuldig de mooiste lapjes uit, knipten de stukjes en naaiden ze aan elkaar. Aan het einde van de middag hadden we ieder een paar blokken af.

Ik telde de blokken op mijn stapel, en toen de blokken op de grond, aan Claudia's voeten. 'Ik heb er vier, en jij hebt er drie,' zei ik.

'Misschien, maar ik ben bijna klaar met deze,' zei ze tegen me. Ze hield een onvoltooid blok vlak voor haar gezicht en wist met moeite de draad aan het einde van de naad af te hechten.

'Maar ik ben ook bijna klaar met dit blok. Dan heb ik er vijf en jij vier.'

Claudia haalde alleen maar haar schouders op en trok aan de draad.

'Dat betekent dat ik de quilt eerst mag gebruiken.'

Toen keek ze me eindelijk aan. 'Ik mag hem als eerste gebruiken. Ik ben de oudste, dus ik mag als eerste.'

'Nee, ik, want ik doe het meeste werk.'

'Nou, misschien doe je dat wel niet.'

'Nou, misschien doe ik dat wel.'

'Meisjes, meisjes,' kwam moeder hulpeloos tussenbeide. 'Jullie hoeven geen ruzie te maken. Jullie zullen evenveel werk doen en de quilt eerlijk delen.'

Maar we schonken geen aandacht aan haar. Zodra moeder de kamer had verlaten, begon de strijd. We haastten ons allebei om stof te pakken te krijgen, we vochten om de schaar, we zetten onze blokken aan elkaar met de grootste steken die je ooit hebt gezien. Onze stapels werden steeds groter, maar terwijl ik steeds sneller naaide en bij elke naad bozer en vastberadener werd, werd Claudia steeds vermoeider. Ze wreef in haar ogen en probeerde keer op keer tevergeefs de draad door het oog van de naald te halen. Soms moest ze haar steken uithalen omdat ze een stukje stof met de goede kant op de verkeerde kant van een ander lapje had genaaid. Ze begon zachtjes te mompelen en uitte af en toe een gekwelde kreet, maar ik lette niet op haar. Mijn stapel met Nine Patches groeide en groeide, en ik ging winnen.

Plotseling smeet ze haar blok neer en barstte in tranen uit. 'Het is niet eerlijk,' zei ze snikkend. 'Je bent altijd overal het beste in. Je bent altijd beter dan ik. Ik haat je!'

Ze rende de kamer uit.

Ik keek niet op. Ik bleef naaien, maar nu langzamer. Ik telde de blokken die Claudia had gemaakt voordat ze wegrende. Zes. Ik had er negen, met inbegrip van het blok waar ik nu aan werkte.

Moeder moet de uitbarsting van mijn zus hebben gehoord, want ze kwam even later binnen. 'Sylvia, wat is er aan de hand?'

'Niets, moeder. Ik zit te naaien, zoals u ons hebt geleerd.' Ik was het toonbeeld van onschuld en gehoorzaamheid.

Moeder schudde bezorgd haar hoofd. 'Claudia zit op haar kamer te huilen. Waarom?'

Ik haalde mijn schouders op en bleef naar mijn naaiwerkje kijken.

Moeder ging zuchtend naast me op de grond zitten. 'Sylvia, meisje, wat moet ik nu met je beginnen?'

Ik haalde weer mijn schouders op. Mijn ogen vulden zich met tranen.

'Ik wil dat je tegen je zus gaat zeggen dat het je spijt, en ik wil dat jullie van nu af aan lief met elkaar spelen.'

'Maar ik heb niets gedaan,' wierp ik tegen. Het enige wat ik had gedaan, was sneller en beter naaien dan Claudia. Ik had haar niet uitgescholden, haar niet geslagen en niet aan haar haar getrokken. Moest ik nu langzaam gaan naaien omdat Claudia dat ook deed? Dat klopte niet.

Moeder keek me fronsend aan. Het was een droevige, teleurgestelde frons. Ik voelde me vreselijk. Zo keek ze nooit naar Claudia.

Ik draafde over de overloop naar de kamer van Claudia. Ze lag op haar buik op het bed, haar snikken gesmoord door een kussen.

'Claudia?'

'Ga weg.'

'Moeder zei dat ik moet zeggen dat het me spijt, dus... het spijt me dat ik sneller naaide dan jij.'

'Ga weg.' Ze ging rechtop zitten en veegde haar neus aan haar mouw af. 'Je bent gewoon een gemeen kreng. Ga weg.'

Toen begon ik te huilen, en ik vond het vreselijk om in het bijzijn van anderen te huilen. 'Ik zei dat het me speet. Claudia?' Maar ze liet zich weer op het bed vallen. Ik liep achteruit de kamer uit en deed zachtjes de deur dicht.

Ze verscheen niet bij het avondeten, en ik kon zelf amper een hap door mijn keel krijgen. Tijdens het eten keken mijn ouders en mijn tantes en ooms, en zelfs mijn opa, me fronsend aan, alsof ik het vreselijkste meisje ter wereld was. Mijn neven en nichten keken me alleen maar aan met ogen die groot waren van verbazing en fluisterden tegen elkaar.

We bleven nog twee dagen ingesneeuwd, en al die tijd zei Claudia geen woord tegen me. Toen de school weer begon, vergaf ze me het eindelijk en mocht ik haar helpen met haar spellingsoefeningen.

Ze heeft die Nine Patch-blokken nooit meer aangeraakt. Ik stopte de hare bij de mijne en maakte de quilt een paar maanden later af. Ik bood hem aan Claudia aan, maar toen ze zei dat ze nachtmerries zou krijgen als ze eronder zou slapen, gaf ik hem aan mijn nichtje, dat net vier was geworden en donker, onhandelbaar haar had, net als ik.

'Claudia leerde uiteindelijk natuurlijk wel hoe ze moest quilten,' zei mevrouw Compson. 'Toen ze acht was, maakte ze voor opa een groen met witte Irish Chain-quilt die er wel mee door kon.'

'Wat is er met de Nine Patch-quilt gebeurd?'

'Dat weet ik niet. Ik denk dat die allang weg is. Een kind van vier kan zo'n ding letterlijk stuk knuffelen.'

'Hebben u en Claudia ooit weer samen gequilt?'

'Hm.' Mevrouw Compson stond op en liep naar het raam. 'Natuurlijk wel, maar pas veel later. Misschien vertel ik je daar een ander keertje weleens over.'

Dat hoopte Sarah maar. Als mevrouw Compson haar meer

zou vertellen over haar leven op Elm Creek Manor, zou Sarah er misschien achter komen waarom ze was weggegaan en wat er met haar familie was gebeurd.

'Matthew is er.' Net toen mevrouw Compson dat zei, hoorde Sarah dat de auto achter het landhuis tot stilstand kwam. Ze legde haar blok opzij, en ze liepen naar de keuken om hem te begroeten, waar hij dankbaar het glas limonade aanpakte dat mevrouw Compson hem aanbood.

'De boomgaarden zijn er lang niet zo slecht aan toe als ik dacht,' zei hij tegen mevrouw Compson, nadat hij een flinke slok had genomen en zijn voorhoofd had afgeveegd. 'Naar aanleiding van wat u me had verteld, dacht ik dat de bomen jarenlang verwaarloosd waren geweest.'

'Verwaarloosd niet, wel onvoldoende verzorgd,' verbeterde mevrouw Compson. 'Maar zover ik weet, heeft mijn zus hulp weten te krijgen en kon er elk jaar worden geoogst.'

'Met een beetje goede zorgen kunt u dit jaar weer oogsten. Ik kan het alleen niet in mijn eentje doen. Ik wilde u toestemming vragen voor een extra kostenpost.'

'Dat is goed.'

Matt dronk zijn glas leeg en zette het in de gootsteen. 'Ik geloof niet dat er aan Waterford College iets op het gebied van landbouw wordt aangeboden. Jammer dat we niet dichter bij Penn State zitten, dan hadden studenten hier stage kunnen lopen, voor weinig geld, om ervaring op te doen en onderzoek te verrichten. U weet wel, milieuvriendelijke bemesting, teeltmethoden, dat soort dingen.'

'Dat is een geweldig idee,' zei Sarah. 'Zo ver weg zitten we niet. Jij moest verder rijden toen je stage liep, en ik heb voor mijn stage een heel semester uitgetrokken.'

Mevrouw Compson knikte. 'Dat is iets waarover de nieuwe eigenaren maar moeten nadenken.'

Sarah voelde een plotselinge vlaag van teleurstelling. Ze was heel even vergeten dat Elm Creek Manor zou worden verkocht.

'Liefje, is er iets mis?'

'Nee. Nee, mevrouw Compson. Ik dacht er net aan dat... Ik ben mijn quiltspullen vergeten.' Sarah liep terug naar de zitkamer en pakte haar naaigerei en de blokken. Matt keek haar met een bezorgd gezicht aan toen ze weer de keuken binnenkwam, en ze glimlachte opgewekt om hem gerust te stellen.

Op weg naar huis dacht Sarah aan de bibliotheek waarin ze zoveel tijd had gestoken. Er zou waarschijnlijk iemand komen die alles zou veranderen, die kamerbreed tapijt op die hardhouten vloer zou leggen, die de haard achter lelijk behang zou wegwerken en nog veel meer dingen zou doen, nog ergere dingen waarvan iedere binnenhuisarchitect nachtmerries zou krijgen. Sarah keek fronsend door het raampje naar buiten. Misschien zou mevrouw Compson geen koper vinden. Hoeveel mensen met geld zouden er trouwens in Waterford wonen?

Toen voelde Sarah zich opeens schuldig. Als mevrouw Compson haar huis wilde verkopen, mocht Sarah niet hopen dat ze zou falen. Maar ze kon niet ontkennen dat een geslaagde verkoop zou betekenen dat er een einde zou komen aan haar bezoeken aan Elm Creek Manor, aan haar baan, aan de quiltlessen, en aan de boeiende verhalen over Claudia en de familie Bergstrom. Het beste wat ze kon hopen, was dat de kopers nog even op zich zouden laten wachten en dat de nieuwe eigenaren Elm Creek Manor net zo zouden waarderen als de familie Bergstrom had gedaan.

De post van die dag bracht haar niet echt in een betere stemming. Er waren twee afwijzingen, allebei van banen waarop ze haar kansen redelijk had ingeschat. En er was een ansichtkaart. Op de voorkant stond een enorm cruiseschip dat in een vreedzame tropische baai voor anker was gegaan. 'Het is hier heerlijk, schat,' had haar moeder achterop geschreven. 'Oom Henry doet de groeten.'

Oom Henry. Niet te geloven. Als Sarah een kind was geweest, had ze de vriend van haar moeder misschien nog wel oom wil-

len noemen, maar nu niet. Zelfs de benaming vriend leek onge-
past.

Sarah verfrommelde de ansichtkaart en gooide hem weg
voordat Matt hem zag.

10

Nu de bibliotheek klaar was, gingen mevrouw Compson en Sarah de volgende ochtend verder met een slaapkamer annex kleedkamer die er vlak naast lag. 'We laten de meubels tot aan de veiling in de kamers staan,' zei mevrouw Compson. 'Maar de andere dingen gooien we denk ik allemaal weg.'

De meubels in deze kamers kwamen uit Lancaster, legde mevrouw Compson uit, en waren het werk van de meubelmakers van de amish. Sarah liet haar hand over het gladde oppervlak van een houten dressoir gaan. Op het bed lag een quilt met een Lone Star-motief, verschoten maar nog steeds mooi. Aan een dunne metalen rail boven het grote raam in de oostgevel hing vitrage. Een deur aan de linkerkant leidde naar een kleedkamer, waar ze naast een kleine toilettafel met een spiegel een stoffige, beklede bank zag staan met houten leuningen die in de vorm van een zwanenhals waren gesneden.

'Dit waren de kamers van mijn tante Clara,' zei mevrouw Compson. Ze haalde de quilt van het bed, schudde hem even uit en vouwde hem zorgvuldig op. 'Ze overleed aan de gevolgen van griep toen ze nog maar dertien was.'

'Wat erg.'

'Ach, het is al heel lang geleden. Ik heb haar nooit gekend. Bijna iedereen die ik heb gekend, is nu dood, en je kunt er niet eeuwig om blijven treuren.' Mevrouw Compson legde de quilt op de grond. 'Laten we stapels maken van dingen die we willen bewaren en dingen die we willen weggooien, goed?'

'Ik hoop dat die op de stapel "bewaren" gaat,' zei Sarah, wijzend naar de quilt. 'U gooit hem toch niet weg nadat u er zoveel tijd in hebt gestoken?'

'Natuurlijk niet! Maar ik heb deze niet gemaakt. Dat heeft Claudia gedaan.' Ze boog zich voorover en vouwde een hoekje om, zodat het patroon zichtbaar werd. 'Zie je dat de hoeken van deze vier ruiten niet op elkaar aansluiten? Daaraan kon je Claudia's naaiwerk steevast herkennen.'

'Dit is zeker niet de quilt waaraan u samen met haar hebt gewerkt?'

'O nee.' Mevrouw Compson snoof verontwaardigd. 'Ik zou haar deze steken hebben laten uithalen en opnieuw laten doen, en als jij je stukjes net zo slecht op elkaar laat aansluiten, geldt voor jou hetzelfde.'

Sarah grijnsde. 'Maakt u zich maar geen zorgen. Ik weet wel beter.'

'Dat hoort ook zo.' Mevrouw Compson maakte een kast open en begon de inhoud te doorzoeken. 'Kijk eens of hier iets ligt wat de moeite waard is. Met deze kamer zouden we zo klaar moeten zijn. Hij is al zo lang niet meer gebruikt.'

Sarah opende eerst twee lege laden voordat ze er eentje vond die half was gevuld met versleten zakdoeken, sjaaltjes en wat ouderwetse sieraden. 'Wanneer bent u weer samen met Claudia gaan quilten?'

'O, eens even denken.' Mevrouw Compson tikte met haar vinger tegen haar kin. 'Nou, dat zal zijn geweest toen we die quilt voor de baby maakte. Ja, dat was toen.'

Voordat we aan dat werkje begonnen, maakten we nog wel quilts, alleen niet meer samen. Die zomer na het fiasco van het Nine Patch-blok stelden we allebei onze quilts op de jaarmarkt tentoon en wonnen we allebei de eerste prijs bij de meisjes. De zomer daarop won ik een blauw lint en werd Claudia tweede. O, wat was ze kwaad. Toen vader en moeder het niet konden horen, zei ze tegen me dat de jury me alleen maar een prijs had gegeven omdat ik de jongste was. Ik stak mijn tong naar haar uit, en dat zag moeder natuurlijk. Eerst zei ze dat ik voor straf niet mocht paardrijden, maar vader was er zo trots op dat ik zo goed reed dat hij moeder wist over te halen. Natuurlijk won ik ook een prijs bij het paardrijden, mijn allereerste. Dat maakte Claudia nog kwader. Ze was bang voor paarden, en vader plaagde haar daarmee.

Toen ik zeven was en Claudia negen hadden vader en moeder zulk verheugend nieuws voor ons. We zouden een broertje of een zusje krijgen –

'U hebt het nooit over een broertje of zusje gehad.'

'Je hebt er nooit naar gevraagd.'

'Ik dacht dat u en Claudia de enige kinderen waren.'

'Nou, nu weet je wel beter. Ga je me voortdurend onderbreken, of kan ik verdergaan?'

'Sorry. Ik zal het niet meer doen. Gaat u alstublieft verder.'

'Goed, dan.'

Zoals ik net al zei, toen ik zeven was en Claudia negen, vertelden vader en moeder ons dat er nog een kindje op komst was. We waren opgetogen. Claudia stond te popelen om moeder te helpen met de baby, en ik keek uit naar een nieuw speelkameraadje. We waren maandenlang druk bezig met de voorbereidingen. Een van de kamers werd opnieuw ingericht voor de baby, en natuurlijk moest de baby ook een quilt hebben.

Claudia vond dat zij de leiding over het maken van de quilt moest krijgen omdat zij de oudste was. Ik vond dat ik de leiding moest krijgen omdat ik beter kon quilten. 'Als het zo moet, maak ik hem wel helemaal zelf,' kondigde Claudia aan.

Ik zei natuurlijk meteen dat ik dan ook wel mijn eigen quilt voor de baby zou maken. Toen kregen we ruzie er over welke quilt de baby als eerste zou gebruiken, en Claudia vond dat dat de hare moest zijn, omdat zij de oudste was. O, wat maakte die reden me kwaad! Claudia zou altijd de oudste zijn, en daar kon ik niets aan veranderen, en ze zou altijd haar leeftijd gebruiken om haar zin te krijgen, of het nu ging om de vraag wie de kokkin met de afwas moest helpen of om de vraag wie de beste lapjes uit moeders naaimand kreeg.

'Ik weet al wat,' stelde ik voor. 'Wat dacht je hiervan: de baby gebruikt eerst de quilt die het eerste klaar is.'

Nou, dat deed haar koken van woede. Dat dacht ik al, en daarom had ik het ook voorgesteld.

Toen de ruzie steeds verder uit de hand liep, besloot moeder dat we samen aan de quilt moesten gaan werken. We zaten te mokken, maar omdat moeder toekeek, moesten we wel gehoorzamen. We besloten dat ik het patroon van de blokken zou kiezen en dat Claudia de kleuren zou kiezen. Ik koos voor Bear's Paw: daar zaten heel veel driehoekjes in die bij de punten aan elkaar gezet moesten worden, maar gelukkig geen ronde naden of set-in pieces (lastige hoeken), zodat Claudia er niet al te veel aan kon verpesten. En toen was de beurt aan Claudia.

'Roze en wit, met wat groen.'

Ik trok mijn neus op. 'En als het nou een jongetje wordt?'

Claudia sloeg haar armen over elkaar. 'Ik vind roze en wit en groen mooi, en ik mag kiezen, weet je nog?'

'Maar als het nu een jongetje wordt?'

'Het is een baby. Die merkt het toch niet.'

'Als het een jongetje is, zal het hem heus wel wat kunnen schelen. Laten we andere kleuren nemen.'

'Jij hebt het patroon gekozen, ik kies de kleuren. Je kunt niet alles kiezen.'

'Water bij de wijn, meisjes.' Dat was moeder. Ze schudde haar hoofd en glimlachte weer zo teleurgesteld naar me. Ik geloof niet dat ze in al die jaren ooit op die manier naar Claudia heeft gekeken.

Ik wendde mijn blik af. 'Goed,' zei ik tegen mijn zus. 'Dan mag jij het patroon kiezen en kies ik de kleuren.'

Claudia keek moeder stralend aan. 'Dan kies ik Turkey Tracks.'

Mijn hart leek heel even sneller te kloppen, en ik hapte naar adem. 'Dat lijkt me niet zo'n goed idee.'

'Wat is er nu weer?'

'Ja, Sylvia, wat is er nu weer?' Moeder keek verbaasd. 'Die blokken heb je vaker gemaakt.'

'Ze denkt dat ik het niet kan, dat is het.' Claudia keek me boos aan. 'Maar ik kan het net zo goed als jij.'

'Sylvia, denk je dat echt?' vroeg moeder.

Ik schudde mijn hoofd.

'Wat is er dan?'

'Turkey Tracks.' Toen ik die naam zei, begon mijn stem angstig te trillen. 'Dat patroon noemen ze ook wel Wandering Foot, nietwaar? Weten jullie wat oma altijd zei?'

Moeder en Claudia keken me aan. Toen begon Claudia te giechelen. 'Dat is gewoon bijgeloof, gekkie.'

Zelfs moeder moest glimlachen. 'Sylvia, je moet die oude verhalen van oma niet zo serieus nemen. Ik vind het een erg mooi patroon.'

Ik beet op mijn lip. Ik vond het niet leuk om te worden uitgelachen, en ik vond het niet leuk om 'gekkie' te worden genoemd, maar ik wist gewoon dat het geen goed idee was. Het zou beter zijn om een roze quilt te maken en op een meisje te hopen dan dit te gaan doen.

'Maar als we nu een Bear's Paw maken?' vroeg ik. 'We kunnen roze nemen, als je dat wilt.'

Claudia schudde haar hoofd. 'Nee, dit vind ik leuker.'

'Goed, welke kleuren wil je gebruiken?' Moeder gebaarde dat ik naar haar naaimandje moest komen kijken.

Ik pakte alle blauwe en gele lapjes uit het overvolle mandje. Als we een Wandering Foot zouden gaan maken – en ik zou niet weten hoe ik daar onderuit moest komen – dan zou ik die in elk geval maken met de kleuren die me geluk brachten.

Ik geloof dat we die quilt ongeveer twee maanden later af hadden. Hij was erg mooi, maar ik was er niet blij mee. Een paar maanden later, in januari, kreeg moeder een kindje, een jongetje. Vader noemde hem Richard, naar zijn broer die in de oorlog was omgekomen, en we waren allemaal dol op hem.

Mevrouw Compson was klaar met het uitruimen van de kast en ging rechtop staan. Ze wreef over haar onderrug. Sarah keek haar verbaasd aan. 'Ik snap het niet,' zei ze ten slotte.

'Wat snap je niet?'

'Het patroon. Wat was er mis met Turkey Tracks?'

'O.' Mevrouw Compson ging op het bed zitten. Ze was zo licht dat de matras amper doorzakte. 'Sommige mensen denken dat je het ongeluk op een afstand kunt houden door de naam van het blok te veranderen, maar ik weet dat het ongeluk zich niet zo gemakkelijk voor het lapje laat houden. Turkey Tracks is hetzelfde patroon als Wandering Foot. Als je een jongen een quilt met een Wandering Foot-patroon geeft, zal hij nooit ergens kunnen aarden. Hij zal altijd rusteloos blijven, aan de zwerf zijn, zijn huis ontvluchten, naar god mag weten waar... en ik wil er niet eens aan denken wat dat patroon voor een meisje zou betekenen.' Ze schudde haar hoofd. 'Wat een domme keuze. Claudia had beter moeten weten.'

Sarah knikte, maar was het eigenlijk weleens met de moeder van mevrouw Compson. Ze had niet gedacht dat mevrouw Compson een bijgelovig type was, zeker niet wanneer het om een quilt ging.

Mevrouw Compson keek naar Sarahs gezicht en fronste. 'Nee, ik ben niet bijgelovig of zo, maar waarom zou je het lot tarten? Het leven biedt al genoeg onzekerheden. En het bleek later dat ik gelijk had. Maar dat was geen troost. Ik had liever gezien dat Claudia gelijk had gekregen.'

'Wat bedoelt u? Heeft het patroon inderdaad ongeluk ge-bracht?'

Op dat moment hoorde ze een stem van beneden komen.

'Mijn oren zijn niet meer zo goed als vroeger, maar volgens mij is dat Matthew. Laten we eens even kijken of ik gelijk heb.' Mevrouw Compson stond op en liep de kamer uit.

Sarah liep achter haar aan. Ze wou dat mevrouw Compson haar vraag had beantwoord. Maar het was eigenlijk sowieso een stomme vraag. Een patroon kon geen ongeluk brengen, tenzij... Geërgerd, moe van zichzelf, schudde Sarah haar hoofd, alsof ze op die manier de onlogische gedachten uit haar hoofd kon bannen.

11

Matt stond bij de ingang aan de voorkant van het huis te wachten, samen met een man die Sarah als een werknemer van Exterior Architects herkende. 'We wilden niet overal moddersporen achterlaten,' legde Matt uit, terwijl zijn metgezel schaapachtig naar hun modderige werkschoenen gebaarde. 'We gaan even naar de stad om een hapje te eten. Kunnen we nog iets voor jullie meenemen?'

'Jullie hoeven niet naar de stad te gaan. Ik maak wel iets te eten voor jullie.'

'We zijn met zijn zessen, mevrouw,' zei de andere man. Joe, zo heette hij. 'U hoeft voor ons geen moeite te doen.'

'Onzin. Jullie vrienden gaan nog denken dat ik een slechte gastvrouw ben.'

'Nee hoor.' Matt grinnikte. 'En trouwens, als u ziet wat mijn baas u rekent, zouden wij eigenlijk iets te eten voor u moeten maken.'

'O ja? Nou, goed, in dat geval zal ik niet aandringen. En wat je vraag betreft of je nog iets uit de stad mee kunt nemen; erg aardig, maar ik heb niets nodig. De supermarkt komt elke week mijn boodschappen brengen en ik heb nog genoeg.'

'Als u ooit iets nodig hebt, moet u het gewoon zeggen.' Matt gaf Sarah een snelle zoen, en toen gingen hij en Joe weg.

Mevrouw Compson wendde zich tot Sarah. 'Misschien moeten wij ook eens aan het eten gaan denken.'

'Wilt u dat ik eerst de kamer boven afmaak?'

'Ga morgen maar verder. Ik wil nu liever even aan onze quilts werken. Of nee, ik zou eigenlijk de oude tuin weleens willen zien. Heb je zin om buiten te eten en te quilten?'

'O, dat lijkt me heerlijk. Ik heb de tuin nog niet gezien.'

'Verwacht er niet te veel van. Ik geloof dat er al heel lang niets aan is gedaan. Ik had al veel eerder een kijkje moeten nemen, al was het maar om tegen Matthew te kunnen zeggen wat er moet gebeuren.'

Ze gingen naar de keuken en vulden een houten mandje met broodjes, fruit en een plastic kan met ijsthee. Mevrouw Compson pakte een oude quilt en een hoed met een brede rand uit de gangkast terwijl Sarah de quiltblokken en het kistje pakte waarin mevrouw Compson haar naaigerei bewaarde. Toen leidde mevrouw Compson haar door de gang naar de hal aan de voorzijde, maar in plaats van bij de ingang rechtsaf te gaan, gingen ze linksaf. Een paar deuren verder eindigde de gang bij een buitendeur op de hoek van het L-vormige gebouw. De deur kwam uit op een terras van grijze steen dat werd omringd door seringen en groenblijvende struiken. Vanaf de rand van het terras voerde een betegeld pad in noordelijke richting, de struiken in.

Mevrouw Compson bleef midden op het terras staan. 'Dit vond mijn moeder het mooiste plekje van het hele landgoed. Met mooi weer dronk ze hier 's middags haar thee. In de lente was het hier zo heerlijk, wanneer de seringen in bloei stonden. Ze noemde dit het hoeksteenterras.'

'Waarom?'

'Dat zou je niet hoeven vragen als deze struiken fatsoenlijk waren gesnoeid. Kom, help me eens even.' Ze liep naar het punt waar het terras aan de noordwestelijke hoek van het huis grensde en probeerde de takken van de struiken opzij te duwen. Sarah haastte zich om haar te helpen.

'Zie je dat?' Mevrouw Compson wees naar een grote steen bij

115

het fundament van het gebouw, die van een inscriptie was voorzien.

Sarah duwde de takken opzij en hurkte neer, zodat ze de inscriptie kon lezen. 'Bergstrom 1858. Is het huis toen gebouwd?'

'Ja, maar natuurlijk alleen wat nu de westelijke vleugel is. Hans, Anneke en Gerda hebben die hoeksteen met hun eigen handen gelegd. Mijn grootvader was toen nog maar een peuter, en mijn oudtante was nog niet eens geboren.' Mevrouw Compson zuchtte. 'Soms stel ik me voor hoe ze zijn geweest, zo jong en hoopvol en dapper, hoe ze de basis legden voor Elm Creek Manor en voor het geslacht Bergstrom. Denk je dat ze er ooit van hebben gedroomd om zoveel te bereiken?'

Sarah dacht even na. 'Ik denk het wel, als ik af moet gaan op wat u me over hen hebt verteld. Ze lijken me het soort mensen die grootse dromen koesterden en de kracht hadden om die waar te maken.'

Mevrouw Compson trok een nadenkend gezicht. 'Ja, ik denk dat je gelijk hebt.' Toen keek ze naar het terras, naar de ongesnoeide struiken, het onkruid dat tussen de stenen omhoogkwam, de afbladderende verf op de deur. 'Ik denk dat ze nooit hadden verwacht dat hun erfgenamen alles waarvoor zij zo hard hadden gewerkt zo zouden verwaarlozen.'

Sarah stond op en veegde haar knieën af. 'Ik denk dat ze het wel zouden begrijpen.' Ze liet de takken terugvallen voor de hoeksteen.

'Hm. Dat is lief van je om te zeggen, meisje, maar ik snap het zelf niet eens, terwijl ik een van die erfgenamen ben. Kom maar mee.' Ze liep over het terras naar het pad, dat tussen de omringende struiken verdween. Een seconde later onttrokken de bladeren haar aan het zicht.

Sarah haastte zich achter haar aan en merkte dat ze al snel op het gazon aan de noordzijde van het huis terechtkwam. Ze draaide zich om, maar kon het terras of de deur niet zien vanwege de dichte struiken. Toen ze laatst langs deze kant van het huis was gelopen, piekerend over de vraag of ze de baan die mevrouw Compson haar had aangeboden wel of niet moest aannemen, had ze nooit kunnen denken dat hier ook een deur zat.

'Waar blijf je nou?' riep mevrouw Compson. Ze stond al aan de overzijde van het gazon, waar het betegelde pad de bossen invoerde. Sarah liep achter haar aan over het beschaduwde, slingerende pad dat op een bepaald moment breder werd en uitkwam op een ovale open plek die met dezelfde grijze stenen was betegeld. Op de voorgrond stonden vier ronde plantenbakken van elk ongeveer een meter hoog en met een doorsnede van een meter of vijf; de wanden waren onderaan ongeveer een halve meter dikker dan bovenaan. De bovenkant was glad, zodat je erop kon uitrusten. De bakken, waarin nu alleen maar aarde en steentjes en droge takken – misschien van rozen – te vinden waren, stonden op gelijkmatige afstand van een fontein van zwart marmer, die de vorm had van een steigerende merrie met twee veulens. Erachter stond een groot houten prieel, waarvan de verf afbladderde en het versierde houtwerk behoorlijk verrot leek. Achter het prieel lag een flauwe helling die in verschillende niveaus was verdeeld, zag Sarah, maar de stenen langs de randen waren reeds lang geleden weggerold, zodat de borders waren verzakt. Terwijl Sarah om zich heen keek, kwam er een vogel onder het dak van het prieeltje vandaan, ging op het hoofd van de merrie zitten en vloog toen weer verder.

Mevrouw Compson legde de quilt over de zitting van de dichtstbijzijnde plantenbak en ging zitten. 'Vroeger zag het er hier veel aardiger uit,' merkte ze droogjes op. Sarah knikte en dacht dat haar werkgeefster een gave voor understatements had. Ze pakten de mand uit en aten zwijgend hun middageten op. Zoals gewoonlijk nam mevrouw Compson alleen maar een paar muizenhapjes. Het grootste deel van de tijd zat ze met haar handen in haar schoot naar de tuin te kijken. Soms weken haar lippen even uiteen, alsof ze iets wilde zeggen, maar dan zuchtte ze en kneep haar lippen weer opeen en schudde vol berouw en teleurstelling haar hoofd.

'Je had het moeten zien toen ik nog een klein meisje was,' zei ze ten slotte toen Sarah de restjes van het eten weer inpakte. 'De plantenbakken stonden vol rozen en klimop, de fontein klaterde, in de perken stonden bollen van alle denkbare bloeiende planten. Wat zonde. Wat zonde.'

Sarah raakte even haar arm aan. 'Matt kan het weer opknappen. Wacht u maar af.'

'Ze hadden het nooit zover moeten laten komen. Claudia kon gemakkelijk een tuinman betalen, wat zeg ik, een hele ploeg tuinlieden. Ze had beter moeten weten.'

'Mevrouw Compson, waarom wilt u het landgoed verkopen? Ik weet dat het nodig moet worden opgeknapt, maar het zou zo mooi kunnen worden. Matt en ik helpen u wel.'

'Ik zou hier nooit gelukkig kunnen worden. Ook al zou het zo mooi worden als het vroeger is geweest, het zou nooit meer zijn als toen. Dat kun jij niet begrijpen, niet op jouw leeftijd.'

Ze trok zo'n somber, fronsend gezicht dat Sarah haar blik afwendde. Aan de tuinen moest zeker het nodige gebeuren, maar Matt had ergere dingen meegemaakt. Als mevrouw Compson hem maar een kans wilde geven...

'En ik heb trouwens al een koper.'

Sarah draaide zich met een ruk om. 'Wat?'

Mevrouw Compson keek aandachtig naar de stenen bank naast zich. 'Een plaatselijke makelaar heeft al de nodige interesse getoond. Dinsdagmiddag, toen jij dat sollicitatiegesprek had, is er een man van University Realty langs geweest. Natuurlijk zijn we het toen nog niet eens geworden, maar ik denk dat we er wel uitkomen.' Mevrouw Compson wierp een kritische blik op de tuin. 'Daarom steek ik zoveel in het opknappen. Dat maakt het landgoed meer waard.'

'Ik snap het.'

'Niet zo somber, Sarah. Ik ben hier de hele zomer nog. We hebben nog genoeg tijd om je te leren quilten.'

'Maar wat gaat u daarna doen?'

'Het huis verkopen, de spullen laten veilen, terug naar mijn huis in Sewickley. Kijk niet zo verbaasd. Je weet toch nog wel waarom ik je heb ingehuurd?' Plotseling stond ze op. 'Als je klaar bent met eten, wil ik je nog iets laten zien.'

Sarah liep achter haar aan naar het prieeltje. De treden van het opstapje kraakten alsof ze zouden zijn ingestort als dat niet zoveel werk was geweest. Langs de kanten van het achtvormige bouwwerk stonden houten bankjes die op rechthoekige houten kratten leken.

Mevrouw Compson wees stuk voor stuk naar alle bankjes en hield toen haar hoofd scheef. 'Wat vind je ervan?'

Sarah keek aandachtiger. In het midden van elke zitting was een patroon van ingelegde stukjes hout te zien, in de vorm van veelkleurige houten rechthoekjes rondom een klein vierkant in het midden. Bij sommige bankjes was dat vierkantje geel – mogelijk was het grenenhout – maar bij andere rood. De kleuren waren ooit waarschijnlijk levendig geweest, maar waren nu verschoten. Sarah volgde de vorm van een van de vierkantjes met haar vinger. 'Dit patroon komt me bekend voor, maar ik kan het niet plaatsen.'

'Het is een quiltpatroon dat Log Cabin heet. Ze zeggen dat het is bedacht als eerbetoon aan Abraham Lincoln, maar dat is waarschijnlijk een mythe. Volgens de traditie hoort er altijd een rood vierkantje in het midden, als symbool van de haard, maar het kan ook een geel vierkantje zijn. Dat staat voor het verlichte raam van een blokhut.'

'Het is mooi.'

'Zeker, maar dat is niet alles. Kijk eens goed.'

Sarah bekeek de bankjes aandachtig, een voor een, niet goed wetend waarop ze moest letten. Toen zag ze het. 'Hier.' Ze wees. 'Dit vierkantje in het midden is anders. Het is zwart.'

'Goed gezien.' Mevrouw Compson knikte. 'Til het deksel eens op.'

'Heeft het een deksel?' Sarah pakte de rand van het bankje vast. Ze zag geen hengels, niets wat het bankje van de andere onderscheidde.

'Voorzichtig. Til de rand op en schuif het naar achteren.'

De houten zitting kraakte van protest en bleef even steken, maar Sarah wist haar los te wrikken. Terwijl ze de zitting naar achteren schoof, verzonken de houten latten in een gleuf achter op het bankje, een beetje als bij een bureau met een roldeksel. 'Wat kan er in vredesnaam...' Onder de zitting zat een soort opening. Sarah zag smalle planken die onder elkaar waren getimmerd, als een ladder die naar de boomhut van een kind leidde.

'Tijdens de Burgeroorlog maakte Elm Creek Manor deel uit van de Underground Railroad, het netwerk van smokkelroutes waarlangs ontsnapte slaven naar het noorden konden komen,' legde mevrouw Compson uit. 'Een Log Cabin-quilt met een zwart vierkant was een teken. Als een ontsnapte slaaf een Log Cabin-quilt met zwarte vierkanten in het midden aan de waslijn zag hangen, wist hij dat hij daar zonder gevaar kon aankloppen.'

'Maar premiejagers, of hoe ze ook heetten, die zagen die quilts toch ook?'

Mevrouw Compson deed net alsof ze verbaasd was. 'Hemel, wie schenkt er nu aandacht aan het werk van een vrouw? Sorry, daar kunnen we niet op letten. We hebben belangrijke mannendingen te doen.'

Sarah boog zich voorover en probeerde iets in de donkere ruimte beneden te onderscheiden. 'Dus als mensen dit patroon op een bankje zagen, wisten ze dat het veilig was? Ongelooflijk. Is dit een ondergrondse gang?'

'Het is een ruimte onder het prieel, zo groot dat je er gemakkelijk kunt staan. Mijn oma heeft me verteld dat er elke avond iemand ging kijken of er soms iemand in de schuilplaats zat die iets nodig had. Als de kust veilig was, namen ze hem of haar mee naar het huis.'

'Ik ga eens kijken.' Sarah ging op het bankje zitten en zwaaide haar benen de opening in.

Mevrouw Compson legde haar hand op haar elleboog. 'Dat zou ik niet doen. God mag weten wat daaronder huist. Slangen, hondsdolle eekhoorns... Laat Matthew maar eens een kijkje nemen.'

Snel trok Sarah haar benen terug, en ze schoof de zitting weer op haar plaats. Als hier echt een hondsdolle eekhoorn huisde, mocht Matt er wat haar betreft ook vandaan blijven. Ze stond op en veegde haar handen af. 'Uw huis in Sewickley is vast niet zo interessant als dit.'

'Hoe weet jij dat nou? Je bent er nog nooit geweest,' antwoordde mevrouw Compson, en toen zuchtte ze. 'Nou ja, ik zal niet doen alsof Elm Creek Manor niet bijzonder is, ik weet wel beter. Maar Sarah, meisje, hoop niet te veel op spannende dingen. Interessant betekent niet altijd goed. Soms zijn het de gewoonste dingen die we het meest blijken te missen.' Mevrouw Compson slaakte een nog diepere zucht, legde haar handen op de rand van het prieel en keek uit over de tuinen. 'Waarom pak je je spullen niet, dan kunnen we nog even quilten voordat je weer naar huis moet.'

12

Die avond ging Sarah voor de eerste keer naar een bijeenkomst van de Tangled Web Quilters. Toen ze het stadje in reed, bedacht ze dat dit de eerste avond sinds hun verhuizing naar Waterford was waarop ze niet samen met Matt op pad was. Het voelde vreemd om zonder hem in de auto te zitten, alsof ze iets thuis had laten liggen maar niet wist wat.

Ze vond een parkeerplekje tegenover Oma's Zoldertje, aan de overkant van de straat, en pakte de witte doos met chocoladekoekjes die ze na haar werk had gebakken. Ze stapte uit en was al halverwege de straat toen ze bedacht dat haar naaigerei nog in de auto lag. Geërgerd liep ze weer terug. Ze was minder zenuwachtig geweest voor haar gesprek bij de PennCellular Corporation. De Tangled Web Quilters hadden haar al uitgenodigd voor hun groepje, en omdat ze niets hadden gezegd over een proeflidmaatschap had ze geen reden om zich zorgen te maken. Hoogstens omdat ze de enigen in Waterford waren die bevriend met haar wilden zijn...

Toen ze door het steegje tussen Oma's Zoldertje en een soortgelijk, twee verdiepingen tellend gebouw ernaast liep, dwaalden haar gedachten af naar mevrouw Compson. Had die eigenlijk vriendinnen? Ze had er nooit iets over gezegd, en er kwam nooit iemand langs wanneer Sarah er was. Toen Sarah de laatste keer in Oma's Zoldertje was geweest, had Diane op een ruzie gezinspeeld. Misschien kon Sarah vanavond meer van haar te weten komen. Diane zou er vast graag over willen praten – als dat mocht van Gwen.

Ze kwam bij de achterdeur aan; die was open, zoals Bonnie al had gezegd. Vlak achter de deur was een smalle, steile trap, en Sarah liep naar de eerste verdieping, met haar naaigerei boven op de doos koekjes. Ze klopte op de enige deur.

Die zwaaide bij haar tweede klopje open, en Bonnie stak haar hoofd om de hoek. 'Welkom, nieuw lid,' riep ze uit, en ze sperde haar ogen open toen ze de doos in Sarahs handen zag. 'O, wat heb je meegenomen?'

'Chocoladekoekjes. Op het gebied van quilten kan ik nog niet veel bijdragen, maar ik kan in elk geval wel iets lekkers meenemen.'

'En dat vinden we enig. Met dat stel hier kun je nooit genoeg lekkers hebben.' Bonnie pakte de doos uit Sarahs handen en leidde haar het huis in. 'Jongens, Sarah is er.'

Mevrouw Emberly, Gwen, Judy en Diane begroetten haar vanaf hun plekjes rond een werkblad dat was beladen met lekkere dingen. Judy had haar kindje in haar armen.

'We wachten dus alleen nog op het kind,' zei Gwen, die een brownie pakte.

Judy trok een verbaasd gezicht en keek van haar baby naar Gwen. 'Emily, bedoel je?'

'Nee, gekkie. Ik bedoel mijn kind.'

'Ze vindt het vast heerlijk als je haar zo noemt.'

'Ze vindt het niet erg.'

Mevrouw Emberly glimlachte. 'Ik hoop dat je me nooit "dat oude mens" noemt waar ik bij ben.'

'Nee, we noemen u Vrouwe Emberly van de Volmaakte Steek.'

'En mij?' vroeg Diane.

'Dat wil je niet weten.'

Er sloeg een deur dicht, en Summer kwam buiten adem binnen. 'Sorry dat ik zo laat ben,' zei ze. 'Ik moest nog een werkstuk uittikken.'

'Leuk dat je naar ons komt, en niet in de kroeg gaat hangen, zoals de andere studenten,' zei Diane.

Summer sloeg haar ogen ten hemel. 'Niet alle studenten leven voor het bier.' Ze sloeg een arm om Sarahs schouder. 'Ik ben blij dat je er bent. Als we de gemiddelde leeftijd van dit groepje een beetje naar beneden halen, zullen ze me niet langer als de baby van het stel behandelen.'

'Je blijft altijd mijn baby,' zei Gwen.

'Dat is anders. Ik verwacht niet anders.'

Iedereen moest lachen.

'En je bent niet eens de jongste.' Judy gaf een tikje op Emily's in een luier gehulde billetjes en droeg haar toen naar de box, die in de andere kamer stond.

Sarah pakte een rood plastic bordje van het aanrecht en begon net als de anderen wat lekkers uit te zoeken. Met haar bordje en haar tas met naaigerei in de ene hand en een beker light frisdrank in de andere liep ze achter Summer aan naar de woonkamer.

Door de twee grote ramen aan de noordkant van het huis woei een briesje naar binnen, dat de geluiden van passerende auto's en lachende mensen beneden op straat met zich meevoerde. Het huis van de familie Markham leek een uitbreiding van Oma's Zoldertje te zijn: boven de bank, tegen de ramen, hing een quilt in roze en donkergroen, en naast de deuropening stond een oude trapnaaimachine. Sarah wou dat ze de andere kamers kon zien. Ze had niet gedacht dat een huis boven een winkel zo... Ze wist niet zeker wat ze had verwacht, maar zeker geen doodgewoon huis van een middenklassegezin.

Ze vond een plekje in een leunstoel naast een piano in de hoek van de kamer. Gwen en Summer zaten naast elkaar op een tweepersoonsbankje aan haar linkerhand, tussen de ramen. Bonnie haalde een schommelstoel uit een andere kamer en zette die in de hoek tussen Gwen en Sarah.

Toen mevrouw Emberly binnenkwam, sprong Judy op van

haar plekje op de bank naast Diane. 'Hier, ga maar zitten.'

'Nee, nee, dat hoeft niet,' zei mevrouw Emberly, die zich in een leunstoel liet zakken die het evenbeeld van die van Sarah was. 'Hier zit ik goed. En ik zit graag naast Emily.'

Emily keek op en lachte toen ze haar naam hoorde. Ze schudde met een ring vol plastic sleutels in de richting van de vrouw en kraaide.

'Ik geloof dat Emily ook wil dat je daar gaat zitten,' zei Judy lachend.

'Denk je eens in, Judy,' zei Diane, 'over vijftien jaar wil ze echte sleutels, met een auto erbij.'

Judy deed net alsof ze huiverde. 'Hou maar op. Ik heb nu al genoeg om me zorgen over te maken.' Ze tastte in een boodschappentas en haalde er een kleine quilt in primaire kleuren uit.

Bonnie keek vanaf de andere kant van de kamer vol belangstelling toe. 'Schiet het al op?'

'Het gaat, maar ik wou dat ik er meer tijd voor had. Op deze manier is hij af als Emily in de eerste zit.'

'Dus je stuurt hem toch niet in voor het Waterford Summer Quilt Festival,' zei Summer.

'Nee, maar ik vind het niet erg. Mijn Log Cabin doet wel mee.'

Mevrouw Emberly stak haar hand uit en streek over de quilt. 'Ik had je toch gezegd dat Jacob's Ladder mooier was dan Wandering Foot?'

Sarah liet bijna een blok vallen. 'Je moet geen Wandering Foot voor Emily maken.'

De anderen keken haar glimlachend aan.

'Ik plaag haar maar, liefje,' zei mevrouw Emberly. 'Maar hoe weet jij dat eigenlijk? Ik dacht dat dat oude bijgeloof iets voor bejaarde dames als ik was.'

Sarah voelde dat ze begon te blozen. 'Ik geloof het niet echt. Mevrouw Compson heeft me erover verteld.'

Iedereen leek te verstijven. Het werd stil in de kamer.

Na een paar seconden ging mevrouw Emberly weer verder met naaien. 'O. Natuurlijk.'

De anderen keken elkaar aan en gingen ook verder met naaien.

Summer keek Sarah heel even aan en wendde zich toen tot mevrouw Emberly. 'Waar bent u mee bezig? Met iets nieuws?'

'Nee hoor, gewoon weer een Wing Rose-blok, net als vorige keer.'

'Mag ik even kijken?'

Mevrouw Emberly glimlachte toen Summer naar haar toeliep en op de grond aan haar voeten ging zitten. Ze pakte het blok van de oudere vrouw aan en hield het omhoog, zodat iedereen het kon zien.

Gwen schudde bewonderend haar hoofd. 'Prachtig. Hoe gaat u ze aan elkaar zetten?'

'O, dat weet ik nog niet. Ik moet eerst nog zes blokken maken. Misschien gebruik ik wel een Garden Maze.'

'Wat is dat?' wilde Sarah weten.

'Daarbij naai je donkere stroken rond elk blok, en daarna naai je de blokken aan elkaar, van elkaar gescheiden door lichte stroken.'

Sarah probeerde zich er een voorstelling van te maken, maar het lukte haar niet.

Mevrouw Emberly glimlachte. 'Ik neem volgende keer wel een foto mee.'

'Volgende keer is het bij mij thuis,' zei Diane tegen Sarah. 'Ik teken wel een kaartje voor je, als je wilt.'

'Graag. Dank je.'

'Zijn jullie dan niet te moe van het quiltkamp om nog een avondje bij elkaar te komen?' vroeg Summer.

Gwen sloeg haar ogen ten hemel. 'Ja hoor, kindje, we kunnen beter in onze luie stoel gaan zitten om weer op adem te komen.'

'Wat is een quiltkamp?' vroeg Sarah.

'Volgende week geven een paar quiltleraressen drie dagen

lang cursussen en lessen in de Poconos,' legde Bonnie uit. 'Het is heel erg leuk om andere quilters te leren kennen en nieuwe technieken te leren en dergelijke.'

'Dat klinkt goed.'

'Iedereen gaat, behalve jij, ik en Bonnie,' zei Summer. 'En Emily. Ik heb college.'

'Ik wou dat ik kon gaan,' zei Bonnie. 'Maar iemand moet op de winkel letten. Bovendien moeten Craig en ik op de kleintjes letten, nu we drie studerende kinderen hebben.'

Sarah bedacht dat als Bonnie het zich niet kon permitteren, zij dat al helemaal niet zou kunnen.

'Jullie moeten flink wat aantekeningen maken en die dan later aan ons laten zien,' zei Summer.

'Daar moet wat tegenover staan.' Diane gaf Summer een por met haar voet. 'Zeg, je zit aan de verkeerde kant van de kamer.'

'Hoezo?' Summer draaide zich om en gaf het geappliqueerde blok terug aan mevrouw Emberly.

'Hier zitten de echte quilters. Jij hoort aan de overkant, bij die naaimachinelui.'

Gwen wendde zich tot Bonnie en Sarah en schudde droevig haar hoofd. 'Ze is nu helemaal gek geworden.'

'Nee, kijk maar,' zei Diane. 'Mevrouw Emberly, Judy en ik zitten altijd aan deze kant van de kamer, en jij, Bonnie en Summer zitten altijd aan die kant.'

'Ik zit hier omdat ik naast Emily's box wil zitten,' merkte Judy op.

'En ik zit hier omdat ik naast de lamp wil zitten, en niet naast het raam,' voegde mevrouw Emberly eraan toe.

Gwen grinnikte. 'Daar gaat je theorie.'

'En sorry, maar die opmerking over echte quilters vind ik helemaal niks.' Summer trok een gezicht en ging weer op de bank naast haar moeder zitten.

'O, toe,' wierp Diane tegen. Ze keek naar mevrouw Emberly en Judy voor steun. 'We weten allemaal dat echte quilts met de hand worden gemaakt.'

Bonnie zuchtte. 'Daar gaan we weer.'

'Dat is de traditie. Met de hand de lapjes aan elkaar zetten, met de hand de quilt doorpitten. Het is niet dat machinaal gemaakte quilts niet mooi zijn, maar het zijn geen echte quilts. Zelfs als je een machinaal gemaakte top met de hand aan de andere lagen vastzet, is het niet hetzelfde.'

Gwen legde haar schetsboek en kleurpotloden opzij. 'Diane, dat is het belachelijkste wat ik je ooit heb horen zeggen.'

'Dat vind je omdat jij een machinenaaister bent. Toe nou, ik weet dat ik niet de enige ben die er zo over denkt. Judy?'

'Laat mij erbuiten.'

'Steun me eens.'

'Dat zou ik doen als ik het met je eens was, maar dat ben ik niet. De enige reden waarom ik mijn blokken met de hand naai en met de hand doorpit, is dat ik de hele dag met computers en labapparatuur in de weer ben. Het laatste wat ik wil, is nog een machine erbij.'

Diane kreunde. 'Aan jou heb ik ook niets.'

'Sorry.'

'Je staat blijkbaar alleen,' zei Gwen.

Diane keek met een boze blik de kamer rond. 'Jullie weten allemaal dat ik gelijk heb.' Ze stond op, pakte haar bordje en beende de kamer uit.

Sarah keek haar geschrokken na. De anderen schudden glimlachend hun hoofden. Toen mevrouw Emberly en Judy aan de andere kant van de kamer weer een gesprek begonnen, wendde Sarah zich tot Gwen. 'Moeten we niet even bij haar gaan kijken?'

'Waarom?'

'Omdat... omdat ze zich rot voelt.'

'O, dat geeft niet,' zei Gwen. 'Dat gebeurt zeker twee keer per maand.'

'Echt?' Sarah stak haar nek uit en probeerde de keuken in te kijken.

'O ja. Je raakt er wel aan gewend.'

'Ik dacht dat jullie vriendinnen waren.'

'Zijn we ook.'

'Maar...'

'We zijn vriendinnen. Allemaal. We nemen elkaar zoals we zijn. Vriendinnen verlangen niet dat je je hele persoonlijkheid verandert. Ze kennen je slechte kanten en houden evengoed van je. Dat betekent dat we Dianes stemmingen verdragen – net als mijn neiging om preken te houden.'

Sarah glimlachte. 'Ik geloof dat ik het door begin te krijgen.'

'Mooi.' Gwen pakte haar schetsboek en kleurde verder aan een patroon. 'Hmm... ik vraag me af wat we van jou moeten verdragen.'

Sarah lachte.

'Waar ben jij mee bezig, Sarah?' wilde Bonnie weten.

'Op het moment werk ik aan een Double Nine Patch-blok.' Ze haalde de Sawtooth Star uit haar tas en hield hem omhoog. 'Deze heb ik dinsdagavond afgemaakt.'

'Mooi, hoor,' zei Summer.

Gwen gebaarde dat Sarah haar het blok moest geven. 'Tijd voor een inspectie.' Sarah gaf het blok aan haar, en Gwen bestudeerde de naden. 'Niet slecht.' Ze gaf het door aan Summer. Het blok ging de hele kring rond, en iedereen complimenteerde Sarah met haar werk.

'Je allereerste patchworkblok,' zei mevrouw Emberly toen het haar beurt was. 'Dat is een hele mijlpaal. Ik moet zeggen dat het er beter uitziet dan mijn eerste blok.'

'En dan het mijne,' zei Diane, die weer binnenkwam. 'Ik had de punten van alle driehoeken te strak vastgenaaid, en het blok trok in het midden krom.' Ze ging zitten en keek Sarah onderzoekend aan. 'De lessen gaan dus goed, neem ik aan?'

Iedereen keek naar Sarah, en aan hun gezichten kon ze zien dat ze zich dat allemaal hadden afgevraagd. 'Die gaan heel goed. Mevrouw Compson is een erg goede lerares.'

'Zien jullie nu wel, ik zei toch dat het goed zou komen,' zei mevrouw Emberly bestraffend. Ze wendde zich tot Sarah. 'Ze heeft mij ook leren quilten, of dat heeft ze tenminste geprobeerd. Ik was toen niet de allerbeste leerling, en de lessen verliepen niet bepaald goed. Dat was jaren geleden, en sindsdien heb ik heel wat bijgeleerd.'

'O ja,' zei Bonnie. 'Niemand hier appliqueert zo mooi als jij.'

De anderen stemden daarmee in.

Sarah vertelde hun van alles over haar lessen, maar zei niets over Claudia of de andere leden van de familie Bergstrom die ze had leren kennen door de verhalen van mevrouw Compson. Ze had het gevoel dat ze dan een geheim zou verklappen. Ze vertelde hun wel over het bijgeloof rond de Wandering Foot en de betekenis van het Log Cabin-blok met het zwarte vierkant in het midden, maar ook hier verzweeg ze persoonlijke details over Elm Creek Manor.

'Die verhalen heb ik al vaker gehoord,' zei Gwen. 'Ik kwam ze tegen toen ik onderzoek deed voor de lessen die ik over de geschiedenis van de Amerikaanse volkskunst heb gegeven.' Ze zweeg even. 'Sarah, zijn mevrouw Compson en jij bevriend?'

'Ik denk het. Of we kunnen vrienden worden, vermoed ik.'

'Denk je dat mevrouw Compson ooit een keer een gastcollege voor mijn studenten zou willen geven?'

'Dat weet ik niet. Ze vertelt graag over quilten...'

'Sylvia is lerares, dat was ze tenminste,' onderbrak mevrouw Emberly haar. 'Ze heeft een opleiding tot docente handvaardigheid gevolgd aan Carnegie Mellon. Misschien zou ze het leuk vinden om weer eens met studenten te praten.'

Gwen wendde zich tot Sarah. 'Wat denk jij?'

'Ik kan het haar vragen,' zei Sarah. 'In het ergste geval zegt ze nee.'

Mevrouw Emberly zuchtte. 'Nee, ze kan nog veel ergere dingen doen.'

'Wat bedoelt u?' vroeg Sarah verbaasd.

'Niets,' zei Bonnie snel. 'Goed, wat gaan jullie allemaal insturen naar het Summer Quilt Festival van het Waterford Quilting Guild?'

'Je hoeft niet van onderwerp te veranderen,' zei mevrouw Emberly tegen haar, en toen wendde ze zich weer tot Sarah. 'Sylvia en ik zijn lang geleden met elkaar gebrouilleerd geraakt.'

'Ze is met de meeste quilters hier in de buurt gebrouilleerd geraakt,' mompelde Diane.

Mevrouw Emberly tikte Diane even op haar pols ten teken dat ze haar mond moest houden. 'Ik zal niet zeggen dat het me niets meer kan schelen, maar ik praat er niet graag over.'

Sarah knikte, niet op haar gemak. Ze was gesteld geraakt op mevrouw Compson, maar wist dat de oude vrouw soms een scherpe tong kon hebben.

'Maar ik mis Elm Creek Manor wel. Het was ooit een erg mooi huis.'

'Ze gaat het verkopen,' zei Sarah zonder nadenken. Ze kreeg meteen spijt toen ze het geschokte gezicht van mevrouw Emberly zag.

'Hoe bedoel je?' vroeg Judy.

Sarah haalde haar schouders op, wensend dat ze het onderwerp kon laten rusten. Misschien wilde mevrouw Compson wel niet dat anderen het wisten. 'Ze zei dat University Realty het landgoed misschien wel wil kopen.'

Summer en Gwen keken elkaar snel even aan.

'University Realty is eigenaar van het blok waar ik woon,' zei Summer.

Haar moeder knikte. 'Ze bezitten alleen maar studentenhuizen. Dat is hun vak. Ze beheren en verhuren gebouwen, ze kopen en verkopen nooit particuliere huizen.'

'Jullie denken toch niet...' Mevrouw Emberly keek het kringetje rond. 'Jullie denken toch niet dat ze van dat prachtige landhuis een studentenhuis zullen maken, of wel soms?'

'Als ze dat doen, schrijf ik me volgend semester in,' merkte Diane op.

'Nou, maak je nu maar geen zorgen.' Bonnie wierp Diane een geërgerde blik toe en wendde zich toen weer tot mevrouw Emberly. 'We weten helemaal niet of ze het aan hen gaat verkopen, en of ze het wel gaat verkopen. Het zou trouwens erg onpraktisch zijn om Elm Creek Manor in losse woningen op te delen. Dat zou ze een fortuin kosten.'

'Dat denk ik wel, ja.' Maar mevrouw Emberly leek niet gerustgesteld.

'Ik heb haar vast verkeerd begrepen,' zei Sarah. 'Ze bedoelde vast een andere makelaar.'

Mevrouw Emberly probeerde te glimlachen en ging toen weer verder met haar appliqué.

Gwen veranderde snel van onderwerp, en het duurde niet lang voordat de stemming van eerder die avond weer was teruggekeerd. Mevrouw Emberly zei echter niet veel meer, en Sarah zag dat ze bezorgd fronste. Ze keek al even bezorgd als Sarah zich voelde. Sarah begreep dat studenten ergens moesten wonen, maar moest dat nu op Elm Creek Manor zijn?

13

De volgende morgen was mevrouw Compson bezig met het uitzoeken van papieren in de bibliotheek en werkte Sarah in haar
eentje verder aan de slaapkamer van tante Clara. Ze moest zich
tot het uiterste beheersen om te voorkomen dat ze de gang door
zou rennen en mevrouw Compson zou vertellen dat ze zich zoveel zorgen om Elm Creek Manor maakte. Ze wist dat, als ze
haar vragen zou spuien, de oude vrouw haar lippen opeen zou
knijpen en weg zou lopen.

Kort na het middageten was Sarah klaar met de slaapkamer,
zodat ze het ideale excuus had om zich bij mevrouw Compson
in de bibliotheek te voegen. De oude vrouw zat aan het bureau,
een stapel vergeelde papieren voor haar neus, en liet een hand
op de leuning van haar stoel en de andere op een document vol
watervlekken rusten.

Toen Sarah in de deuropening bleef staan, hief mevrouw
Compson haar hoofd op en keek Sarah over de rand van haar
bril aan. 'Nu al klaar?'

Sarah knikte. 'Wat kan ik nu gaan doen?'

'Laat het werk maar even. Ik maak dit af, en dan is het weer
tijd voor een quiltles.' Haar blik ging weer naar het vel papier.

'Wat is dat?' wilde Sarah weten. Ze wees naar het vel en kwam
dichterbij om een kijkje te nemen.

'Niet wijzen, meisje. Niets om je zorgen over te maken, gewoon wat financiële zaken van de familie. Claudia is nooit goed

geweest in geld beheren, en na de dood van haar man werd ze nog achtelozer.' Ze schudde haar hoofd en duwde haar stoel naar achteren. 'Zij en Harold hebben er een puinhoop van gemaakt, maar dat is niet alleen hun schuld.'

'Misschien kan ik helpen. Ik heb verstand van financiën.'

'Dat is waar, dat heb je, hè?' Mevrouw Compson stond op en legde het vel boven op de stapel. 'Hoe is het trouwens met je zoektocht naar een échte baan?'

Alleen de vage blos op Sarahs wangen gaf aan dat ze begreep dat mevrouw Compson haar alleen maar plaagde door haar eigen woorden te benadrukken. 'Ik heb maandagmorgen weer een sollicitatiegesprek. Dat wilde ik u nog vertellen. Het is 's ochtends, dus ik kan pas na de middag hier zijn, als u dat goedvindt.'

'Je klinkt niet bepaald enthousiast.'

Sarah haalde haar schouders op.

Mevrouw Compson glimlachte. 'Nou, laat de moed niet zakken. Je moet er vertrouwen in houden. Laat ze maar zien wat je kunt. Er komt vast wel iets.'

'Dat vraag ik me weleens af.'

'Kom kom, niet zo somber. Je hebt nog tijd genoeg voor zelfmedelijden als je zo oud en grijs bent als ik.'

'U bent niet oud.'

'O nee? Wat interessant. Dat moet ik onthouden.' Ze gaf Sarah een klopje op haar arm. 'Meisje, ik plaag je alleen maar. Daar moet je nu toch wel aan gewend zijn.'

'Ik zal er nog wel meer aan gewend raken, vermoed ik.'

Mevrouw Compson lachte en gebaarde dat Sarah haar moest volgen. 'Hoe gaat het met je Double Nine Patch?'

Sarah liep achter haar aan de gang door, naar de trap. 'Die heb ik gisteravond afgemaakt. Er is een groepje dat de Tangled Web Quilters heet, mensen die ik bij Oma's Zoldertje heb leren kennen. Ze komen een keer per week bij elkaar en vroegen of ik met hen mee wilde doen.'

'Dat is leuk.'

'U moet volgende week ook meegaan. Dat zou leuk zijn.'

Mevrouw Compson schudde haar hoofd. 'Ik ben niet uitgenodigd.'

'Maar ik ben nu lid. Ze hebben mij gevraagd, en ik vraag u.'

'Dat is niet hetzelfde, en dat weet je best. Ik was vroeger lid van een plaatselijke groep, en Claudia ook. Toen we nog klein waren, gingen we met moeder mee naar bijeenkomsten, en die hielden we af en toe ook hier. Dan zetten we een paar quiltramen in de balzaal en kwam iedereen langs, en dan hadden we zo'n pret.' Mevrouw Compson bleef even op de onderste trede staan, met een afwezige blik in haar ogen. Toen zuchtte ze en liep over de marmeren vloer en door de gang naar de westelijke vleugel. 'Maar we zeiden het groepje vaarwel toen de andere vrouwen ons duidelijk maakten dat we niet welkom waren.'

'Wat deden ze dan?'

'Hm. Ze waren duidelijk genoeg, geloof me. Zelfs Claudia merkte het.'

'Wanneer was dat?'

'O, dat weet ik niet meer. Een jaar of vijftig geleden.'

'Een jaar of vijftig? Maar... denkt u niet dat het tijd is om het er weer eens op te wagen? De Tangled Web Quilters zijn erg aardig. U zou heel veel plezier hebben. En ze zijn trouwens niet het Waterford Quilting Guild, maar een apart groepje.'

'Kom, meisje.' Mevrouw Compson bleef voor de keukendeur staan en legde haar hand op Sarahs arm. 'Hou er maar over op. De plaatselijke quilters maakten me duidelijk dat ik niet welkom was, en totdat ze me laten weten dat ze van gedachten veranderd zijn, neem ik aan dat ze er nog net zo over denken. Ik quilt liever alleen met jou dan met een groepje vreemden dat me er eigenlijk helemaal niet bij wil hebben. Zijn we het eens?'

Sarah opende haar mond om te protesteren, maar de uitdrukking van mevrouw Compson bracht haar tot zwijgen. Ze knikte daarom, met tegenzin.

Ze liepen naar de zitkamer, waar het Sarah opviel dat er iets was veranderd. Ze keek even om zich heen en zag toen dat de keurig opgevouwen stapel lakens en dekens die mevrouw Compson doorgaans op de bank liet liggen, was verdwenen.

Mevrouw Compson zag dat ze naar de bank keek. 'Ik heb besloten mijn oude kamer weer te gebruiken, als je je dat soms afvraagt,' zei ze kortaf, voordat Sarah iets had kunnen zeggen.

Mevrouw Compson bladerde door een boek met patronen voor het patroon van Sarahs derde blok, Little Red Schoolhouse. Voor dit blok moest Sarah mallen voor rechthoeken van verschillende groottes maken, evenals een parallellogram en een andere vierzijdige figuur. Toen ze de stukjes op één mal na had uitgeknipt, liet mevrouw Compson haar zien hoe ze de mal in spiegelbeeld moest leggen: nadat ze de mal een keer had omgetrokken, keerde ze hem om en trok hem nog een keer om, zodat hetzelfde stukje in spiegelbeeld op de stof verscheen.

Toen Sarah de rechte naden aan elkaar had gezet, liet mevrouw Compson haar zien hoe ze tot aan de hoekpunten van de naailijnen moest naaien, zodat ze twee stukjes kon 'knikken' en het derde stukje aansluitend vast kon zetten. Sarah bevestigde het nieuwe stukje aan het eerste door een rechte naad te naaien tot aan de hoek waar de drie stukjes elkaar raakten. Toen draaide ze het derde stukje rond de punt van haar naald totdat de volgende rand in één lijn lag met de rand van het tweede stukje en naaide die randen toen aan elkaar. Ze hoopte dat mevrouw Compson gelijk had en dat dit werk gemakkelijker werd naarmate ze het vaker deed.

Toen mevrouw Compson er zeker van was dat Sarah het alleen kon, ging ze verder met een van haar eigen quilts. 'Richard noemde dit blok altijd Little Red Playhouse,' merkte ze op, terwijl ze haar naald in kleine steekjes door de zachte lagen liet gaan die strak in haar quiltring waren bevestigd.

'Waarom?'

'Waarschijnlijk omdat vader ooit een speelhuisje voor hem heeft gebouwd dat rood was, bij de tuinen, naast de stallen en de buitenbak. Richard keek graag toe als vader met de paarden aan het werk was, en zo kon vader een oogje op hem houden zonder bang te zijn dat hem iets overkwam.'

'Waar stond het? Bij het prieel?'

'O nee. Bij de rand van de oude tuin, op een stuk land dat al een hele tijd geleden aan de staat is verkocht, zodat ze de weg konden aanleggen.' Mevrouw Compson liet de quiltring in haar schoot rusten. 'Ach, wat waren we allemaal dol op dat joch. Dat moest ook wel, natuurlijk, om het verlies van moeder goed te maken.'

'U hebt uw moeder verloren? Is ze... Toen ze Richard kreeg?'

'O nee, godzijdank niet. Pas een paar jaar later, toen ik tien was en Richard drie. Gelukkig heeft hij haar nog leren kennen.'

'Wat erg.' Die woorden leken hopeloos tekort te schieten.

Mevrouw Compson trok de zilveren vingerhoed van haar vinger en gaf die aan Sarah. 'Deze is van mijn moeder geweest. Ze gaf hem aan mij toen ze voor de laatste keer ziek werd. Ze gaf Claudia er net zo eentje. Ik denk dat ze op de een of andere manier heeft geweten dat ze ons ging verlaten.'

Hoewel ik me mijn moeder als een levendige vrouw herinner, werd ze snel moe. We wisten als kind dat we stil moesten zijn wanneer ze door het huis liep, met haar vingers tegen haar slapen gedrukt, bijna blind door de hoofdpijnen die soms dagen konden duren. Vader maakte zich vaak zorgen om haar en stuurde dan een oudere neef op pad om de dokter te halen. Moeder deed wat de dokter zei en hield het bed en deed zo weinig mogelijk, maar zodra de hoofdpijn over was, zat ze weer bij ons op de grond in de kinderkamer met poppen te spelen, organiseerde ze samen met vader een bal of dresseerde ze paarden. Hij zei altijd dat ze niet zo hard moest werken, maar ze deed net alsof ze hem niet hoorde, en hij deed net alsof ze gezond was.

Ze mocht eigenlijk geen kinderen meer krijgen, maar ze raakte toch weer zwanger, en ze was zo blij dat geen van mijn tantes er kwaad om kon worden. Ik wist dat pas veel later. Toen waren Claudia en ik en mijn neven en nichten alleen maar blij met het goede nieuws.

De zwangerschap was zwaar, en Richard werd bijna een maand te vroeg geboren. Wij mochten hem pas zien toen hij vijf weken oud was. Ik hoorde een paar van mijn oudere nichtjes fluisteren dat dat was omdat de grote mensen bang waren dat hij zou sterven, en dan zou het gemakkelijker voor ons zijn als we hem nog niet kenden. Nadat ik dat had gehoord, heb ik vreselijk naar gedroomd.

Maar de baby werd steeds sterker, en met moeder leek het weer goed te gaan. Vader vond het zo fijn dat hij een zoon had. Niet dat hij niet van Claudia en mij hield, dat niet, maar ik denk dat het voor een man gewoon anders is, dat een zoon voor een man heel bijzonder is. Althans in het begin – als de zoon ouder wordt, maken vader en zoon ruzie op een manier zoals een moeder en dochter of een moeder en zoon dat nooit zouden doen. Zo gaat het altijd, en volgens mij weet niemand goed waarom.

Zoals ik al zei, werd de baby steeds sterker, en moeder leek een tijdje gezond, maar toen Richard leerde lopen en praten en spelen werd ze weer zwakker, leek ze bijna weg te smelten. Eerst hield ze op met paardrijden, toen werd zelfs quilten te veel voor haar, en toen werden we op een ochtend allemaal wakker, behalve moeder.

Wat werd het toen somber en eenzaam op Elm Creek Manor. Ik denk er liever niet aan, als ik het kan voorkomen.

We gingen allemaal verder met ons leven, zoals mensen altijd doen, maar het viel niet mee. Moeders dood liet een enorme leegte in ons leven achter. Claudia en ik probeerden haar rol in de opvoeding van Richard over te nemen, met de hulp van onze tantes natuurlijk. Ik weet echt niet hoe hij zo'n lieve jongen in plaats van een verwend nest is geworden... Claudia en ik zorgden er samen voor dat hij nooit iets tekortkwam. We waren echt een stel jonge moederkloeken.

Vader verwende hem ook, net zoals hij altijd moeder heeft verwend, denk ik. Toen Richard zei dat hij alleen wilde rijden, ook al was hij nog zo klein dat hij onder de buik van een paard door kon lopen, zette vader hem op de rug van een rustige oude merrie en liepen ze zo over het landgoed. Toen Richard ouder werd, kon hij maar weinig belangstelling voor school opbrengen, en wanneer ik hem bijles probeerde te geven, rende hij altijd weg om de schuur te gaan verkennen of om in de boomgaard te kijken of de appelbomen al in bloei stonden.

Het was zo'n koppig, ondeugend joch. Maar hij had een goed hart, dat had hij. Hij zal in de derde of vierde klas hebben gezeten toen er een nieuw jongetje op school kwam. Ik zag hem elke dag wanneer Claudia en ik Richard naar school brachten en daarna een straat verder naar onze eigen school liepen. Het was echt hartverscheurend. Het leek wel alsof de kleren van dat kind nooit werden gewassen, hij had een vermoeide, hongerige blik in zijn ogen, en soms had hij vreselijke blauwe plekken op zijn armen. De meeste kinderen gingen hem uit de weg, maar Richard sloot vriendschap met hem.

Op een keer, onder het eten, vroeg Richard aan vader of de jongen bij ons mocht komen wonen omdat zijn eigen vader en moeder zo gemeen waren. Vader en oom William keken elkaar aan – je weet wel hoe, zoals volwassenen elkaar kunnen aankijken wanneer ze denken dat de kinderen het niet zien. Na het eten namen ze Richard apart en stelden hem allerlei vragen. Die avond gingen ze weg, zonder tegen ons te zeggen waarheen.

Later hoorde ik hen met mijn tantes praten. Nou ja, om eerlijk te zijn kroop ik mijn bed uit en legde mijn oor te luisteren tegen de deur van de bibliotheek. Vader en oom William zeiden tegen mijn tantes dat ze naar het huis van het jongetje waren gegaan om met zijn vader te praten. Vader had het kind willen zien, maar toen zijn vader in de slaapkamer ging kijken, was de jongen er niet. Toen vertelde zijn zusje dat hij al twee dagen niet thuis was geweest.

Vader werd zo boos dat oom William hem vast moest houden om te voorkomen dat hij die andere man zou slaan. 'Hoe kan het gebeuren dat een vader niet weet of zijn kind van acht wel of niet thuis is?' had vader gezegd. Toen waren ze naar buiten gerend en hadden ze meteen de politie gewaarschuwd, die het kleine meisje bij die vreselijke mensen vandaan haalde. Maar niemand wist wat er met de jongen was gebeurd. Die was verdwenen.

'Is hij weggelopen?' vroeg ik de volgende ochtend aan Richard.

Hij aarzelde en haalde toen zijn schouders op. 'Hij heeft me niet verteld dat hij wegging.'

Ik wist niet wat ik ervan moest denken. Op school deden de geruchten als een lopend vuurtje de ronde. Sommige kinderen zeiden dat de jongen door zijn eigen ouders was vermoord. Anderen zeiden dat hij naar de grote stad was gegaan. Het eerste kon ik gewoon niet geloven, en hij was nog te klein om het tweede te doen.

Een week later werd ik heel vroeg wakker en hoorde ik iemand over de overloop voor mijn kamer lopen. De zon was nog niet op. Ik stapte mijn bed uit, liep op mijn tenen naar de deur en deed die open.

Ik zag Richard nog net om de hoek verdwijnen. Ik sloop achter hem aan, naar de keuken beneden, de deur uit en over het stenen pad naar de tuin. Het was het begin van de herfst, en ik kreeg koude voeten toen ik Richard door de tuin naar zijn speelhuisje volgde. Hij bukte zich en ging naar binnen, en ik hoorde zachte stemmen mompelen.

Toen ik naar binnen keek, zag ik Richard en het jongetje zitten. Ze deelden een zak appels en een brood. Ze keken verschrikt op toen ze me zagen. Het jongetje sprong overeind en wilde naar de deur rennen, maar ik versperde zijn weg en pakte hem bij zijn pols. Hij krijste en probeerde me met zijn vuisten te stompen, maar Richard pakte zijn polsen beet.

'Nee, Andrew, het is Sylvia, mijn zus. Het is goed,' zei hij. Zijn stem klonk net als die van vader wanneer die een zenuwachtig veulen probeerde te kalmeren. Hij bleef die woorden herhalen totdat Andrew in onze armen tot rust kwam.

Toen Andrew het had uitgeschreeuwd, waren onze twee honden gaan blaffen, en al snel waren de grote mensen ook wakker. Het waren een stel mooie waakhonden, tot dan toe hadden ze zich stilgehouden. Het duurde niet lang voordat we in de warme keuken zaten, met quilts om ons heen, en warme melk dronken. Ik weet niet waarom ze mij warme melk gaven, ik had me niet in het speelhuisje verstopt en was niet elke nacht naar buiten geslopen om voor een vriend te zorgen, maar dat maakte niet uit.

Richard probeerde me later duidelijk te maken dat hij niet tegen me had gelogen, niet echt althans. 'Ik zei dat Andrew tegen me had gezegd dat hij niet wegging,' beweerde hij. 'Dat klopt ook. Andrew heeft me niets verteld omdat ik het al wist.'

Ik zei tegen hem dat hij me een rad voor ogen had willen draaien, en dat was net zo erg als liegen. Hij was nogal beteuterd en zei dat hij nooit meer tegen me zou liegen.

Maar dat maakt wel duidelijk dat Richard een goede jongen was: vol goede bedoelingen, maar erg impulsief. Zijn eerste opwelling was zijn vriend te helpen, op de beste manier die hij kon verzinnen. Het was nooit bij hem opgekomen dat de grote mensen Andrew misschien nog wel beter konden helpen dan hij.

Wie weet wat er zou zijn gebeurd als ik hen die nacht niet in het speelhuisje had aangetroffen. Zoals gewoonlijk had Richard toch weer geluk.

'Wat gebeurde er met Andrew?' Het was Matt, die naast de deur van de zitkamer tegen de muur leunde. Sarah had hem niet horen binnenkomen.

'De politie kwam hem halen. Hij en zijn zus moesten bij een tante in Philadelphia gaan wonen. Richard zag hem pas weer toen ze allebei jonge mannen waren. Zijn ouders verhuisden, en ik heb geen idee wat er van hen is geworden. Opgeruimd staat netjes.' Ze zuchtte, stond op en klikte met haar tong toen ze zag hoe weinig Sarah had gedaan. 'Geen verhalen meer. Die leiden je te veel af van je naaiwerk.'

'O, dat moet u niet zeggen. Ik kan best naaien en luisteren tegelijk. Echt.'

'Hm.' Mevrouw Compson schudde haar hoofd, maar rond haar lippen verscheen een langzame glimlach. 'Je krijgt nog één kans, maar voortaan houd ik je goed in de gaten, denk erom.' Ze liep de kamer uit en kwam terug met een tas van bruin leer, waaruit ze een chequeboekje en een pen haalde. Ze vulde een cheque in, scheurde hem uit het boekje en gaf hem aan Sarah. 'Hier,' zei ze. 'Je loon. Ik zie je maandag weer.'

Sarah wilde de cheque net opbergen toen haar iets vreemds opviel. 'Het bedrag klopt niet.'

'Is het niet genoeg? Hm.'

'Nee, dat bedoel ik niet.' In gedachten rekende Sarah uit hoeveel uur ze had gewerkt. 'Mevrouw Compson, u hebt me veel te veel betaald. Volgens mij hebt u me per ongeluk ook betaald voor de uren die we hebben gequilt, en niet alleen voor de uren die ik heb gewerkt.'

'Dat is niet per ongeluk gegaan.' Mevrouw Compson ritste haar tas dicht en sloeg haar armen over elkaar.

'Maar dat is niet eerlijk. Dat hebben we niet afgesproken.' Sarah wilde de cheque teruggeven, maar mevrouw Compson schudde haar hoofd en wilde er niets van weten. In plaats daarvan leidde ze Matt en Sarah naar de achterdeur. Toen ze wegreden, zagen ze dat ze hen op de veranda aan de achterkant van het huis na stond te kijken.

14

Sarah kon het hele weekend aan haar Little Red Schoolhouse-blok werken en zich zorgen maken over haar aanstaande sollicitatiegesprek, hoewel Matt haar probeerde af te leiden. Deze keer zou ze alles goed doen, nam ze zich voor. Ze zou elke vraag intelligent en charmant beantwoorden. Oké, ze had alweer jaren geleden sollicitatietraining op Penn State gevolgd, maar de belangrijkste tips kon ze zich nog wel herinneren. En hadden haar docenten niet gezegd dat ze met elk gesprek beter zou worden?

Dat hadden er meer gezegd, en soms voelde ze de neiging om hen op te bellen en te vragen wanneer ze die verbetering precies kon verwachten.

'Hoe gaat het?' vroeg Matt toen ze die maandagochtend aan het ontbijt zaten.

'Wel goed, als je bedenkt dat ik dit al talloze keren heb gedaan. Ik ben er echt een expert in.' Ze was ook al te vertrouwd met de manieren waarop werkgevers nee konden zeggen.

Hopkins en Steele was een klein accountantskantoor op een paar straten afstand van Oma's Zoldertje. De secretaresse heette haar welkom en ging haar voor door een met tapijt beklede gang. 'De kandidaat van negen uur is niet verschenen,' bekende ze fluisterend. Ze bleven staan voor een deur zonder raampje, en de secretaresse gebaarde dat Sarah in de stoel er vlak naast mocht plaatsnemen. 'Ze komen u dadelijk halen.'

Ongeveer vijf minuten nadat de secretaresse was verdwenen,

ging de deur open. 'Sarah?' vroeg een lange, kalende man. Hij schudde haar de hand en liet haar binnen. In de kamer zat nog een man aan een ronde tafel. De eerste man bood Sarah een stoel aan en ging toen zelf zitten.

Het gesprek was informeler dan Sarah had verwacht. Meneer Hopkins en meneer Steele waren vriendelijk en opgewekt, en Sarah had het idee dat ze de juiste antwoorden op hun vragen gaf. Ze dacht er zelfs aan om een paar vragen te stellen waarmee ze liet blijken dat ze belangstelling voor het bedrijf had. Toen het gesprek ten einde liep, had ze het gevoel dat dit het beste sollicitatiegesprek was wat ze ooit had gevoerd.

Meneer Hopkins bood aan om haar uit te laten. Toen ze de deur openden en de gang in stapten, zat er een man in de stoel te wachten.

'We lopen blijkbaar uit,' zei meneer Hopkins. 'Sarah, vind je het erg om jezelf uit te laten?'

'Nee, helemaal niet.'

'Als je door de gang naar de receptie loopt, kom je vanzelf bij de uitgang. Je hoort nog van ons.' Hij glimlachte en wendde zich tot de man in de stoel. 'Nog even geduld, we komen zo bij u.'

'Dank u,' zei Sarah. Meneer Hopkins knikte en sloot de deur.

Ze draaide zich om en wilde weglopen, maar de man in de stoel zei: 'Hé, nogmaals hallo.'

Sarah keek hem aandachtig aan. Waar had ze hem eerder gezien? 'O... hallo.'

'Tom Wilson. Uit de wachtkamer bij PennCellular? We blijven elkaar tegen het lijf lopen. Maar dat kan ook niet anders, met zoveel accountants en zo weinig banen.'

'Ja, inderdaad. Hoe gaat het?'

Hij haalde zijn schouders op. Het oude liedje.' Hij trok een gezicht en knikte in de richting van de deur van de kamer. 'Hoe ging het?'

'O, goed. Erg aardige lui.'

'Mooi, mooi. Je deed het vast erg goed als ze je zo lang aan de praat hielden. Dat is een goed teken. Je hebt vast indruk gemaakt.'

'Echt? Zou het?'

'O ja. Ik had om tien uur een afspraak, maar het is al kwart over. Ze lopen niet zomaar uit.'

Sarah voelde een sprankje hoop. 'Ik denk dat het ook wel goed ging. Ze leken echt belangstelling voor me te hebben. Ik zou bijna willen...' Ze beet op haar lip.

'Wat?'

'Niets.'

'O, toe nou. Wat?'

'Het is...' Ze keek naar de deur om zich ervan te verzekeren dat die nog steeds dicht was en zei met zachte stem: 'Ik hoopte eigenlijk iets buiten dit vakgebied te kunnen vinden. Ik bedoel, ik weet dat ik hier ervaring in heb, en dat ik dit werk goed kan, maar...' Ze zocht naar woorden.

'Maar wat?'

'Ik weet het niet. Ik denk dat ik gewoon iets anders wil, iets wat... boeiender is. Sorry.' Hij was per slot van rekening ook accountant.

Hij grinnikte. 'Ik voel me niet beledigd, hoor. Maar waarom solliciteer je op banen die je niet wilt?'

'Het is niet dat ik niet wil. Ik moet een baan hebben, en ik ben blij met alles wat ik kan krijgen. Ik wil alleen iets anders proberen, misschien iets wat ik leuker zou vinden. Je weet wel, mijn grenzen verleggen. Maar ik weet niet wat mijn mogelijkheden zijn. Weet je nog, bij PennCellular? Ik wilde eigenlijk solliciteren naar een baan op de pr-afdeling, maar ze gaven me niet eens een kans. Ze zien wat ik heb gestudeerd en trekken hun conclusies.'

Hij haalde zijn schouders op. 'Ze vragen je in elk geval op gesprek. En je bent nog jong. Je hebt nog tijd zat om iets anders te gaan doen. Ik ben daarentegen... Nou ja, je weet wat ze zeggen, soms ben je te oud om nog iets anders te leren. Ze noemen ons de afvloeiers. We zijn met zoveel dat we zelfs een eigen term krijgen, wat vind je daar nu van?'

Omdat Sarah niet wist wat ze moest zeggen, haalde ze haar schouders op.

'En trouwens,' vervolgde hij, 'wie huurt er nu iemand als ik in, die betaald wil worden naar wat hij waard is en meer van het werk weet dan de baas zelf? Ik ben geen pas afgestudeerd jonkie dat...' Plotseling keek hij over haar linkerschouder.

Sarah hoorde dat de deur openging en dat meneer Hopkins iets tegen meneer Steele zei. 'Ik kan maar beter gaan,' zei ze. Tom hief bij wijze van groet zijn hand op, en ze haastte zich door de gang naar de uitgang.

Matt stond op haar te wachten op het plein, een klein parkje in het centrum, vlak bij de drukste kruising in Waterford. Ze gingen even naar huis om iets te eten, en Sarah vertelde hem over het gesprek. Het was lang geleden dat ze positief nieuws over haar zoektocht naar een baan had gehad, en zelfs nog langer geleden dat ze een gesprek had gehad waarvan ze het gevoel had dat het haar kansen had vergroot.

Toen ze klaar was, plantte Matt zijn ellebogen op tafel en keek haar fronsend aan. 'Ik weet niet of het zo'n goed idee was om aan die Tom te vertellen wat je van die baan vindt.'

Sarahs glimlach stierf weg. 'Hoezo? De deur was dicht, daar heb ik op gelet.'

'Ze hoorden je misschien niet, maar daarom kunnen ze er nog wel achter komen.'

'Hoe bedoel je? Je denkt toch niet dat hij hun heeft verteld wat ik heb gezegd?'

'Nee, dat denk ik niet, maar...'

'Wat denk je dan?'

'Dat je iets voorzichtiger moet zijn, meer niet. Als je een baan wilt, moet je verstandig zijn. Je kunt niet telkens je kansen verpesten.'

'Dus je denkt dat ik geen baan heb omdat ik niet verstandig

ben of omdat ik het met opzet verpest?'

'Dat zou ik niet willen zeggen.'

'Zo klinkt het wel. Jeetje, Matt, dat was het beste gesprek dat ik sinds we hierheen zijn verhuisd heb gevoerd, en het enige wat jij kunt doen, is kritiek hebben.'

'Je stelt je aan. Ik had geen kritiek.' Matt schoof zijn stoel naar achteren en stond op. 'Maar als je niet van mijn advies gediend bent, waarom vertel je het me dan?'

'Ik stel me niet aan.' Ze vond het vreselijk wanneer hij dat zei. 'Ik heb je over mijn gesprek verteld omdat ik dacht dat je misschien belangstelling hebt voor wat er in mijn leven gebeurt, niet omdat ik kritiek wil krijgen als ik iets doe.'

'Hoe denk je dat je jezelf kunt verbeteren als je geen kritiek krijgt?'

'Ik geloof niet dat jij meer verstand hebt van solliciteren dan ik. Ik wist ook een baan te vinden in State College, weet je nog?'

'Goed, hoor. Het is mijn schuld dat je geen baan meer hebt, en het is mijn schuld als je geen nieuwe baan kunt vinden. Tevreden?'

'Ik zei niet dat het jouw schuld was. Wie stelt zich nu aan?'

'Ik wacht wel in de auto.' Matt pakte de bordjes en rende naar de keuken. Sarah hoorde dat hij ze in de gootsteen zette, en toen sloeg de voordeur dicht. Ze stormde achter hem aan met een gezicht dat rood was van woede.

Zwijgend reden ze naar Elm Creek Manor. Toen Matt de auto achter het huis parkeerde, sprong Sarah naar buiten en smeet zonder iets te zeggen het portier dicht. De auto stoof weg, een wolk van stof en grint verspreidend.

Sarah ging naar binnen en bleef, nog steeds woedend, in de gang staan. Hij had gelijk, en dat wist ze. Ze had nooit zoveel tegen Tom Wilson moeten zeggen. Maar de andere dingen die hij had gezegd, waren helemaal niet waar. Hij mocht geen kritiek op haar hebben omdat ze nog geen baan had gevonden. Ze had immers haar baan in State College voor hem opgezegd? Matts nieuwe baan betaalde niet beter dan Sarahs oude, dus financieel waren ze niet beter af. Matt was beter af, hij leek in elk geval gelukkiger, maar wat was Sarah ermee opgeschoten?

'We hadden in State College moeten blijven,' zei ze hardop.

Haar woorden verdronken in de stilte van het huis.

Ze sloot haar ogen en leunde achterover tegen de muur. Haar maag trok samen. Verhuizen naar Waterford was een vergissing geweest. Ze hadden nog wat langer in State College moeten blijven; Matt zou echt wel iets hebben gevonden. De kans dat hij in State College iets zou hebben gevonden was groter dan de kans dat zij iets in Waterford zou vinden.

Dat wist ze heel zeker, net zoals ze heel zeker wist dat ze dat nooit tegen Matt zou zeggen.

Het was toch te laat. Ze had haar keuze gemaakt en moest ermee leven. Dat zou echter heel wat gemakkelijker zijn als Matt waardering zou hebben voor het offer dat ze had gebracht. Soms dacht ze dat hij niet eens besefte dat ze offers had gebracht.

Ze haalde diep en langzaam adem totdat haar ergste woede was gezakt. Ze voelde dat het huis haar omringde, troostend en stil, meer een thuis dan haar eigen woning ooit zou zijn.

Er ging nog een stille minuut voorbij voordat Sarah haar ogen opende en naar boven ging.

Ze trof mevrouw Compson in de kamer naast die van tante Clara aan. Ze zat op de grond, boven op een opgevouwen quilt, en haalde verschoten kleren uit de onderste la van een commode.

'Ik ben er weer,' zei Sarah toen ze binnenkwam.

'Ik zie het.' Mevrouw Compson keek haar aan. 'Ik hoef zeker niet te vragen hoe het ging?'

'Wat? O, het gesprek. Dat ging goed, hoor.'

'Vast. Daarom kijk je zo vrolijk.'

Sarah moest bijna lachen.

Mevrouw Compson legde een flanellen werkhemd opzij. 'Nou, als je vandaag toch niet in de stemming bent om te werken, kunnen we misschien beter aan een quiltles beginnen, vind je ook niet?'

'Maar ik heb vandaag nog niets gedaan.'

'Dat klopt, maar ik ben al de hele ochtend bezig.'

Sarah haalde haar schouders op. 'Goed dan. U bent de baas.'

'Inderdaad.' Mevrouw Compson gebaarde dat Sarah haar overeind moest helpen. 'Je begint vandaag met een nieuw blok, Contrary Wife.'

'Tegendraadse echtgenote?' Sarah snoof. 'Hebt u geen tegendraadse echtgenoot voor me?'

Mevrouw Compson trok een wenkbrauw op. 'Hoor ik daar een ontstemd geluid? Dat kan toch niet. Niet bij mijn twee tortelduifjes.'

'Matt was vandaag onuitstaanbaar. Ik heb hem over mijn gesprek verteld, maar hij zat me alleen maar te bekritiseren.'

'Dat lijkt me niets voor hem.'

'En ik had niet eens iets verkeerd gedaan.' Sarah vertelde wat er was gebeurd.

Mevrouw Compson haalde diep adem en trok een gezicht. 'Ik ben bang dat ik het met Matt eens moet zijn.' Toen Sarah haar mond opende om te protesteren, hief ze haar hand op. 'Met wat hij zei, niet met de manier waarop hij het zei. Hij had tactvoller kunnen zijn. Maar ik denk dat hij er goed aan doet om je te waarschuwen. Je moet niet al te veel vertellen aan mensen die achter dezelfde baan aan zitten.'

Sarah liet zich op het bed vallen. 'Ik wist wel dat u zijn kant zou kiezen.'

'O, doe ik dat? Ik dacht dat ik alleen maar mijn mening gaf.' Mevrouw Compson ging naast haar zitten. 'Als ik zijn kant kies, doe ik dat omdat hij gelijk heeft. Die Tom Wilson hoeft niet te weten wat jij van je beroep vindt.'

Sarah zuchtte. Misschien hadden Matt en mevrouw Compson gelijk. Ze had het deze keer echt verpest.

'Maar ik denk niet dat die Tom Wilson je geheimpje zal verklappen,' merkte mevrouw Compson op.

'Ik hoop het niet, maar waarom zou hij dat niet doen?'

'Omdat dat vreselijk onprofessioneel over zou komen. Waarom zouden ze hem trouwens geloven, iemand die over een andere kandidaat roddelt?'

'Dat is waar, ja.'

'Maar ik hoop wel dat je er iets van hebt geleerd. Wees voorzichtig met wie je in vertrouwen neemt. Je weet maar nooit...' Mevrouw Compson zweeg en lachte in zichzelf.

'Wat? Wat is er zo grappig?'

'O, niets.' Mevrouw Compsons lach werd breder. 'Ik dacht er net aan hoe ik mijn man heb leren kennen.'

'Bij een sollicitatiegesprek?'

'Nee, nee.' Mevrouw Compson lachte. 'Maar toen we elkaar leerden kennen, was hij nog veel minder discreet dan jij nu bent geweest. Daar schaamde hij zich later best wel voor.'

Ik heb je al verteld dat Claudia en ik elk jaar onze quilts op de jaarmarkt lieten zien en dat ik meedeed aan het concours hippique. Vader liet zijn prijswinnende paarden zien en kon uren met de andere heren over de voordelen van bepaalde fok- en dressuurmethoden praten. Richard hing dan aan zijn lippen; hij bereidde zich voor op de dag dat hij de stoeterij over zou nemen. Hij bracht bijna elk vrij moment door bij vader en de paarden. Hoewel ik mijn best deed, vatte hij lang niet zoveel belangstelling voor school op. Dat is denk ik niet zo vreemd voor een jongen van negen.

Ik was zestien en ging graag naar de jaarmarkt. En ik was dol op paardrijden. De andere meiden hadden vast een hekel aan me omdat ik altijd de eerste prijs won. Maar de rozetten en bekers konden mij lang niet zoveel schelen als hun. Wat ik heerlijk vond, was zo snel rijden dat het leek alsof ik vloog; ik genoot van het gevoel dat een paard al zijn kracht verzamelde voor een sprong, van de kwetsbare kracht van hoeven en wapperende manen – o, het was zalig. Het was ook heerlijk om te zien hoe trots vader keek als ik met zijn paarden een prijs won.

Toen ik op een ochtend Dresden Rose aan het losrijden was, zag ik dat er jongeman tegen het hek geleund stond. Hij stond naar ons te kijken, net als hij gedurende de afgelopen twee ochtenden van de jaarmarkt had gedaan. Nadat ik zijn groet met een knikje had beantwoord, deed ik net alsof ik hem niet zag, maar tijdens het rijden zag ik hem vanuit mijn ooghoeken voortdurend, ik kon er niets aan doen. Het was ook vrij ergerlijk dat hij er weer was. Mijn eerste wedstrijd kwam eraan, en ik moest me concentreren, en dat ging niet als er iemand stond te kijken.

Toen ik later Dresden Rose in haar box stond te borstelen, keek of ze genoeg te eten had en haar bemoedigend toesprak, zodat ze zelfvertrouwen zou kweken voor de wedstrijd van die middag, hoorde ik de deur van de box achter me opengaan.

Ik draaide me met een ruk om, waardoor Rose schrok. De jongeman die bij het hek had gestaan, keek me lachend aan.

'Wat een mooi paard,' zei hij.

'Ja,' zei ik, op geërgerde toon. Ik aaide Rose over haar hals en sprak haar kalmerend toe.

De man kwam naar ons toe en aaide haar over haar neus. 'Een Bergstrom?'

'Ja.' Toen begreep ik dat hij op Rose doelde, en niet op mij. 'Ja, ze is een Bergstrom.'

Hij keek me bewonderend aan. 'Je kunt erg goed rijden.'

Ik begon te blozen, hoewel ik dat niet wilde. Hij was vrij knap, lang en sterk met donkere ogen en donker, krullend haar. Ik was me ervan bewust dat er verder niemand in de buurt was en dat ik op een bepaalde manier naar hem keek. Ik ben nooit zo'n schoonheid geweest als Claudia, maar op zich mocht ik er toen best zijn, of dat dacht hij tenminste.

'Dank je,' wist ik uiteindelijk uit te brengen, min of meer hopend dat vader of Richard binnen zou komen en tegelijkertijd bang dat dat zou gebeuren.

Hij liep langs de zijkant van Rose, en ik deed onwillekeurig een stap naar achteren, hoewel het paard tussen ons in stond. 'Wees maar niet bang,' zei hij tegen Dresden Rose, haar hals strelend. 'Ik zal je geen kwaad doen.' Hij haalde een hand langs haar flank en keek met een kennersoog naar haar. 'Rijd je vaak op Bergstroms?'

Ik keek hem ongelovig aan. 'Ja, natuurlijk.'

'Ze zeggen dat het de beste paarden zijn die er bestaan.'

'Dat vinden veel heel mensen, ja.'

Hij keek me lachend aan. 'Ik zou dit niet moeten zeggen, maar de beste paarden uit de stal van mijn ouders vallen in het niet bij die van de oude Bergstrom.'

'O ja?' Ik was zo verbaasd dat ik bijna moest lachen. 'Nou, dat vindt "de oude Bergstrom" vast wel leuk om te horen.'

'Hij weet het vast wel.' Hij was om de achterhand van Rose heen gelopen en stond nu aan mijn kant van de box. 'Maar mijn vader heeft plannen. Hij verwacht dat zijn paarden zich binnen een generatie met die van Bergstrom kunnen meten.'

'Dan moet hij flinke plannen hebben.' Mijn stem begon te trillen toen hij dichterbij kwam, en ik hield me bezig met de manen van Rose. 'Zullen ze een succes worden?'

Hij schudde zijn hoofd. 'Hij heeft geen schijn van kans. Zijn ideeën zijn op zich best goed, maar ze gaan niet ver genoeg. En je komt in het leven niet ver als je geen risico durft te nemen.'

'Dat zou mijn vader ook zeggen.'

'Nee, Bergstrom hoeft zich voorlopig geen zorgen te maken. Maar op een dag ga ik paarden fokken die net zo goed zijn als die van hem. Misschien wel beter.'

Ik trok verbaasd en uitdagend mijn wenkbrauwen op. 'Denk je echt dat je dat kunt?'

'O ja. Nu nog niet, maar op een dag wel. Ik heb wel een paar ideeën.' Hij kwam dichterbij en pakte de borstel uit mijn hand. 'Mag ik?'

Ik knikte, en hij begon Rose te borstelen. 'Moeilijk voor te stellen dat er ooit een beter paard dan jij zal zijn, hè?' mompelde hij in Roses oor. Ze duwde haar snuit in zijn gezicht.

'Ze heet Dresden Rose.'

'En hoe heet jij?'

Ik zweeg even. 'Sylvia.'

Hij glimlachte. Er verschenen rimpeltjes bij zijn ooghoeken. 'Sylvia. Wat een mooie naam.'

'Dank je.'

'Ik heet James Compson.'

Ik snakte naar adem. 'Een zoon van Robert Compson?' Robert Compson was een fokker uit Maryland. Hij was de naaste concurrent van mijn vader.

Zijn lach werd wrang. 'Een van de vele.'

'Ik snap het.' Ik stak mijn hand uit naar de borstel.

Hij liet de borstel vallen en pakte mijn hand vast. Ik schrok op en deed alsof ik weg wilde lopen.

'Blijf alsjeblieft hier,' zei hij, terwijl hij een stap naar voren deed. 'Ik heb twee dagen lang moed moeten verzamelen voordat ik je aan durfde te spreken.'

'Mijn vader komt zo.' Mijn stem trilde, en ik voelde me raar, maar ik deinsde niet terug.

Er verscheen een gekwetste blik in zijn ogen, en hij liet mijn hand los. 'Wil je dat ik wegga?'

Ik schudde mijn hoofd, en toen knikte ik, en toen keek ik hem alleen maar ontzet aan. Ik wilde dat hij mijn hand weer zou pakken, en ik wilde dat hij weg zou gaan.

'Het spijt me. Dat was dom van me.' Hij deed de deur van de box open en liep weg.

Tegen de tijd dat ik klaar was met het verzorgen van Dresden Rose trilden mijn handen niet meer. Toen vader, Claudia en Richard me kwamen helpen om haar klaar te maken voor de wedstrijd wist ik kalm over te komen. Claudia kon ik echter niet bedotten; ze wist dat er iets was, maar ze vroeg me niet om te vertellen wat het was, niet waar vader en Richard bij waren.

De wedstrijd begon, en ik zou snel aan de beurt zijn. Ik zag mijn familie juichend op de tribune zitten, en ik wuifde lachend naar hen. Ik had mijn zelfvertrouwen weer terug.

Maar toen wendde ik mijn blik af van mijn familie en keek ik naar een ander deel van de tribune. Mijn blik kruiste die van James. Mijn hart maakte een sprongetje. Zijn blik was zo kalm en indringend tegelijk dat ik er nerveus van werd, zo nerveus dat ik de teugels te strak aantrok. Rose hinnikte bij wijze van protest, en daardoor was ik meteen weer bij de les.

Toen was het mijn beurt. 'Onze vijfde deelneemster,' zei de omroeper zo luid dat iedereen het kon horen, 'is Sylvia Bergstrom.'

Voordat ik de bak in draafde, zag ik nog net dat James' mond openviel.

'Hij wist namelijk niet wie ik was, begrijp je.'

'Dat vermoeden had ik al,' wist Sarah lachend uit te brengen. 'Maar waarom zei u dat u Sylvia heette toen hij vroeg hoe u heette, en niet Sylvia Bergstrom?'

Mevrouw Compson leek van haar stuk gebracht. 'Ik ben bang dat ik het veel te leuk vond om hem voor het lapje te houden.' Ze lachte. 'O, hij moet zich zo hebben geschaamd. Kun je je dat voorstellen?'

'Maar uiteindelijk kwam alles toch weer goed?' vroeg Sarah plagend. 'Ik bedoel, u bent toch met hem getrouwd?'

Mevrouw Compson glimlachte. 'Ja, dat is waar. Voor jou zal alles ook wel weer goed komen, maar pas voortaan een beetje op.'

'Dat zal ik doen.'

Ze gingen naar beneden, naar de zitkamer, waar mevrouw Compson Sarah hielp met het maken van haar nieuwe mallen. Terwijl ze bezig waren, besefte Sarah dat haar woede grotendeels was gezakt, maar dat Matts kritiek nog steeds pijn deed. Kwam dat doordat ze wist dat hij gelijk had, dat ze haar geheimen niet zomaar aan iedereen moest vertellen? Saboteerde ze onbewust haar streven naar een echte baan?

Sarah dacht er even over na en besloot dat dat niet waar kon zijn. Waarom zou ze dat doen, onbewust of anderszins?

Ze concentreerde zich op het quilten en vroeg zich af hoe ze Matt zover kon krijgen dat hij zijn excuus aanbood voordat zij zou bekennen dat hij gelijk had gehad.

15

Die week ruimden Sarah en mevrouw Compson de tweede slaapkamer uit en begonnen ze aan de derde. 's Morgens werkten ze aan het huis, 's middags aan hun quilts. Op donderdag maakte Sarah het Contrary Wife-blok af en begon ze aan een nieuw, dat mevrouw Compson het LeMoyne Star-blok noemde. Mevrouw Compson vond het zelf blijkbaar een mooi patroon, want het blok maakte deel uit van een aantal quilts die ze uit de cederhouten kast had gehaald.

Op donderdag dacht Sarah ook aan het verzoek van Gwen. 'Kent u dat groepje quilters nog over wie ik u laatst heb verteld?' vroeg ze toen ze het patroon omtrok op het plastic waaruit ze de mallen knipten.

Mevrouw Compson hield haar ogen op haar werk gericht. 'Nee, ik heb nooit met hen kennisgemaakt.'

'Nou, een van hen kent u wel. Bonnie Markham. Maar u weet wat ik bedoel. Weet u het weer?'

'Hoe kan ik iets over hen weten als ik hen nooit heb ontmoet?'

Sarah besloot opnieuw te beginnen. 'Toen ik vorige week op de bijeenkomst van de Tangled Web Quilters was, heb ik een vrouw leren kennen die Gwen Sullivan heet. Ze geeft les aan Waterford College.'

'Wat leuk voor haar.'

'Ze geeft een reeks colleges over Amerikaanse volkskunst en

vroeg zich af of u misschien een gastcollege zou willen geven.'

'Nee maar.' Mevrouw Compson liet haar quiltring zakken. 'Wil ze dat ik haar studenten leer quilten of wil ze dat ik iets over de geschiedenis van het quilten vertel?'

'Ik denk dat ze wil dat u iets vertelt over de geschiedenis van het quilten en folklore en dat soort dingen.'

'Als Gwen zelf kan quilten, waar heeft ze mij dan voor nodig?'

Sarah aarzelde. 'Nou, soms is het voor de studenten leuker als er eens iemand anders dan hun docente het woord voert. En u kunt goed vertellen.'

Mevrouw Compson glimlachte. 'Nou, goed dan. Zeg maar tegen je vriendin dat ik graag een keer een praatje kom houden.'

'Fantastisch. Daar zal Gwen blij mee zijn.' Sarah zweeg even. 'U kunt vanavond met me meegaan naar de bijeenkomst van de Tangled Web Quilters en het haar zelf vertellen.'

'Dat lijkt me niet nodig. Ik neem aan dat je de boodschap zelf uitstekend over kunt brengen.'

'Natuurlijk kan ik dat, maar...'

'Dat is dus geregeld.'

Sarah gaf het op.

Ze werkten een paar minuten zwijgend verder, totdat mevrouw Compson de stilte grinnikend verbrak. 'Dus ik kan goed vertellen, hè?'

'Natuurlijk. Jammer dat u niet zo graag vertelt.'

Mevrouw Compson keek hogelijk verbaasd. 'Wat bedoel je?'

'U een verhaal ontfutselen is al even erg als je kiezen laten trekken, of schuine lapjes stof aan elkaar zetten.'

'Dat is niet waar.'

'Wel waar. Maandag hebt u me iets over James verteld, maar nu is het donderdag en weet ik nog steeds niet hoe u bij elkaar bent gekomen. Ik vraag het me de hele week al af, maar u hebt geen woord meer gezegd.'

'Goh, de hele week,' zei mevrouw Compson plagend. 'Als je

dat al lang vindt, vraag ik me af of je volhardend en geduldig genoeg bent om een quilt af te maken.'

'Dat is niet hetzelfde, dat weet u best.'

'Goed dan. Maar alleen om je te laten weten dat ik niet zo
zwijgzaam ben als jij schijnt te denken.'

James ging me gedurende de rest van de jaarmarkt uit de weg.
Dat weet ik omdat ik hem overal heb lopen zoeken, maar ik de
rest van de week geen enkele glimp van hem heb kunnen opvangen. Ik denk dat hij zich ontzettend schaamde, en misschien
dacht hij dat ik hem in het ootje had genomen toen ik hem niet
had verteld wie ik was. En misschien had hij het idee dat hij mij
had beledigd door te zeggen dat hij op een dag beter zou zijn dan
vader. Maar ik was niet beledigd; ik wist gewoon dat hij het mis
had. Het idee alleen al, betere volbloeds dan die van Bergstrom.

In de herfst werd vader gevraagd om les te geven aan de vak-
groep landbouw op jouw alma mater, die toen trouwens nog
Pennsylvania State College heette. Richard smeekte of hij alsjeblieft met hem mee mocht. O, Richard wilde zo graag iets van de
wereld zien, op die leeftijd al. Vader zei nee, hij vertelde dat hij
geen tijd had om op een kleine jongen te letten en dat Richard
naar school moest. Maar zijn weigering was zo zwak – hij vond
het vreselijk om zo'n eind bij zijn zoon vandaan te zitten – dat
Richard moet hebben gedacht dat er nog een kansje was.

Hij kwam de tuin in rennen, waar Claudia en ik een feestje
vierden met een paar vrienden en vriendinnen. Het was een
soort picknick, om afscheid te nemen van de zomer en het nieuwe schooljaar in te wijden. Een van de jongens was erg op Claudia gesteld, al was hij zo verlegen dat hij haar niet eens aan durfde te kijken en al helemaal niets tegen haar durfde te zeggen.
Natuurlijk plaagde ik haar onophoudelijk met hem. Ze was
trouwens niet de enige die belangstelling van jongens had. Ik
had twee jonge aanbidders, al lieten ze me koud, en dat had ik
ook tegen hen gezegd. Ze bleven me toch het hof maken, wat ik

erg irritant vond – dachten ze soms dat ik niet wist wat ik wel en niet wilde? Ongelooflijk. Maar ik liet ze hun gang gaan, ze moesten het zelf weten als ze liever naar me zaten te smachten dan dat ze mijn woorden serieus namen. Ik vond het leuk om te zien dat ze elkaar boos aankeken wanneer ik de een meer aandacht leek te schenken dan de ander, en ik deed net alsof ik niets merkte wanneer ze ruziemaakten over de vraag wie er naast me mocht zitten of als eerstvolgende met me mocht dansen.

Een van de jongemannen vertelde net een mop toen Richard aan kwam stormen. 'Sylvia, Sylvia!' riep hij, me aan mijn hand trekkend.

'Wat is er, lieverd? Heb je je pijn gedaan?'

'Nee, nee.' Hij keek me boos en ongeduldig aan. Ik was vergeten dat hij me had laten beloven dat ik geen 'lieverd' meer zou zeggen waar de grote jongens bij waren. 'Ik weet hoe ik vader zover kan krijgen dat hij me meeneemt.'

Ik trok hem naast me op het bankje in het prieeltje. 'Ik dacht dat vader al nee had gezegd.'

'Maar we kunnen hem van gedachten laten veranderen. Als jij ook meegaat, Sylvia, dan kun jij op me passen terwijl vader lesgeeft.'

'En school dan?'

'Ik zou school niet missen.'

Ik lachte. 'Dat weet ik, maar als je op een dag de baas over de stoeterij wilt worden, zul je toch naar school moeten. En ik moet ook naar school, want ik wil later studeren.'

Claudia had zitten luisteren. 'Ben je soms iets vergeten?' zei ze, terwijl ze naar ons toeliep. Ze ging achter Richard staan en legde haar handen op zijn schouders. 'Ik heb al examen gedaan en kan dus geen school meer missen. Ik zou op je kunnen passen.'

'Maar Sylvia en ik zouden samen zo'n pret kunnen hebben.' Op Richards gezicht verscheen de bekende koppige frons. Claudia kneep haar lippen opeen, en ik keek mijn broertje waarschuwend aan. 'Dat zouden wij ook hebben, Claudia,' zei hij, 'maar Elm Creek Manor kan niet zo lang zonder jou.'

Charmeur, dacht ik, terwijl hij zijn lach probeerde te onderdrukken. Gelukkig kon Claudia zijn gezicht niet zien. 'Claudia is hier nodig, ik kan school niet missen... Sorry, Richard, maar het zit er gewoon niet in.'

Richard keek verslagen naar de houten vloer van het prieeltje. 'Ik weet dat je wilt gaan studeren, Sylvia. Het spijt me, ik had er niet aan gedacht dat je naar school moet. Maar stel je eens voor; we zouden de kans krijgen om iets van de wereld te zien.'

Ik dacht na. Ik hield van thuis, maar ik wilde inderdaad iets van de wereld zien voordat ik terug zou keren naar Elm Creek Manor om de rest van mijn leven hier te slijten. 'Het spijt me, lieverd. Misschien als je wat ouder bent.'

'Als ik wat ouder ben. Dat zei vader ook al. Ik moet altijd wachten totdat ik ouder ben.'

Claudia zuchtte. 'Er zijn vast wel scholen in de buurt van die universiteit. Jullie zouden gemakkelijk daar naar school kunnen gaan. Het is maar voor een semester.'

Richards gezicht lichtte op. 'Zou dat kunnen?'

'Ik zie niet in waarom niet, als vader het goedvindt. En als Sylvia naar een andere school wil.'

'Natuurlijk wil ik dat,' riep ik uit. 'Dat is bijna net zoiets als naar de universiteit gaan. Denk eens aan al die nieuwe dingen, aan al die nieuwe mensen die ik zal leren kennen.'

Mijn twee jonge aanbidders fronsten verontrust toen ze dat hoorden.

Richard slaakte een triomfantelijke kreet en sprong van het bankje. Hij pakte mijn hand en rende van het prieeltje naar het huis, mij met zich meetrekkend.

We praatten er met vader over, die zonder dat we er al te veel moeite voor hoefden te doen akkoord ging. Het duurde niet lang voordat we alles hadden geregeld. We zouden in een huis voor de docenten gaan wonen, vlak bij de campus, en Richard zou les op de nabijgelegen lagere school kunnen volgen. Maar het mooiste was nog dat ik mijn lessen aan de universiteit mocht gaan volgen.

O, wat heb ik daar een plezier gehad! Ik heb veel nieuwe vrienden gemaakt, en Richard en ik vermaakten ons bijzonder met het verkennen van de campus. Mijn lessen waren een uitdaging, maar lang niet zo moeilijk als ik had gedacht. Ik was erg trots dat ik de andere studenten kon bijhouden.

Ons huis daar was natuurlijk niet te vergelijken met Elm Creek Manor, maar het was knus en gezellig. Soms vroeg vader een van zijn studenten of mededocenten te eten, en dan zaten ze te discussiëren en tot diep in de nacht over van alles en nog wat te praten. Vaak hadden ze het over berichten die ons vanuit Europa bereikten; soms zo zacht dat ik mijn oren moest spitsen om hen te kunnen verstaan, soms op zo'n luide woedende toon dat het porselein rammelde in de kasten. Ik verontschuldigde me dan doorgaans, zodat ik er niet naar hoefde te luisteren. Hoewel wij Bergstroms onszelf sinds de komst van overgrootvader Hans naar de Verenigde Staten als door en door Amerikaans beschouwden en we voorzover we wisten geen verre familie in Duitsland hadden, vervulden de verhalen over Hitler en zijn politiek me altijd met angst en afgrijzen. Als ik niet ontdekte waar Richard zich had verstopt, luisterde hij hen altijd af en moest ik hem naar bed jagen.

Op een avond kwam vader vrolijk grappend met twee studenten binnen. 'Sylvia!' riep hij. 'Kom eens kijken wie er mee-eten!'

In de keuken slaakte ik een zucht. Ik wist altijd pas of vader iemand meenam als ze al op de drempel stonden. Ik veegde mijn handen af aan mijn schort en haastte me naar de gang, waar vader en zijn gasten hun jassen uittrokken en Richard hen met vragen bestookte. Toen bleef ik als verstijfd staan.

Een van de jongemannen was James Compson.

Vader stelde me aan hen voor. 'James zegt dat hij je eerder

heeft ontmoet, Sylvia,' zei hij, verbaasd. 'Maar ik begrijp niet hoe dat mogelijk is.'

Ik keek James even zijdelings aan. 'We hebben elkaar op de jaarmarkt ontmoet, vader, afgelopen zomer. Hij heeft me zien rijden.'

'En je kunt erg goed rijden.' Rond James' ogen verschenen lachrimpeltjes toen hij glimlachte, en ik merkte dat ik ook naar hem glimlachte.

Ik serveerde het avondeten, gebruikmakend van een paar foefjes die de kokkin me had geleerd, zodat ik een maal voor drie kon omtoveren in een voor vijf. Tijdens het eten merkte ik elke keer dat ik opkeek dat James me aan zat te kijken. Zijn blik was zo indringend dat ik amper terug kon kijken, maar ik kon mijn blik al helemaal niet afwenden. Ik probeerde mijn stem tijdens het beleefde gesprek niet te laten trillen, maar ik moet bekennen dat ik erg zenuwachtig was.

'Het verbaast me dat ik je hier aantref, Sylvia,' zei James ten slotte toen we klaar waren met eten.

'Het verbaast me ook jou hier aan te treffen.'

'Hij zal hier niet lang blijven,' zei vader. 'Je zit boordevol plannen, nietwaar jongeman?'

'Dat klopt, meneer,' zei James. 'Ik zou voor het familiebedrijf kunnen gaan werken, maar nu mijn oudere broers de leiding hebben, is er niet veel ruimte voor mij. Of voor nieuwe ideeën.'

'Je kunt voor vader komen werken,' kwam Richard tussenbeide. 'Dat kan toch, vader?'

Iedereen moest lachen. Het was duidelijk dat Richard zijn nieuwe vriend erg hoog had zitten.

'Dat zou kunnen.' Vader grinnikte.

'Wat zou je daarvan zeggen, Sylvia?' James' ogen twinkelden van genoegen.

'Ik kan er niets van zeggen. Waarom vraag je aan mij wat je moet doen?'

'James wil altijd weten wat de knappe meisjes van zijn plan-

nen vinden,' grapte de andere student. 'Het is een van zijn weinige goede kanten.'

'Bedankt, hoor,' wierp James grijnzend tegen. Hij porde zijn
vriend in de zij. 'Het ging al slecht genoeg zonder dat jij je ermee
bemoeide.'

Ik keek vader onderzoekend aan, maar zijn gezicht verried
niets. We hadden het wat hem betreft net zo goed over paarden-
voer kunnen hebben. Ik had gedacht dat hij verontwaardigder
zou reageren omdat een student zo onbeschaamd met zijn
dochter zat te flirten, recht onder zijn neus. Het was allemaal erg
verwarrend.

Nadat ik de tafel had afgeruimd en een vergeefse poging had
ondernomen om Richard naar bed te sturen, ging ik naar de andere kamer. De mannen bleven met hun koffie bij de haard zitten. Ik deed net alsof ik zat te leren, maar in werkelijkheid zat ik
naar hen te luisteren. Dat had ik niet moeten doen, maar ik wilde
horen wat James zou zeggen, en of hij iets over mij zou zeggen.

Het gesprek ging al snel over politiek, en de gemoederen
raakten verhit.

'Ik kan dat niet geloven, zelfs niet van dat onderdeurtje,'
schalde vaders stem door de andere kamer.

'Hij heeft gelijk, James. Denk eens na. Denk aan de Olympi-
sche Spelen,' zei de andere student.

'Berlijn was vanwege de Spelen helemaal schoongepoetst.
Dat weet je net zo goed als ik.' James' stem klonk laag, maar beheerst en indringend. 'Het was een schande. Een schertsverto-
ning voor mensen die bedrogen wilden worden, omdat we bang
zijn voor weer een oorlog.'

Mijn hart leek een slag over te slaan. Weer een oorlog? Ik
greep mijn wiskundeboek met koude, trillende handen vast.
Dat kon niet waar zijn. Duitsland was zo ver weg, en niemand
wilde zo snel weer bij een oorlog betrokken raken, of misschien
wel helemaal niet meer.

'Maar in de vorige oorlog zijn twaalfduizend joden voor

Duitsland gestorven,' wierp vader tegen. 'Dat moet toch iets te betekenen hebben?'

'Ik wou dat het zo was, meneer,' antwoordde James. 'Maar ik denk het niet. Denk eens aan de wetten van Neurenberg. Die zijn nog geen jaar oud, en kijk eens wat er nu al gebeurt.'

'Het is louter een economisch probleem,' zei de andere student. 'Maakt u hem dat maar duidelijk, meneer Bergstrom. Wanneer de economie aantrekt, zal de invloed van de nazi's afnemen. Hitler kan nooit de macht blijven houden. Met al die vreemde uitlatingen over joden; als hij dat soort onzin blijft verkondigen, zal hij nooit lang aan de macht blijven. Hij klinkt als een krankzinnige.'

'Een krankzinnige naar wie het hele land vol geestdrift luistert,' zei James. 'Heb je niet gelezen wat hij te melden heeft?'

'God moge verhoeden dat jullie dat soort vuilspuiterij lezen,' onderbrak vader hem.

'Dat is waar, meneer, maar je moet je vijanden kennen. Ik heb zijn werk gelezen, en het is duidelijk dat hij de wereldmacht wil overnemen, als hij de kans krijgt, en dat het verbond met Italië nog maar het begin is. Als we hem niet tegenhouden, zal er in heel Europa, op heel de wereld, geen jood overblijven. En als hij niet snel wordt tegengehouden, nu, terwijl zijn macht groeiende is, durf ik er niet aan te denken hoe moeilijk het zal zijn om hem in een later stadium tegen te houden.'

Een vuist sloeg op tafel, en ik sprong op. 'Duitsland zal niet achter Hitler aan lopen als een pasgeboren veulen achter een merrie,' riep vader. 'We zijn een logisch denkend volk. We volgen niet blindelings een waanzinnige.'

Er viel een stilte.

Toen zei de andere student: 'Het is trouwens een Europees probleem. Hier zullen we er geen last van hebben.' Ik kon vader bijna zien knikken. Zoiets had hij al eerder gezegd.

'We hebben wel last gehad van de vorige oorlog,' bracht James hun in herinnering.

Ik legde mijn boek neer en sloop weg, overvallen door allerlei gedachten. Zou er weer een oorlog kunnen komen, een oorlog als de vorige? Wat zou dat voor mijn vrienden betekenen? Voor James? Ze waren oud genoeg om naar het front te worden gestuurd, als het zover zou komen. Ik dankte God dat Richard nog maar een kind was. Als het echt mis zou gaan, zou hij veilig zijn. Ik bad dat dat zo mocht blijven.

Het ongehoorzame onderwerp van mijn gebeden zat voor de deur gehurkt naar elk woord te luisteren. Ik sprak hem op fluistertoon boos toe en stuurde hem naar boven.

'Heb je dat gehoord, Sylvia?' Zijn ogen glansden toen ik hem in bed stopte. 'Misschien kan ik wel soldaat worden, net als oom Richard.'

'Ja, en dan kun je gedood worden, net als oom Richard.' Mijn stem klonk ruw. Ik trok de dekens op tot onder zijn kin en knipperde mijn tranen weg.

Maar ik blijf maar doorpraten over die ene avond, terwijl jij wilt weten hoe James en ik elkaar hebben leren kennen en hoe we verliefd op elkaar zijn geworden. Nou, dat was de eerste van vele avonden die hij bij ons thuis doorbracht. Toen we terugkeerden naar Waterford schreef James me minstens één keer per week een brief, en twee jaar later vroeg hij me ten huwelijk. Ik liet hem nog twee jaar wachten, want ik ging eerst kunstgeschiedenis studeren aan Waterford College. Ik beschouwde mezelf als kunstenares en wilde op een dag lerares handvaardigheid worden, maar ik stopte met studeren voordat ik mijn titel had gehaald. Toen ik twintig en James tweeëntwintig was, trouwden we en kwam James bij ons op Elm Creek Manor wonen.

'Claudia was toen nog niet getrouwd,' vervolgde mevrouw Compson. 'Mijn tantes zeiden dat ik haar eerst moest laten trouwen, omdat ze de oudste was, maar vader wilde daar niets van weten. Hij was bijna net zo dol op James als ik en wilde dolgraag dat James zijn schoonzoon zou worden.'

'Was Claudia niet jaloers?'

'Nee, of in elk geval niet altijd. Ze was liever de eerste geweest die trouwde, maar ze klaagde nooit. En trouwens, de verlegen jongeman van het feestje, Harold, had eindelijk iets durven zeggen, en we dachten dat de volgende bruiloft niet lang op zich zou laten wachten.'

16

Na haar werk bakte Sarah brownies om mee te nemen naar de bijeenkomst van de Tangled Web Quilters. Ze volgde de aanwijzingen van Diane en reed naar een buurt een paar straten ten zuiden van de campus, waar vooral docenten en ander personeel van Waterford College woonden. De grijze huizen met hun schuine daken en houtwerk in tudorstijl zagen eruit als verkleinde uitvoeringen van Elm Creek Manor. De gelijkenis werd nog versterkt door de prachtig aanlegde voortuinen, maar hier stonden eiken langs de straat in plaats van iepen.

Sarah parkeerde de pick-up achter de MPV van Judy en stelde vast dat hier waarschijnlijk weinig tuinlieden en persoonlijke assistenten van de rijke oude dames woonden.

Een pad van rode bakstenen in visgraatmotief leidde van de oprit naar de voordeur. Sarah liep naar het huis en tikte met de bronzen klopper op de deur.

De deur ging ver genoeg open om een jongen van ongeveer een jaar of dertien te laten zien, die haar onderzoekend aankeek. 'Ja?' Hij droeg een spijkerbroek die een paar maten te groot was voor zijn tengere lijf en een honkbalpet die achterstevoren op zijn hoofd stond. Op zijn zwarte T-shirt stond een grijnzend doodshoofd afgebeeld met oogkassen waaruit vuur droop.

'Hoi,' zei Sarah. Ergens binnen hoorde ze de Tangled Web Quilters lachen. 'Ik kom voor je moeder.'

Zuchtend keek hij over zijn schouder. 'Mam!' brulde hij.

Sarah kromp ineen en moest zich beheersen om niet haar handen voor haar oren te houden.

De jongen keek weer naar Sarah. 'Ben je samen met Summer gekomen?'

'Nee.'

De teleurstelling was op zijn gezicht te lezen.

Sarah onderdrukte een glimlach. 'Ze komt waarschijnlijk gauw.'

Hij haalde zijn schouders op. 'Dat zal wel.'

Op dat moment verscheen Diane achter hem. 'Wel ja, laat haar maar buiten staan,' bromde ze tegen de jongen, die zijn ogen ten hemel sloeg en wegschuifelde. Diane wendde zich tot Sarah en deed de deur verder open. 'Je hebt het licht van mijn leven dus al ontmoet.'

Sarah liep glimlachend naar binnen. 'Ik heb alleen niet verstaan hoe hij heet.'

'Michael. Al wil hij tegenwoordig liever Mikey J worden genoemd.' Diane leidde haar door een met tapijt beklede gang naar de trap die naar de kelder voerde. 'Hij valt best mee, als je die brandende schedels negeert.'

'Ik wist niet dat je een zoon had.'

'Twee zelfs. De andere is elf, dus die is nog vrij normaal.'

In de voltooide helft van de kelder zaten de Tangled Web Quilters rond een kaarttafeltje dat was bedekt met lekkers. Sarah zette haar bord met brownies erbij. 'Elke keer wanneer ik jullie zie, staan jullie rond het eten. Hoe komt dat toch?' vroeg ze plagend, bij wijze van begroeting.

'Schiet maar op, anders is er niets meer over,' antwoordde Judy. 'Net goed.'

Een paar minuten later stormde Summer binnen, met een grote plastic vuilniszak in haar hand. 'Hallo, iedereen. Sorry, hoor, ik...'

'We weten het wel,' zei Diane. 'Sorry dat je te laat bent.'

'Ik was hier op tijd, maar ik was boven. Mike wilde me zijn nieuwe zipdrive laten zien.'

Gwen grinnikte. 'O, zo noemen ze dat tegenwoordig.'

'Doe niet zo stom, mam. Mike is nog maar een kind.'

'Zeg dat maar niet tegen hem,' raadde Diane aan. 'Dan breek je zijn hart.'

Toen iedereen genoeg van het lekkers had geproefd, gingen ze allemaal op de banken en stoelen zitten die Diane had neergezet. Sarah liet de anderen haar voltooide blokken zien, en iedereen had er bewondering voor dat ze zo opschoot.

Toen haalde Bonnie een vel papier uit haar naaimandje. 'De voorzitster van het Waterford Quilting Guild liet laatst deze oproep in Oma's Zoldertje achter. Ze zoeken vrijwilligers voor het voorbereiden van het Waterford Summer Quilt Festival.'

'Kunnen hun eigen mensen dat niet doen?' vroeg Diane.

'Ik denk dat ze meer hulp nodig hebben. Van Waterford College mogen ze de stands pas de avond voor het festival opbouwen omdat er een andere tentoonstelling in de bibliotheek is.'

Summer haalde haar schouders op en keek de kring rond. 'Ik wil best gaan, als jullie ook gaan.'

'Ik wil wel helpen,' zei Sarah.

'Ik wil wel helpen als ik er een prijs door win,' zei Diane.

Iedereen moest grinniken.

'Je mag er wel een van mij hebben,' bood Gwen aan.

'Dank je, maar ik win liever zelf. Als ik dat nog mag meemaken.'

Summer veegde de koekkruimels van haar schoot en maakte het sluitinkje van de vuilniszak los. 'Terwijl jullie lol zaten te maken op dat quiltkamp, heb ik zelf wat werk verricht.' Ze stak haar hand in de zak en haalde er een opgevouwen bundeltje uit.

'O, je hebt de Bear's Paw af,' riep mevrouw Emberly uit. 'Laat eens kijken.'

Summer en Gwen pakten elk een hoek van de quilt en hielden

hem tussen hen in omhoog. Sarah kon zien waarom het patroon zo heette; het leek inderdaad op de klauw van een beer. Summer had voor elk van de twaalf blokken een andere effen kleur gekozen, en de kleuren staken scherp af tegen de zwarte achtergrond. Er waren drie rijen van elk vier blokken, met eromheen een rand van smalle driehoekjes waarvan de rechte hoek naar links wees.

'Mooi werk,' zei Diane. 'Je ziet bijna niet dat het op de machine is gedaan.'

Summer sloeg haar ogen ten hemel. 'Goh, bedankt hoor.' Toen keek ze hen allemaal hoopvol aan. 'Ik hoopte eigenlijk dat jullie me willen helpen met de *sandwich*, nu we er allemaal zijn.'

'Sandwich?' vroeg Sarah. 'Nog meer eten?'

De anderen barstten in lachen uit.

Sarah keek verbaasd om zich heen. 'Wat is er? Zei ik iets raars?'

'Ik ben zo blij dat je bij de Tangled Web Quilters zit, Sarah,' zei Gwen, die haar ogen afveegde.

'Nou, plaag dat arme kind niet zo,' zei mevrouw Emberly streng. 'We zijn allemaal beginners geweest. Sarah, met de *sandwich* bedoelen we de drie lagen van de quilt. Die worden eerst voorlopig met rijgsteken aan elkaar gezet, daarna wordt het geheel doorgepit.'

'Rijgen doe je bijvoorbeeld ook bij appliqué: dan rijg je de onderdelen op de achtergrondstof zodat die op hun plaats blijven wanneer je ze met blinde steken vastzet,' zei Judy.

'Maar in dit geval zetten we de top, de vulling en de voering, dat is de achterkant, met rijgsteken aan elkaar, zodat de drie lagen bij het doorpitten niet kunnen verschuiven,' zei Summer. 'Best een saai klusje.'

'Een echte quilter geniet van elke fase van het quilten,' zei Diane, die daarmee een koor aan gekreun oogstte.

Gwen schudde haar hoofd. 'Je had filosoof moeten worden, je bent zo met de waarheid bezig.'

'Nou, misschien ben ik dat wel. Een quiltende filosoof.'

Diane leidde hen naar de pingpongtafel in een andere hoek van de kelder. Nadat ze het net hadden weggehaald en het stof hadden weggeveegd, legden Summer en Gwen een lap zwarte stof met de goede kant naar beneden op de tafel. Summer rolde een laag tussenvulling uit over de stof en streek met behulp van de anderen de plooien glad. Sarah hielp haar om de top met de goede kant naar boven op de twee andere lagen te leggen.

'Dit is dus de *sandwich*,' zei Gwen tegen Sarah.

Summer liet Sarah zien hoe ze de drie lagen met grote steken aan elkaar moest zetten. 'Ik haal de rijgsteken er pas uit als ik klaar ben met het doorpitten,' zei ze. 'Als je dat niet doet, kan de stof opkruipen en krijg je overal plooien en vouwen.'

Ze pakten ieder een naald en begonnen een stuk van de *sandwich* aan elkaar te rijgen.

'Hoe was het quiltkamp?' wilde Bonnie weten.

Summer glimlachte. 'Ja, maak ons eens jaloers met jullie verhalen.'

'O, het was nog leuker dan vorig jaar,' zei mevrouw Emberly.

Gwen, Diane en Judy vielen haar bij met verhalen over het kamp, over de lessen die ze hadden gevolgd, welke nationaal bekende quiltsters wel of geen goede leraressen waren gebleken, en voor welke nieuwe quilts ze allemaal inspiratie hadden opgedaan.

'Het zou nog leuker zijn geweest als jullie alle drie ook hadden kunnen komen,' zei Judy.

Diane zuchtte. 'Het was zo heerlijk om het hele weekend te kunnen quilten, zonder je druk te hoeven maken over het eten of het huishouden of de was...'

'Of werkstukken nakijken of studenten adviseren of je kinderen verzorgen,' zei Gwen. 'Sorry, Summer.'

'Ik snap het wel, mam.'

'Het leven is te kort om je druk te maken over allerlei klusjes als er mooie quilts moeten worden gemaakt,' zei mevrouw Emberly glimlachend. 'Maar de meesten die ik ken, zien het niet zo.'

Gwen hield op met rijgen en leunde met haar ellebogen op tafel. 'Waarom zou dat zijn?'

Mevrouw Emberly haalde haar schouders op. 'Uit plichtsgevoel, denk ik.'

'Of schuldgevoel,' zei Bonnie. 'Sommige mensen uiten nu eenmaal kritiek op een vrouw die tijd besteedt aan haar hobby's in plaats van dat ze het tapijt zuigt.'

'Ja, maar denk er eens over na.' Gwen liet haar kin in haar hand rusten. 'Heeft er iemand kritiek op een mannelijke kunstenaar die de hele dag staat te schilderen of te beeldhouwen terwijl hij eigenlijk het gras moet maaien? Ik denk het niet. "Hij is kunstenaar, hij moet wel schilderen." Of beeldhouwen. Of weet ik wat. Dat zouden ze zeggen.'

'De meeste mensen zien quilten denk ik niet als kunst,' zei Sarah.

De anderen kreunden bij wijze van protest.

'Ketterij,' riep Gwen lachend uit.

Diane fronste. 'Natuurlijk is het kunst.'

'Ik zei niet dat ík er zo over dacht, maar andere mensen misschien wel.'

'En waarom eigenlijk?' vroeg Gwen zich hardop af. 'Zelfs vandaag de dag zijn er veel en veel meer vrouwen dan mannen die quilten. Wordt quilten dus niet als kunst gezien omdat vooral vrouwen het doen, of mogen vrouwen quilten omdat het geen kunst is? Quilten dient immers een praktisch doel, dus je kunt zeggen dat de vrouwen geen kunst maken, maar bezig zijn met iets wat onder hun aanvaardbare huishoudelijke activiteiten kan worden geschaard...'

'Rustig maar, professor,' onderbrak Diane haar. 'Je hoeft hier geen college te geven.'

Sarah vroeg zich af wat mevrouw Compson van deze discussie zou vinden. 'Natuurlijk is het kunst, wat is dat nou voor vraag,' zou ze waarschijnlijk zeggen, en vervolgens streng kijken naar iedereen die het met haar oneens waagde te zijn.

'Nou,' zei Bonnie zuchtend, terwijl ze haar rijgdraad afhechtte, 'ik vind dat vrouwen net zoveel recht op hun kunst hebben als mannen, ook al zijn ze zelf de enigen die hun werk zien. We moeten allemaal de tijd voor onszelf nemen en ons niets van de kritiek van anderen aantrekken.'

'En we moeten onszelf die ruimte geven,' zei Judy. 'Een van de leukste dingen van dat quiltkamp was dat we allemaal zoveel ruimte voor onszelf hadden, dat we onze stoffen en mallen konden uitspreiden zonder bang te zijn dat ze in de weg zouden liggen of dat er een peuter met een rolmes of spelden aan de haal zou gaan.'

'Tijd, ruimte, veel vriendinnen... dat heb je nodig om goed te kunnen quilten,' zei Summer. Ze bekeek hun werk terwijl mevrouw Emberly de laatste rijgsteek door de *sandwich* haalde, afhechtte en de draad afknipte. 'Het zou me in mijn eentje uren hebben gekost, maar nu is het al klaar. Dank jullie wel, allemaal.'

De rest van de avond waren ze ieder met hun eigen werk bezig, en Sarah wist de LeMoyne Star af te krijgen. Gwen haalde een vel papier uit haar tas en gaf het aan Sarah. 'Hier staat alles op wat mevrouw Compson voor haar gastcollege moet weten,' zei ze. 'Waar, wanneer, hoe lang, dat soort dingen. Als ze nog vragen heeft, kan ze me altijd bellen.'

'Dank je.' Sarah stopte het vel in haar tas met naaispullen. Ze wist dat mevrouw Compson niet kon en niet zou willen bellen, maar ze kon wel een boodschap overbrengen.

Mevrouw Emberly keek op toen Gwen de naam van mevrouw Compson noemde. 'Sarah, liefje, is er al meer bekend over de verkoop van Elm Creek Manor?'

'Voorzover ik weet niet. Sorry, mevrouw Emberly.'

'O, het geeft niet. Misschien is geen nieuws goed nieuws. Misschien heeft ze besloten toch maar niet te verkopen.'

'Ik wou dat dat zo was,' bekende Sarah. 'Ik heb gevraagd of ze bij de Tangled Web Quilters wilde komen...'

'Wát heb je gedaan?' wilde Diane weten.

Verschrikt keek Sarah naar de anderen. Ze leken op hun hoede. 'Het... het spijt me,' zei Sarah. Ze voelde dat ze begon te blozen. 'Ik dacht dat ik anderen mocht vragen, nu ik zelf lid ben. Ik... Het spijt me. Ik had het eerst moeten vragen.'

'Zeg alsjeblieft dat ze nee heeft gezegd,' zei Diane.

'Nou... ja. Ik bedoel, ze heeft nee gezegd.'

'Wat een opluchting.'

Mevrouw Emberly stond op en wierp Diane een scherpe blik toe. 'Daar ben ik het niet mee eens. Wees eens wat meelevender. Ze heeft zojuist haar zus verloren, en ze heeft al eerder in haar leven zoveel andere dingen verloren. Ik zou haar welkom heten bij ons groepje, en wie heeft er meer redenen om haar uit te sluiten dan ik?'

Diane keek beschaamd naar de grond.

'Ze heeft gelijk,' vond Bonnie. 'Ik zal nooit vergeten dat jullie me zo hebben gesteund toen Craig naar het ziekenhuis moest. Wie heeft Sylvia Compson?'

'Nou, ze heeft vast wel iemand,' mompelde Diane.

'Misschien wel, misschien niet,' zei Gwen. Ze keek Sarah aan. 'Je mag vragen wie je wilt, hoor. Sylvia Compson, of iemand anders.'

De anderen knikten en mompelden instemmend.

Sarah knikte, maar ze had het gevoel dat er een afstand bestond tot het vriendinnengroepje, dat ze ergens tussen de Tangled Web Quilters en mevrouw Compson in bungelde. Ze wilde dat mevrouw Compson vriendinnen zou maken in Waterford, zodat ze een reden zou hebben om op Elm Creek Manor te blijven. Maar Diane, tja, Diane leek het fijn te vinden om een duidelijke vijand te hebben, een heldere scheiding tussen degenen die goed genoeg waren om mee te doen en degenen die dat niet waren. Mevrouw Emberly was een ander raadsel. Was zij soms een van die meisjes uit Waterford geweest die zo lang geleden jaloers op mevrouw Compson waren geweest omdat die zo goed kon rijden en quilten?

Sarah zuchtte inwendig. Ze zou het niet opgeven. De anderen leken mevrouw Compson in het groepje te willen verwelkomen, al zou het in het begin misschien vreemd zijn. En Diane zou maar gewoon aan het idee moeten wennen.

Als mevrouw Compson tenminste mee zou willen doen. En als ze Elm Creek Manor zou houden en hier zou blijven.

17

Toen Matt en Sarah de volgende morgen bij Elm Creek Manor arriveerden, zagen ze dat er op hun gebruikelijke parkeerplekje een donkerblauwe luxeauto stond.

'Verwachtte mevrouw Compson vandaag bezoek?' vroeg Matt toen ze de treden naar de achterdeur op liepen.

'Ze heeft er niets over gezegd. Ik hoop dat alles in orde is.'

Ze haastten zich naar binnen en riepen mevrouw Compson. Haar stem riep vanuit de westelijke vleugel iets onverstaanbaars terug. Tot hun opluchting troffen ze haar in een fauteuil in de voormalige salon aan, waar ze aan haar koffie nipte. Naast haar zat een dunne, donkerharige man in een krijtstreeppak.

Mevrouw Compson zag hen in de deuropening staan en glimlachte warmpjes naar hen. 'Aha, daar zijn ze. Matthew, Sarah, dit is Gregory Krolich van University Realty.'

Matthew en Sarah wisselden een snelle blik uit terwijl de man ging staan om hen te begroeten.

'Hoe maakt u het?' zei hij glimlachend. Zijn ringen drongen in Sarahs hand toen hij die schudde. 'Mevrouw Compson vertelde me net dat u haar de laatste tijd zo goed hebt geholpen.'

'O ja. We hebben dit huis weldra op orde,' zei mevrouw Compson. 'Ze zijn beiden zulke harde werkers.'

'Daar twijfel ik niet aan. Ik heb niets dan goeds over Exterior Architects gehoord.' Hij lachte meewarig naar Matt. 'Ik denk dat ik uw hulp niet nodig zal hebben.'

Matt keek verbaasd. 'Hoe bedoelt u?'

'Ik probeer mevrouw Compson ervan te overtuigen dat renoveren niet nodig is.'

'En ik vind zijn argumenten indruisen tegen alles wat ik over het verkopen van huizen weet,' zei mevrouw Compson.

Matt glimlachte. 'Het spijt me, meneer Krolich. Ik moet het in dezen met mevrouw Compson eens zijn. Ik bijt de hand niet die me voedt.'

'Zeg maar Greg,' bood meneer Krolich aan. 'Dan heb ik pech. Drie tegen een. Tenzij...' Hij keek naar Sarah. 'U bent toch accountant? Misschien kunt u me helpen de kwestie aan uw vriendin uit te leggen.'

Zijn toon was niet echt neerbuigend, maar ze ergerde zich er toch aan. 'Uitleggen? Nou, ik zit niet in het onroerend goed, maar ik denk dat u mevrouw Compson minder hoeft te bieden als het pand niet is gerenoveerd, klopt dat?'

Mevrouw Compson zei tegen meneer Krolich: 'Zit dat er soms achter?'

Hij grinnikte en hief met een verdedigend gebaar zijn handen op. 'Mevrouw Compson, ik kan u ervan verzekeren dat ik weet wat Elm Creek Manor waard is. Ik zou u beledigen als ik u minder zou bieden dan een redelijke prijs. Ik vind het alleen niet nodig dat u geld in de renovatie steekt als u toch gaat verkopen. Bewaart u uw geld maar voor een nieuw huis.'

'Hm.' Mevrouw Compson keek hem indringend aan. 'Het is aan mij om te beslissen waaraan ik mijn geld uitgeef.'

'U hebt gelijk, u hebt gelijk.' Hij lachte beminnelijk. 'Ik zou me er niet mee moeten bemoeien. Vooral niet omdat u zal zulke fanatieke medestanders hebt.' Hij keek Sarah glimlachend aan. 'Ik kan alleen maar bewondering hebben voor iemand die het beste met haar vrienden voor heeft. Dat soort zakelijk instinct kan u in Waterford nog van pas komen. In een klein stadje als dit komt een mens niet ver door alleen maar vijanden te maken.'

'Dank u,' antwoordde Sarah. Toen dacht ze even over zijn

woorden na, zich afvragend of hij het echt als compliment had bedoeld.

'Wat gaat u voor werk doen als het landgoed is verkocht?' vroeg Krolich aan Sarah.

'Nou, haal u nu niets in het hoofd,' zei mevrouw Compson waarschuwend. 'Je moet geduld hebben. Ik ga Sarah de komende maanden nog druk bezighouden.'

'Ik wacht wel op mijn beurt.' Krolich grinnikte. Hij haalde een visitekaartje uit zijn zak en gaf het aan Sarah. 'Misschien kunt u me bellen als u weer beschikbaar bent.'

Sarah pakte het kaartje zonder ernaar te kijken aan. 'Ik weet helemaal niets van onroerend goed.'

'Ik dacht niet aan mijn afdeling. We zullen wel iets op de financiële afdeling voor u kunnen vinden.'

'Goed. Dank u.' Toen viel haar plotseling iets in. 'Zou u me iets meer over uw bedrijf kunnen vertellen? University Realty beheert toch vooral studentenhuizen?'

Hij knipperde even, maar bleef glimlachen. 'Eh, ja. We richten ons vooral op die markt.'

'En al uw panden worden aan studenten verhuurd, nietwaar?'

'Op het moment wel, ja.' Zijn stem klonk een tikje scherper.

Mevrouw Compson keek van Krolich naar Sarah en weer terug naar Krolich. 'Waar hebben jullie het over? Ze willen Elm Creek Manor toch niet in een of ander dispuutshuis veranderen?'

'Helemaal niet. Echt niet. We lichten onze potentiële huurders altijd goed door. We vragen om referenties, adressen van ouders en dergelijke.'

Mevrouw Compson ademde hoorbaar in en schudde haar hoofd. 'Ik snap best dat het aantal badkamers en slaapkamers tot dergelijk gebruik uitnodigt, maar ik moet er niet aan denken dat dronken studenten aan de kroonluchters gaan hangen of vage rituelen in de tuin gaan uitvoeren...'

'Ik kan u ervan verzekeren dat dat nooit zal gebeuren.'

'Hoe kunt u dat dan?' wilde Sarah weten. 'Gaat u hier ook wonen om een oogje op hen te houden?'

Krolich keek haar met een ijzige blik aan. 'U bent nog maar net afgestudeerd, nietwaar? Zou u aan de kroonluchters hebben gehangen als u hier had gewoond?'

'Nee, natuurlijk niet, maar ik kan me indenken dat...'

'Nou, dat zegt genoeg.' Hij wendde zich weer tot mevrouw Compson. 'En de meeste studenten zijn net zo aardig als Sarah hier. Het is niet eerlijk om te denken dat ze allemaal even erg zijn.' Hij keek over zijn schouder naar Sarah. 'We moeten mensen niet onnodig laten schrikken.'

'Volgens mij schrikt er niemand, hoor,' zei Matt. 'We stellen alleen maar een paar vragen. Mevrouw Compson hoeft niet aan u te verkopen als ze denkt dat u niet goed voor het huis zult zorgen.'

Krolich keek gekwetst. 'Ik weet niet hoe u daarbij komt. Ik kan u ervan verzekeren dat ons bedrijf een uitstekende reputatie heeft in dit stadje.'

Mevrouw Compson maakte een ongeduldig gebaar. 'Ja, ja, natuurlijk. Niemand zet vraagtekens bij uw karakter of wil beweren dat u niet goed voor een monumentaal gebouw kunt zorgen.'

Ik wel, dacht Sarah, die Krolich aandachtig aankeek.

Aan zijn ogen was te zien dat hij dat merkte, maar de uitdrukking op zijn gezicht bleef vriendelijk. 'Bedankt voor de koffie, mevrouw Compson, maar ik moet nu gaan. Bekijkt u alstublieft de papieren even, dan kunnen we het er binnenkort over hebben. Nee, nee, ik laat mezelf wel uit,' zei hij snel toen mevrouw Compson wilde opstaan. Hij schudde haar hand en pakte zijn tas. Hij glimlachte nog een keer naar Sarah en liep de kamer uit. 'Denkt u maar even over die baan na.'

Toen hij weg was, leunde mevrouw Compson zuchtend achterover in haar stoel. Op haar gezicht was een bezorgde frons verschenen, en haar blik was vermoeid. 'Ik wil niet dat er studenten op Elm Creek Manor komen wonen,' zei ze. 'Dat was zeker niet mijn bedoeling. Ik dacht... nou ja, een leuk gezin, misschien, met kinderen...'

'U hoeft niet meteen te beslissen,' zei Sarah toen mevrouw Compsons stem wegstierf.

'Ik moet de knoop zelf doorhakken.' Mevrouw Compson stond op en streek vlug haar rok glad. 'Ze hebben me een redelijk bod gedaan. Ik zou wel gek zijn als ik nee zei.'

'Maar moet ik buiten nu verdergaan met mijn werk?' vroeg Matt.

Mevrouw Compson dacht even na. 'Ja, ga maar door. Hij zal het onvoltooide werk misschien gebruiken als excuus voor een lagere prijs, al zegt hij nu wat anders.'

Dus mevrouw Compson vertrouwde Krolich ook niet, althans niet helemaal. Sarah pakte de twee koffiekopjes en bracht ze naar de keuken. Daarna voegde ze zich bij mevrouw Compson in de hal. Matt gaf Sarah een afscheidszoen en ging in de tuin aan de noordkant van het huis aan het werk.

Terwijl ze boven aan het werk waren, deden ze slechts een paar halfslachtige pogingen om het gesprek gaande te houden. Soms zag Sarah vanuit haar ooghoeken dat mevrouw Compson haar handen even liet rusten en nietsziend naar een hoek van de kamer staarde.

Sarah keek naar haar en wou dat ze de juiste woorden kon vinden die mevrouw Compson ervan moesten overtuigen dat ze haar huis niet moest verkopen.

Tussen de middag at Matt met hen mee. Sarah wilde hem dolgraag even apart nemen om hem te vragen wat hij van Krolich vond, zonder dat mevrouw Compson het zou horen, maar ze kreeg niet de gelegenheid. Tijdens het eten had niemand het over de makelaar of de verkoop van het landgoed, en Sarah had de indruk dat de anderen de gebeurtenissen van die ochtend negeerden. Ze wist niet zeker of ze teleurgesteld of opgelucht moest zijn.

Toen Matt weer weg was, moest Sarah aan het briefje denken dat Gwen haar had gegeven. Mevrouw Compson legde het op de keukentafel en keek er al knikkend naar. 'Alles lijkt te zijn geregeld,' merkte ze op. 'Wat Gwen betreft althans. Ik moet nog steeds iets aan mijn presentatie doen als ik de negende klaar wil zijn. Dat is op een dinsdag, geloof ik.'

'Ik wist niet dat het al zo gauw was.'

'Gauw? We hebben nog meer dan een week. We redden het wel. Maak je maar geen zorgen.' Mevrouw Compson glimlachte geruststellend. 'Misschien moeten we daar vandaag maar wat aan doen. Dan raak je misschien je somberheid kwijt.'

Sarah knikte. Gregory Krolich wist wel hoe hij een mooie zomerdag kon verpesten. Het was al erg genoeg om te weten dat Elm Creek Manor waarschijnlijk zou worden verkocht, en het was nog erger dat het misschien een studentenhuis zou worden. Maar er was nog iets, iets waarover Krolich niets wilde zeggen. Of misschien verbeeldde ze het zich maar. Misschien zocht ze alleen maar naar redenen om hem niet aardig te vinden.

'Goed, je vindt meneer Krolich dus niet echt aardig,' zei mevrouw Compson plotseling.

Sarah keek verbaasd op.

'O, maak je geen zorgen, meisje. Je hebt niets gezegd, en dat waardeer ik, maar het is wel duidelijk wat je vindt.'

'Ik vertrouw hem niet helemaal,' gaf Sarah toe. 'Maar ik denk dat ik niemand die Elm Creek Manor van u af wil pakken aardig zou kunnen vinden.'

'Van jou af wil pakken, bedoel je.'

'Dat is onzin. Elm Creek Manor is niet van mij.'

'Natuurlijk wel.' Mevrouw Compson stak haar hand uit en gaf Sarah een klopje op haar arm. 'Je werkt hier, je maakt hier een quilt, je hoort verhalen over de voormalige bewoners – zij het niet van alle bewoners, en niet alle verhalen. Daardoor is Elm Creek Manor ook deels van jou.'

'Als het deels van mij is, dan verkoop ik mijn deel niet.'

Mevrouw Compson grinnikte. 'Ik weet wat je bedoelt. Ik wil mijn deel ook niet verkopen.'

'Waarom praat u dan met een makelaar? Als u niet wilt verkopen, dan verkoopt u niet.'

'Zo eenvoudig is het niet.' Mevrouw Compson vouwde haar handen ineen en liet ze op de tafel rusten. 'Eerst dacht ik dat ik wilde verkopen. Dat geef ik ook toe. Maar nu ik hier weer meer tijd heb doorgebracht, met jou en Matthew, merk ik dat dit inderdaad mijn thuis is en dat ik het erg heb gemist.'

Sarah sprong overeind. 'Dan hakken we nu de knoop door,' riep ze uit. 'Matt heeft een autotelefoon. Ik loop wel even naar de boomgaard en bel die Krolich en zeg dat hij het kan vergeten. Ik ben zo blij dat u wilt blijven, ik...'

Mevrouw Compson schudde haar hoofd.

'Wat? Wat is er?'

Mevrouw Compson gebaarde dat Sarah moest gaan zitten. 'Het is niet dat ik Elm Creek Manor wíl verkopen; ik móét het verkopen.'

'Moet u dat? Waarom? Is het...'

'Nee, het gaat niet om het geld, en laten we het er verder maar niet meer over hebben.'

'Dat kan ik niet. Ik weet hoe graag u wilt blijven. Kunt u me niet eens uitleggen waarom dat niet kan?'

'Dat kan ik wel, maar dat wil ik niet,' zei mevrouw Compson. 'Je bent een erg veeleisende jongedame, hè?'

'Als het moet wel.'

'O, goed dan. Al denk ik dat mijn uitleg je niet tevreden zal stellen. Elm Creek Manor was ooit prachtig. Daar hadden de Bergstroms voor gezorgd. Maar nu...' Zuchtend keek ze om zich heen. 'Nou, je ziet hoe het nu is. Leeg. Vervallen. En dat is mijn schuld.'

'Daar kunt u zichzelf toch niet de schuld van geven?' zei Sarah. 'Claudia is degene die de boel heeft laten verslonzen. U was er niet eens.'

'Inderdaad. Ik had hier moeten zijn. De stoeterij was mijn verantwoordelijkheid, maar ik heb mijn plicht verzaakt. O, zo zag ik het toen niet, en ik kon niet weten dat Claudia het zo slecht zou doen. Maar het is geen excuus. Elm Creek Manor zal nooit meer worden zoals het was, en ik kan het niet aan om hier te wonen en elke dag te worden herinnerd aan wat nooit meer terug zal komen.'

Sarah stak haar hand uit en pakte die van mevrouw Compson vast. 'Dat is niet waar. U, Matt en ik... we kunnen het weer net zo mooi maken als vroeger. Dat zult u wel zien.'

'Hm.' Mevrouw Compson wierp haar een vriendelijke, meewarige blik toe. 'We kunnen het wel net zo mooi maken als vroeger, maar nooit meer zo groots. Misschien ben je te jong om het verschil te kunnen zien.'

Ze gaf Sarahs hand een kneepje en liet hem toen los. 'Het enig juiste dat ik kan doen, is het landgoed overdoen aan een familie die het weer tot leven brengt. Ik heb geen rechtstreekse afstammelingen, alleen neven en nichten in de tweede en derde graad die god mag weten waar in het land wonen. Ik ben de enige Bergstrom die er nog is, en ik kan Elm Creek Manor zelf niet tot leven wekken. Ik ben niet sterk genoeg, en ik heb niet genoeg tijd om de gevolgen van al die jaren terug te draaien.' Mevrouw Compson zweeg even. 'Misschien zou het het beste zijn als Krolich het aan die studenten gaf. Een stel jonge mensen zou de boel aardig kunnen verlevendigen, en dat wil ik toch, nietwaar? Wat zou mijn oude overgrootvader Hans ervan zeggen?' Ze lachte zachtjes.

Sarah kon niet meelachen. 'Wilt u er niet bij zijn als Elm Creek Manor weer tot leven komt?'

Mevrouw Compson zweeg.

'Ik denk dat u veel te hard voor uzelf bent.'

'Wat dit betreft kan ik nooit hard genoeg zijn.' Haar stem klonk scherp. 'Maar genoeg hierover. Kom mee naar de bibliotheek, dan zoeken we de spullen op die ik voor mijn gastcollege nodig heb. Ik moet een paar dozen dia's doornemen. Als we klaar zijn, zal ik je weer een quiltles geven. Ik dacht dat je zei dat je aan een nieuw blok moest beginnen?'

Sarah wist dat er een einde aan de bekentenissen was gekomen, althans voor nu. 'Ik heb de LeMoyne Star gisteravond afgemaakt.'

'Mooi. Mooi.' Mevrouw Compson stond op en liep de keuken uit.

Sarah liep achter haar aan. Haar gedachten tolden door haar hoofd, en haar bezorgdheid nam alleen maar toe.

18

De paar dozen bleken vier grote dozen met dia's, foto's en kran-
tenknipsels te zijn. Mevrouw Compson vertelde dat ze gedurende de afgelopen dertig jaar elke quilt die ze had gemaakt had ge-
fotografeerd.

'Gwen boft maar dat u dit allemaal uit Sewickley hebt meegenomen,' zei Sarah.

'Dat heeft niets met boffen te maken. Een aantal van die quilts
heb ik nog steeds, maar de meeste zijn verkocht of weggegeven.
Ik slaap nog liever buiten in een sneeuwstorm dan dat ik het
overzicht van dat werk onbeheerd achterlaat.'

Terwijl mevrouw Compson de eerste doos dia's openmaakte,
vouwde Sarah een van de knipsels open. WATERFORD QUILT-
ING GUILD VERLOOT VICTORY QUILT, luidde de kop. Eronder stond een foto van een aantal vrouwen die een quilt om-
hooghielden die uit zeskantige blokken bestond.

'Staat u op deze foto?' vroeg Sarah.

'Wat is dat?' Mevrouw Compson pakte het knipsel aan. 'O, hemel. Wat een tijd geleden.' Ze wees naar een van de vrouwen.
'Dat ben ik, die dat hoekje vasthoudt.'

Sarah keek aandachtiger naar de slanke jonge vrouw op de foto. Ze hield haar kin omhoog en keek recht in de camera, met
een vastberaden gezicht. 'Wat is een Victory Quilt?'

'Het is geen patroon van een blok, als je dat bedoelt. De quilt
op de foto heeft als patroon Grandmother's Flower Garden.'

'Het is net een honingraat.'

Mevrouw Compson lachte. 'Ja, dat zou je wel kunnen zeggen. De kleine stukjes waren geschikt om restjes op te maken, want toen het oorlog was, konden zelfs de Bergstroms het zich niet veroorloven om ook maar het kleinste stukje draad te verspillen. Wij vrouwen maakten deze quilt zodat hij kon worden verloot. De opbrengst was bestemd voor de oorlog. Op de foto zie je het niet, maar op elk van die lichte zeshoeken was de naam van een soldaat uit de buurt geborduurd. Als hij zijn leven voor ons land had gegeven, borduurden we een gouden ster naast zijn naam.' Zuchtend gaf ze het knipsel terug. 'We hebben die zomer zoveel gouden sterren geborduurd.'

Sarah keek nog even naar de foto voordat ze hem terug in de doos deed.

'Eens even kijken,' zei mevrouw Compson. Ze pakte een dia en hield hem tegen het licht. 'Ja, dit is een mooie. Sarah, kun je de slede van de projector even pakken en het stof eraf halen? Deze dia moet als eerste.'

Er verstreken twee uur waarin mevrouw Compson dia's bekeek, erover nadacht, weer weglegde of tegen Sarah zei dat ze ze in de slede moest zetten. Mevrouw Compson vertelde dat ze het over de geschiedenis van het quilten wilde hebben. De dia's zouden Gwens studenten laten zien hoe het quilten in de loop der tijden was veranderd en wat er hetzelfde was gebleven.

'Gaat u hun het verhaal van de Wandering Foot vertellen?'

'Ja, en nog een paar andere, als er tijd voor is.' Mevrouw Compson zuchtte en schoof de laatste doos opzij. 'Meer dia's heb ik niet nodig. Ik maak volgende keer wel aantekeningen, nu is het tijd voor quiltles.'

Ze borgen de dozen op en gingen naar de zitkamer, waar Sarah de spullen pakte die ze gebruikte om mallen te maken.

'Deze keer zal ik je laten zien hoe je een Bachelor's Puzzle maakt,' zei mevrouw Compson. Er speelde een lachje rond haar mond.

'Wat is er zo grappig?' vroeg Sarah, zich afvragend of dat blok ook met bijgeloof was omgeven. Straks ging mevrouw Compson haar nog vertellen dat degene die een quilt met een Bachelor's Puzzle-blok maakte gedoemd was om voor altijd werkloos te blijven.

Mevrouw Compsons glimlach werd breder. 'Niets, eigenlijk. Een grapje tussen Claudia en mij. Geen aardig grapje, moet ik helaas bekennen.'

'Hou me niet in spanning. Wat was er zo grappig?'

'Ik zei dat je niet alle verhalen van het huis of alle bewoners kende,' mompelde mevrouw Compson, alsof ze hardop zat te denken. 'En ze was hier ooit een erg belangrijke bewoonster.' Ze zuchtte en keek weer naar Sarah. Haar wangen waren een tikje rood, en ze leek wel een beetje beschaamd. 'Nou, goed dan, ik vertel het wel terwijl we aan dit nieuwe blok werken. Maar ik moet je waarschuwen, ik kom er in dit verhaal niet zo mooi vanaf. Ik moet bekennen dat ik niet altijd aardig was toen ik jong was.'

'Goh, daar geloof ik helemaal niets van,' zei Sarah op een toon die net zo droog was als die van mevrouw Compson.

Zoals ik al eerder zei, was Richard niet bepaald dol op school. Als vader hem niet herhaaldelijk had gezegd dat hij de stoeterij pas mocht leiden als hij een fatsoenlijke opleiding had genoten, zou hij waarschijnlijk helemaal niet naar school zijn gegaan. Ons semester aan Pennsylvania State College had zijn dorst naar reizen en avontuur niet gelest. Richard zei vaak tegen me dat de middelbare school in Waterford hem smoorde, dat de leraren vreselijk waren, dat de stad saai was enzovoort enzovoort. Toen Richard zestien werd, sloten hij en vader een compromis: als Richard goede cijfers bleef halen, mocht hij in Philadelphia naar school.

'Als je denkt dat dit door die babyquilt komt,' zei mijn zus tegen me toen we dat hoorden, 'dan vergeef ik je het nooit.'

'Jeetje, Claudia, ik zeg toch niets,' antwoordde ik, een en al onschuld. Maar mijn lol verdween snel. Het idee dat Richard weg zou gaan, gaf me een leeg gevoel vanbinnen. Ik probeerde blij voor hem te zijn, maar dat lukte me nooit helemaal.

Richard zette zijn opleiding dus in Philadelphia voort. Vader had daar vrienden wonen bij wie hij kon worden ondergebracht, dus ik hoefde me geen zorgen te maken. Richard schreef me vaak, en wanneer ik zijn brieven aan Claudia en de rest van de familie voorlas, waren we gerustgesteld, maar we misten hem dan des te meer.

Gelukkig wist James me op te vrolijken. Hij en vader waren twee handen op één buik: vriendelijk, eerlijk, vastberaden. Dankzij de hulp van James liep de stoeterij beter dan ooit. James hield zich vooral met de wat gevaarlijker dingen bezig die voor vader steeds moeilijker werden.

We waren toen drie jaar getrouwd, en elke dag werden we gelukkiger. Wat waren we toen zorgeloos. Maar natuurlijk weet je wat ik bedoel, je bent zelf nog niet zo lang getrouwd, en met zo'n fijne jongeman als Matthew. We wilden dolgraag kinderen, en zelfs na drie jaar maakten we ons nog geen zorgen. James gaf me altijd een aai over mijn bol en zei dat alles goed zou komen, dat we tijd genoeg hadden. Jonge bruidjes horen dat soort dingen nog steeds graag, denk ik.

Richards vertrek deed me dus wel verdriet, maar ik wist dat hij weer terug zou keren wanneer hij klaar was met school. Misschien zou hij dan wel oom zijn, dacht ik, een glimlach onderdrukkend zodat Claudia niet zou vragen waaraan ik dacht. Vergeet ook niet dat het de herfst van 1943 was. Nu elke dag zoveel gezinnen een broer of zoon verloren, had ik het recht niet om te klagen over mijn broertje dat ergens anders op school zat.

Na wat een eeuwigheid leek, was het eindelijk kerstvakantie. Je kunt je voorstellen hoe druk en levendig het hier toen was. Kerstmis op Elm Creek Manor was altijd een heerlijke tijd, maar nu waren we extra blij omdat Richard thuis zou komen. We moesten vindingrijker zijn dan ooit wanneer het om feesten ging, want bepaalde goederen waren schaars of op rantsoen, maar we wisten onze zorgen een tijdje uit onze gedachten te bannen. Richard kwam eindelijk thuis.

Op de dag dat hij zou komen, gonsde het huis omdat we allemaal zo ongeduldig en verwachtingsvol waren. Ik rende de hele dag in het rond, legde de laatste hand aan de voorbereidingen en liep van raam naar raam, telkens kijkend of ik hem in de vallende sneeuw zag naderen. Plotseling rende een van mijn neefjes de kinderkamer uit en kwam naar beneden, roepend dat er een auto op de oprijlaan stond.

Het leek wel alsof iedereen meteen bij de voordeur was, lachend en ruziënd over de vraag wie de deur voor hem open mocht doen, wie zijn jas mocht aanpakken, wie naast hem mocht zitten onder het eten. Vader kwam het eerst bij de deur aan, met mij aan zijn zij. Vader trok de deur open, en daar stond hij.

'Richard,' riep ik. Ik sprong naar voren om hem te omhelzen, maar toen bleef ik als verstijfd staan.

Er gluurde een kleine gestalte vanachter hem vandaan. De grootste blauwe ogen die ik ooit had gezien, keken me vanonder een witte bontmuts aan. De rest van het gezichtje ging schuil achter een dikke wollen sjaal.

'Nou, zus, laat je ons hierbuiten in de sneeuw staan?' vroeg Richard. Hij moest lachen toen hij zag dat ik hen zo aan stond te gapen. Hij nam de ingepakte gestalte bij de arm en leidde haar het huis in, me ondertussen een snelle zoen op mijn wang gevend.

Ik volgde hen naar binnen, nog steeds met stomheid geslagen. Iedereen probeerde Richard tegelijk te omhelzen, en hun welkomstkreten maakten flink wat lawaai. De ingepakte gestalte bleef er een eindje vandaan staan, zenuwachtig van het ene vreemde gezicht naar het andere kijkend.

Toen maakte Richard zich van de anderen los en wendde zich

tot zijn gezellin. 'Nog steeds helemaal ingepakt?' vroeg hij plagend, en de ogen leken te lachen boven de sjaal. In wanten gehulde handen trokken onhandig aan de muts en de knopen van de jas. Richard deed zijn eigen jas uit en ging haar helpen.

Iedereen viel stil. Zelfs de kleinste neefjes en nichtjes keken hen verwachtingsvol aan. Richard wendde zich weer tot ons, met hun sjaals over zijn arm. 'Luister eens allemaal, dit is mijn... dit is Agnes Chevalier.' Zo sprak hij haar naam uit, als An-jes, in plaats van het gebruikelijke Ag-nes.

'Hallo,' zei Agnes, met een stem die een beetje trilde. Ik zei al dat ze de grootste blauwe ogen had die ik ooit had gezien. Ze had ook het langste, donkerste haar dat ik ooit had gezien, dat zelfs nog langer was dan het mijne. Haar huid was bleek, op haar wangen na, die rozig waren van de kou, en ze was zo klein dat ze amper tot mijn schouder kwam. Ik weet nog dat ik dacht dat ze net een porseleinen pop leek.

'Welkom op Elm Creek Manor, Agnes,' zei Claudia. Ze deed een stap naar voren en pakte hun jassen aan. Die gaf ze aan een neef, met de instructie dat ze ergens moesten worden opgehangen waar ze konden drogen. Toen wendde ze zich weer tot Richard en Agnes en sloeg haar arm om de smalle schouders van het meisje heen. 'Komen jullie maar even lekker bij de warme haard zitten, goed?' Toen ze Agnes door de gang leidde, pakten twee neefjes Richards handen en trokken hem met zich mee.

Vader en ik liepen achter het groepje aan. We keken elkaar even snel aan, elkaar zo duidelijk makend dat we geen van beiden hadden geweten dat Richard iemand mee zou nemen.

Terwijl Richard en Agnes weer warm werden dankzij warme thee en warme quilts vertelde Richard dat Agnes de zus was van een klasgenoot en dat ze elkaar hadden leren kennen toen hij twee maanden geleden bij die vriend was gaan eten. Haar vader was een succesvolle advocaat en haar moeder kwam uit een bijzonder rijk en erg invloedrijk politiek geslacht – al zei Richard dat iets diplomatieker. Haar ouders hadden het heel naar gevonden dat ze de kerst niet met hun dochter zouden doorbrengen, maar ze wensten de Bergstroms fijne feestdagen.

'Misschien moeten we Agnes maar op de eerste de beste trein terug naar Philadelphia zetten, zodat ze de kerst bij haar familie kan vieren,' fluisterde ik tegen Claudia. Ik zei gewoon Agnes, zonder de overdreven Franse uitspraak.

Claudia zuchtte. 'We gaan precies uitzoeken hoe dit zit, maar in de tussentijd moet je beleefd blijven.' Ze wendde zich van me af en glimlachte opgewekt naar onze onverwachte gast aan de andere kant van de kamer.

Pas die middag kon ik Richard even apart nemen voor een gesprek onder vier ogen. 'Is ze niet geweldig, Sylvia?' riep hij uit. Zijn ogen straalden. 'Ze is gewoon het leukste meisje dat ik ooit heb ontmoet. Ik kan gewoon niet wachten totdat jullie haar beter leren kennen.'

'Waarom heb je niets over haar geschreven in je brieven?'

Richard keek beschaamd. 'Ik wist dat je het dan tegen Claudia en vader zou zeggen, en ik wilde niet dat ze zouden denken dat ik met de pet naar mijn opleiding gooi. Dat is niet zo,' voegde hij er snel aan toe, waarschijnlijk omdat hij mijn wenkbrauwen vragend omhoog zag gaan. 'Mijn cijfers zijn goed, en ik leer heel veel, denk ik.' Hij aarzelde. 'Ze is nog maar vijftien. Ik weet dat ze nog maar een kind is, maar ze is heel bijzonder, en...'

'En jij bent nog maar zestien, te jong om serieus met meisjes bezig te zijn. Wat dachten haar ouders wel niet, om haar zomaar zonder begeleiding door de staat te laten reizen?'

Richard trok een boos gezicht. 'Je kent me toch. Ik zou me nooit vrijheden veroorloven met een meisje.'

'Hm. Misschien zou zij zich vrijheden met jou veroorloven.' Hij zette zijn stekels op, en ik hief in een verontschuldigend gebaar mijn hand op. 'Sorry. Dat had ik niet mogen zeggen. Maar hemeltje, Richard, had je ons niet even kunnen waarschuwen?'

Hij grijnsde en keek over zijn schouder toen we voetstappen hoorden naderen. 'Als je haar echt leert kennen, word je ook dol op haar, dat weet ik gewoon,' fluisterde hij. Hij kneep even in mijn hand en slenterde toen weg door de gang.

Je kunt je wel voorstellen wat ik daarvan vond. 'Je wordt ook dol op haar,' had hij gezegd, wat betekende dat hij dol op haar was, of in elk geval dacht dat hij dat was. Ik rechtte mijn schouders en ging terug naar de rest van de familie, er het beste van hopend.

Het duurde niet lang voordat ik ontdekte dat Agnes niet alleen het mooiste meisje was dat ik ooit had gezien, maar ook het domste, meest verwende en kinderlijkste schepsel dat Elm Creek Manor ooit had betreden.

Ze pruilde wanneer de thee te heet was en keek dan smachtend naar Richard, die steevast opsprong om een ander kopje voor haar te halen en vervolgens weer terug naar de keuken moest omdat hij er te veel suiker in had gedaan. We gaven haar de beste logeerkamer en kregen vervolgens te horen dat die 'onvoorstelbaar koud was, helemaal niet zoals in Philadelphia'. Ze at met lange tanden, opmerkend dat men niet mocht verwachten dat de haute cuisine zoals men die in Philadelphia kende tot het platteland was doorgedrongen. Ze probeerde deel te nemen aan de gesprekken tijdens het eten en begon al haar bijdragen steevast met 'Papa zegt...'. En zoals Richard haar behandelde, alsof ze van duur, kostbaar porselein was gemaakt; ze kreeg altijd de beste plek naast de haard, ze hoefde nooit iets zelf te dragen, hij bood haar altijd de arm wanneer ze de trap op liep, ze hing aan zijn lippen alsof hij Shakespeare zelf was – o, het was zo vermoeiend.

Ik was niet de enige die haar onuitstaanbaar vond. Wij volwassenen keken elkaar bij elke nieuwe dwaasheid steevast verwonderd aan, en zelfs de kinderen trokken verbaasde gezichten wanneer ze hun blik van hun lievelingsneef naar dit vreemde schepsel lieten gaan dat klaarblijkelijk uit de hemel op aarde, Philadelphia, kwam. We stelden onszelf allemaal dezelfde vraag: ja, ze is erg mooi, maar wat ziet Richard in vredesnaam in haar?

James zei dat ik er maar beter aan kon wennen, voor het geval dat Agnes een permanente aanvulling op onze familie zou worden. O, ik deed mijn best om haar aardig te vinden, en ik beloofde mezelf om Richard nooit te laten merken hoe ik over haar dacht. Als we Agnes wat beter zouden leren kennen, zei ik tegen mezelf, dan zouden we vast net zo over haar gaan denken als Richard.

Op een middag vroegen Claudia en ik of ze soms zin had om met ons mee te quilten. 'Wat alleraardigst,' riep ze uit, terwijl ze haar vingers langs de rand van mijn nieuwste quilt liet gaan. Kun je je die foto's van de Baltimore Album-quilts nog herinneren die ik je heb laten zien? Nou, zo eentje was het. Ik werk liever met patchwork dan met de ingewikkelde appliqués die kenmerkend voor die stijl zijn, maar een van mijn beste vriendinnen van school ging die lente trouwen, en dit, misschien niet zo modieus als andere, was haar favoriete stijl. De quilt zou een verrassing voor haar worden. Haar aanstaande diende in Europa, en ze zouden trouwen zodra hij weer thuis zou zijn.

Maar zoals ik al zei, Agnes raakte de rand van mijn werk aan en riep: 'Wat alleraardigst.' Toen zei ze: 'In Philadelphia kopen we gewoon onze eigen dekens, maar dat kun je hier op het platteland zeker niet doen?'

Ik trok de rand van de quilt uit haar klauwende handje. 'Inderdaad. Er is binnen een omtrek van zeker honderd kilometer geen winkel te vinden. Ik hoop dat je eraan hebt gedacht om alles mee te nemen.'

'Sylvia.' Claudia's stem klonk waarschuwend.

'Echt?' Agnes mond viel open, zodat ze er vrij dwaas uitzag. 'Geen enkele winkel?'

'Geen enkele,' antwoordde ik. 'Sterker nog, ik hoorde pas wat een winkel was toen Richard me er in zijn brieven over vertelde. Eerst dacht ik dat hij het uit zijn duim zoog, maar vader zei dat ze echt bestaan. Het klonk voor mij net als iets uit een sprookje, maar ik ben dan ook nog nooit in Philadelphia geweest.' Ik pakte mijn naald en ging verder met naaien.

Vanuit mijn ooghoeken zag ik dat Agnes me verbijsterd aanstaarde. Ze begon te blozen. Toen draaide ze zich op haar hielen om en rende de kamer uit.

'Sylvia, dat was niet erg aardig.'

'Na die opmerking mag ze blij zijn dat ik niets ergers zei. Waarom zou je een quilt maken als je ook een deken kunt kopen? Het idee!'

'Ik geef toe, ze had tactvoller kunnen zijn, maar...'

'Wat ziet Richard in haar?'

'Geen idee. Ze is een raadsel. Net een moeilijke puzzel waar je niet uitkomt.'

'Een puzzel,' antwoorde ik, en zo begon het. Vanaf dat moment hadden Claudia en ik het over de Bachelor's Puzzle, de puzzel van de vrijgezel, als we Agnes bedoelden. Soms zeiden we B P, of de Puzzle, zoals: 'Zou Richard de Puzzle in de paasvakantie mee naar huis nemen?' of 'Richard schrijft dat hij en B P naar het winterbal gaan,' of 'Hemeltje, ik hoop dat B P vandaag nog weet hoe ze weet, ik weet het wel.'

We zeiden het nooit tegen haar, of tegen iemand anders die ons kon horen. Maar we zeiden het wel, en dat was niet erg aardig, en ik zal het mezelf nooit vergeven dat ik die vreselijke bijnaam heb bedacht.

'Het klinkt alsof ze het had verdiend,' zei Sarah lachend.

'O, begin jij nu niet ook,' protesteerde mevrouw Compson, die ook moest lachen. 'Je moet mensen niet uitlachen, ook al zijn ze dwaas en doen ze dom. Vooral dan niet.' Ze veegde de tranen uit haar ooghoeken.

'Wat zei Richard toen Agnes hem erover vertelde?'

Mevrouw Compson hield op met lachen. 'Hij heeft nooit iets gezegd, dus ik denk dat ze hem nooit iets heeft verteld.' Ze keek Sarah met een aandachtige blik aan. 'En nu is het jouw beurt, jongedame.'

'Mijn beurt voor wat?'

'Ik ben het zat dat ik hier altijd maar het woord voer. Nu mag jij eens een paar vragen beantwoorden.'

Sarah schoof in haar stoel heen en weer. 'Wat voor vragen?'

'Laten we met je familie beginnen. Hoe zit het met je ouders? Heb je broers en zussen?'

'Nee, ik ben enig kind. Matt ook. Mijn vader is jaren geleden overleden.' Sarah zweeg even. 'Uw verhalen zijn veel boeiender dan de mijne. Ik snap niet waarom u zou willen weten...'

'Doe me een plezier. Is je moeder hertrouwd?'

'Nee, maar ze heeft waarschijnlijk het record voor de meeste vriendjes in een leven gevestigd. Telt dat ook?'

'Aha. Een gevoelige plek.' Mevrouw Compson boog zich voorover. 'Waarom zit dat je dwars?'

'Het zit me niet dwars. Ze mag wat mij betreft uitgaan met wie ze wil. Het heeft geen invloed op mij of mijn leven.'

'Juist. Natuurlijk niet.' Mevrouw Compson hield haar hoofd scheef en glimlachte veelbetekenend.

Sarah probeerde rustig te blijven. 'Weet u, Matt en ik hadden het erover...'

'Dat je kwaad bent op je moeder?'

'Nee. Ik bedoel, natuurlijk niet. Ik ben niet kwaad op haar. Waarom zegt u dat?'

'Vertel eens iets meer over haar.'

'Nou... ze is verpleegkundige, en ze lijkt op mij, alleen is haar haar korter, en zij en mijn vader hebben elkaar op een bowlingbaan leren kennen, en nu maakt ze graag dure reisjes die haar vriendjes voor haar betalen. Echt, veel valt er niet over haar te vertellen.'

'Sarah?'

'Ja?'

'Je talent voor het vertellen van verhalen kan nog aardig worden bijgeschaafd.'

'Bedankt.'

'Misschien wil je me ook nog vertellen waarover jij en Matthew het hadden.'

Sarah zweeg even, zich afvragend of mevrouw Compson het echt zo snel zou opgeven. 'Matt en ik vroegen ons af of u de vierde juli samen met ons zou willen vieren. Bonnie Markham vertelde dat er een optocht in de stad is, een concert buiten op het plein, en een quilttentoonstelling op de campus. We willen er graag heen, en we vroegen ons af of u zin hebt om mee te gaan.'

'Dat lijkt me erg leuk.' Mevrouw Compson keek blij. 'En omdat ik zelf een quilt voor die tentoonstelling heb ingestuurd, moet ik eigenlijk gaan kijken hoe ik het ervan afbreng.'

19

Aan het begin van de volgende week ruimde Sarah twee andere slaapkamers in de zuidvleugel verder op en begon ze aan een nieuw blok, Posies Round the Square. Mevrouw Compson waarschuwde haar dat dit blok verreweg het moeilijkste zou zijn omdat er twee nieuwe technieken aan te pas kwamen: het naaien van gebogen naden en appliqueren.

Hoewel Sarah dus vooraf was gewaarschuwd, raakte ze toch geërgerd omdat het zo moeizaam ging. Toen ze tandenknarsend een derde poging deed om hetzelfde blauwe ronde lapje aan hetzelfde achtergrondstofje vast te naaien zonder de randen van de stof, die schuin van draad waren, verder uit te rekken, bedacht ze dat het naaien van een rechte naad zich verhield tot het naaien van een gebogen naad als tandenpoetsen zich verhield tot een wortelkanaalbehandeling. Tegen de tijd dat ze het blok voltooide, was haar techniek er echter op vooruitgegaan en moest ze toegeven dat gebogen naden erg mooi konden zijn en de mogelijkheid tot veel nieuwe patronen boden. Toch wilde ze in de nabije toekomst liever geen gebogen naden meer naaien.

Appliqueren vond ze veel gemakkelijker. Mevrouw Compson vertelde haar dat ze uit de donkerste stof een lapje in de vorm van een boomblad moest knippen, maar deze keer met een toeslag van slechts drie millimeter. Sarah reeg het lapje op de achtergrondstof, en nadat ze de draad had afgehecht, gebruikte ze de punt van haar naald om de randen van het lapje tijdens het naaien onder de steken vast te zetten. Sarah was blij dat haar steekjes aan de voorkant van het blok nagenoeg onzichtbaar waren en dat de ronde randen van het blad glad en de twee punten scherp waren. Het duurde niet lang voordat ze klaar was met een tweede blad en twee concentrische cirkels die bloemen moesten voorstellen.

Toen Sarah op woensdag klaar was met Posies Round the Square begon ze met een nieuw appliquéblok, Lancaster Rose. Na het werk zou ze de Tangled Web Quilters gaan helpen met het opbouwen van de stands voor het Waterford Summer Quilt Festival.

Nadat ze die avond snel met Matt een hapje had gegeten, reed ze naar de campus van Waterford College. Ze hoopte dat ze een parkeerplaats op de grote weg bij de hoofdingang zou kunnen vinden, waar ze Summer zou treffen. Tot haar ongenoegen waren de meeste straten rond de campus geblokkeerd door drang-hekken, waarachter medewerkers van de gemeente bezig waren stands en tribunes langs de route van de optocht neer te zetten.

'Hoi, Sarah,' riep Summer toen ze haar zag. Ze sprong op van het bankje waar ze had zitten wachten. Haar lange kastanjebruine haar zwaaide rond haar schouders.

'Het spijt me dat ik te laat ben,' zei Sarah, die net op adem kwam. 'Laten ze ons nog wel binnen?'

Summer lachte. 'Je bent maar een paar minuten te laat. Maak je niet druk, ze laten ons echt niet buiten staan als er nog zoveel werk te doen is. De rest van de Tangled Web Quilters is er al.'

De twee jonge vrouwen haastten zich de heuvel op, naar de bibliotheek. Sarah was er nog nooit geweest, maar Summer beweerde een derde van haar leven binnen deze muren te hebben doorgebracht. Toen Summer haar studentenkaart aan de bewaker liet zien en uitlegde waarvoor ze kwamen, gebaarde hij dat ze door het draaihekje konden lopen.

Binnen leidde Summer Sarah de hoek om, door een stel dubbele glazen deuren een langwerpige, ruime zaal in. In het midden van het hoge plafond waren vier lichtkoepels aangebracht waardoor het licht in vierkanten op de glanzende parketvloer viel. Aan de lange muur aan hun linkerzijde hingen portretten van mensen die geld aan de bibliotheek hadden geschonken, terwijl de wand aan hun rechterzijde bijna geheel bestond uit rechthoekige ramen van ontspiegeld glas die door dunne stalen kozijnen van elkaar waren gescheiden. Sarah zag de met gras begroeide helling, doorsneden met paden, die afliep in de richting van de straat, maar studenten buiten zouden alleen hun eigen spiegelbeeld zien. Door het donker getinte glas zou genoeg zonlicht binnenvallen om de ruimte te verlichten, maar de quilts die hier weldra zouden hangen, zouden niet kunnen verschieten.

Een stuk of vijftig vrouwen van uiteenlopende leeftijden stonden in groepjes te kletsen. Hun gesprekken klonken als een aanhoudend gezoem dat af en toe werd onderbroken door een salvo van gelach. Aan het einde van de zaal waren een paar vrouwen bezig klaptafels neer te zetten en die met kleurige lappen stof te bedekken. In het midden van de ruimte waren fauteuils en bankjes opzijgeschoven om plaats te maken voor wat stapels hout leken. In het groepje dat bij de stapels bezig was, zagen Summer en Sarah het rode haar van Gwen, dat afstak tegen de blonde, bruine, zwarte en grijze hoofden van de andere Tangled Web Quilters om haar heen.

Ze gingen bij hun vriendinnen staan. Summer begroette haar moeder met een omhelzing en een zoen op de wang. Toen Gwen lachend bij haar dochter het haar uit de ogen streek, voelde Sarah een steek van jaloezie. Ze vroeg zich af hoe het was als je moeder ook je vriendin was. Summer en Gwen deden altijd van alles samen, maar Sarah kon nog geen kwartier samen met haar moeder in dezelfde ruimte doorbrengen zonder doodmoe en gespannen te worden. Het voelde altijd alsof elk detail van haar leven onder een microscoop werd gelegd.

Ze merkte dat ze, toen ze er alleen al aan dacht, stond te knarsetanden, en ze dwong zich te ontspannen.

De anderen snuffelden in de dichtstbijzijnde stapel hout, vrolijk babbelend, en Sarah deed net alsof ze al die tijd had staan luisteren. Ze zag dat de stukken hout allemaal een bepaalde maat hadden en dat sommige ervan groeven aan het uiteinde hadden.

'Het eerste wat jullie moeten doen, is een van deze lange latten pakken,' zei Bonnie, terwijl ze zo'n lange lat uit de stapel trok. 'En maak vier van deze aan de onderkant vast, zodat hij rechtop blijft staan.'

'Ik zoek wel in de stapel, dan kunnen de jonge meiden het sjouw- en tilwerk doen,' zei mevrouw Emberly.

'En dan zetten jullie de tweede lat in elkaar en leggen jullie de dwarslat bovenop,' vervolgde Bonnie. 'Die past precies in de groeven.'

'Hangen we de quilts over die dwarslatten?' vroeg Sarah.

'Elke quilt heeft een tunnel van stof die aan de achterkant is vastgenaaid,' zei Judy. 'We schuiven de dwarslat door de tunnel en hangen de quilt zo op.'

'Het is net alsof je een gordijn aan een roede hangt, maar dan zwaarder,' voegde Summer eraan toe.

De Tangled Web Quilters gingen aan het werk. Toen ze drie stands hadden gebouwd, wuifde een lange vrouw met een donker pagekapsel vanaf de andere kant van de zaal naar hen.

'Tijd voor de inspectie,' zei Gwen toen de vrouw naar hen toe kwam.

'Negeer haar maar, dan gaat ze misschien wel weg,' siste Diane.

'Doe eens aardig,' zei Bonnie. 'Een quilttentoonstelling organiseren is niet eenvoudig.'

Sarah had geen tijd meer om hun te vragen wie de vrouw was. 'We zijn zo blij dat jullie er zijn!' riep de vrouw uit. Ze keek aandachtig naar hun stands. 'Hoe gaat het hier?'

'Goed hoor, Mary Beth,' zei Bonnie.

Mary Beth pakte de dichtstbijzijnde lat beet en schudde die

heen en weer. 'Lijkt me stevig genoeg. Misschien een beetje on-gelijk.'

Diane fronste. 'Ik denk niet dat iemand tijdens de tentoon-stelling aan die latten gaat staan trekken, dus we hoeven ons geen zorgen te maken.'

'O, je weet maar nooit. Je zou eens moeten zien wat we alle-maal meemaken tijdens zo'n tentoonstelling. Iemand kan strui-kelen en vallen, tegen een lat botsen zodat die op het hoofd van iemand valt, en maak dan je borst maar nat vanwege de schade-claims.'

'Voordat we de quilts ophangen, zullen we de stevigheid nog eens extra controleren,' zei Judy.

'Meer vragen we niet,' zei Mary Beth. 'Als jullie klaar zijn, con-troleren wij voor alle zekerheid ook nog een keer.' Ze glimlachte en haastte zich door de zaal naar een ander groepje dat ze wilde inspecteren.

'Moet ze altijd "we" zeggen als ze zichzelf bedoelt?' gromde Diane.

Gwen grinnikte. 'Je kunt het gewoon niet hebben dat ze al zes jaar op rij voorzitster van het Guild is.' Ze wendde zich tot Sarah. 'Nadat ze dat twee jaar had gedaan, bood Diane aan om het over te nemen...'

'Ik dacht dat ze even een pauze wilde nemen, meer niet. Het is veel werk.'

'... maar dat vatte Mary Beth verkeerd op.'

'Ze dacht dat Diane een soort staatsgreep aan het beramen was,' zei Judy.

'Dat kwam doordat ik dreigde te winnen.'

Mevrouw Emberly zuchtte. 'Het was allemaal erg onaange-naam. Tijdens een vergadering voor de verkiezing ging Mary Beth voor in de zaal staan en vroeg ons of we het Guild en het Summer Quilt Festival wilden overlaten aan iemand die nog nooit een prijs had gewonnen.'

'Wat gemeen,' riep Sarah uit. 'Wat deed je toen?'

'Dat geloof je niet,' zei Gwen. 'Diane lachte haar gewoon uit.'

'Maar na de vergadering,' voegde Summer eraan toe, 'sprong ze helemaal uit haar vel. Ik zou je best willen vertellen wat ze zei, maar mama heeft haar handen voor mijn oren gehouden.'

'Dat is niet waar.'

'Kort daarna, en niet helemaal toevallig, splitste ons groepje zich af van het Waterford Quilting Guild,' legde Judy uit. 'We sturen nog wel onze quilts in voor tentoonstellingen en helpen bij allerlei projecten, maar wat de wekelijkse bijeenkomsten betreft doen we liever iets met ons eigen groepje.'

'Bij de meeste verenigingen gaat het er niet zo politiek aan toe,' zei Bonnie. 'En niet alle vrouwen in de vereniging zijn zoals Mary Beth. Dat merk je vanzelf wel als je hen leert kennen.'

Die avond had Sarah het te druk om mensen te leren kennen. Zij en andere Tangled Web Quilters waren een paar uur bezig om de grote houten stands in rijen op te bouwen. De stukken hout waren zwaar, en na een tijdje begon Sarah moe te worden.

Toen de laatste stand was neergezet, ging Mary Beth voor in de zaal staan en wuifde met haar armen om de aandacht te trekken. 'Nogmaals bedankt voor al jullie hulp,' riep ze. 'We zien jullie morgen allemaal bij de tentoonstelling. Nu wil ik iedereen die niet bij de commissie hoort vragen om alsjeblieft de zaal te verlaten. Nogmaals bedankt.'

De helpers liepen naar de deuren.

Hoewel het bijna middernacht was, was Sarah ontstemd. 'Ik had de quilts nog willen zien,' protesteerde ze toen de Tangled Web Quilters weer buiten stonden. Ze liepen de heuvel af naar de grote weg waar Sarah en Gwen hun auto's hadden staan; de anderen woonden zo dichtbij dat ze te voet waren gekomen.

'Alleen de leden van de festivalcommissie mogen de quilts de avond van tevoren zien,' legde Summer uit. 'Ze hangen de quilts op en maken ze klaar voor de jury.'

'Hoe beslissen ze wie een prijs wint?'

'Er zijn zes categorieën, ingedeeld naar grootte en stijl, met eerste, tweede en derde prijzen in elke categorie. Dan heb je ook nog de eerste prijs algemeen, dat betekent dat een quilt de mooiste van de hele tentoonstelling is. Elk van de vier juryleden mag ook nog een juryprijs uitreiken, en het publiek kiest welke quilt de publieksprijs wint. Als je morgen vroeg genoeg komt, kun je nog op je favoriete quilt stemmen.'

'Hoe vroeg?' wilde Sarah weten, denkend aan de inzending van mevrouw Compson.

'Voor tien uur. Mijn moeder heeft een paar jaar geleden gewonnen en zei dat het de meeste waardering was die een van haar quilts ooit heeft geoogst.'

'Dat komt doordat de beweegredenen van de juryleden onnavolgbaar zijn,' zei Gwen. 'Je kunt een oogverblindende quilt maken die niet bij de jury door de beugel kan omdat je hem machinaal hebt doorgestikt in plaats van met de hand hebt doorgepit. Of er is een heel andere reden, die soms heel persoonlijk is.'

Bonnie zuchtte. 'Gwen, dat is niet eerlijk.'

'Waarom niet? Ik wilde niet beweren dat de jury er met de pet naar gooit, ik wilde alleen maar zeggen dat onze waardering voor kunst heel sterk kan samenhangen met onze persoonlijke smaak. Om die reden heb ik liever de waardering van een grote groep mensen, of die nu quilten of niet, dan de goedkeuring van een klein groepje zogenaamde deskundigen.'

'Mam heeft in het verleden met de jury overhoop gelegen,' legde Summer op zachte toon aan Sarah uit.

'Je meent het.'

'Aan de andere kant,' zei Gwen nadenkend, 'brengt de publieksprijs weer heel andere problemen met zich mee. Geef je toe aan de smaak van het grote publiek of ga je uit van je eigen kunstzinnige visie? Stel dat die twee dingen niet met elkaar te verenigen zijn? En dan heb je nog het probleem dat de kunstenaars tegen elkaar strijden. Als dat de samenwerking niet in de kiem smoort... Wat blijft er dan nog over?'

'Niet meer meedoen aan een tentoonstelling, denk ik,' zei

Diane. 'Ik zou het niet erg vinden als jij niets meer instuurde, zeker niet als je er zo moeilijk over doet.'

Iedereen moest lachen.

'Goed,' zei Gwen, die net deed alsof ze gekwetst was. 'Ik blijf
wel in mijn eentje met dergelijke morele vraagstukken worste-
len. Je wordt bedankt.'

Ze waren bij Sarahs auto aangekomen. 'Ik zie jullie morgen
wel bij de feestelijkheden,' riep ze. Ze deed het portier open en
stapte in. Ze wuifden haar gedag, en ze reed naar huis.

20

Toen Matt en Sarah de volgende ochtend bij het landhuis aankwamen, stond mevrouw Compson bij de achterdeur op hen te wachten, gekleed in een rood met wit gestreepte jurk, witte tennisschoenen en een breedgerande hoed die was versierd met rode en witte bloemen. Sarah opende het portier aan haar kant en schoof wat meer naar het midden.

'Goedemorgen. Zijn jullie er klaar voor?' vroeg mevrouw Compson.

'We zijn altijd overal klaar voor,' verzekerde Matt haar.

Omdat de route van de optocht voor het verkeer was afgesloten, parkeerden ze op een openbare parkeerplaats vlak bij de campus en voegden zich bij de honderden mensen die al lachend door de straten liepen. Dixielandmuziek werd door de warme en zwoele lucht meegevoerd. 'Wat zullen we eerst gaan doen?' vroeg Sarah. 'Wilt u de quilts zien?'

'Zullen we eerst gaan kijken wat er in het centrum te doen is?' antwoordde mevrouw Compson. Ze glimlachte toen ze werd ingehaald door een jongleur, geschminkt als clown, die met moeite zijn evenwicht op zijn eenwieler wist te bewaren. Hij werd gevolgd door een rij uitgelaten kinderen.

Toen ze door het centrum slenterden en naar de straatartiesten keken, vlogen de uren voorbij. Op kleine podia op de kruisingen stonden muzikanten de toeschouwers te vermaken. De verwarrende trucs van een vingervlugge goochelaar leidden tot een verhit gesprek tussen mevrouw Compson en Matt, die beiden vonden dat de ander niet goed genoeg had gekeken en dus niet kon weten hoe de truc ging. Overal leken kinderen schreeuwend en lachend tussen het publiek door te rennen, met ballonnen rond hun pols gebonden. Ouders stonden in groepjes bij elkaar, in de schaduw van een winkelpui of een boom, en babbelden terwijl ze tegelijkertijd op hun vrienden letten en hun rondbuitelende kroost in de gaten hielden. De heerlijke geur van popcorn, gegrilde kip en gekruid vlees hing in de straten.

Matt moest het ook hebben geroken, want hij keek op zijn horloge. 'Het is bijna twaalf uur.'

'Nu al? Niet te geloven,' riep mevrouw Compson uit. 'Hebben jullie ook trek?'

Dat hadden ze allemaal, zodat ze naar het dichtstbijzijnde stalletje met eten liepen en drie broodjes kip cajun, kreukelfrieten en limonade kochten. Mevrouw Compson wilde hen per se trakteren. Matt droeg het eten van mevrouw Compson toen ze zich een weg door de steeds drukker wordende menigte baanden, op weg naar het plein, waar een tienkoppige band dansmuziek uit de jaren veertig ten gehore bracht. Ze wisten onder een boom een beschaduwd bankje voor mevrouw Compson te vinden. Sarah en Matt gingen vlakbij op het gras zitten. Terwijl ze zaten te eten en te praten, tikte mevrouw Compson met haar voet mee op de maat van de muziek.

Sarah zag dat mensen zich langs de kant van de straat verzamelden en op vouwstoeltjes op de stoep gingen zitten. 'De optocht kan zeker elk moment beginnen,' zei ze, terwijl de band het laatste nummer beëindigde.

'Ik zoek wel een plekje voor ons,' riep Matt over zijn schouder. Hij rende de menigte in; zijn door zijn petje bekroonde krullen dansten boven de hoofden van de anderen uit. Sarah en mevrouw Compson gooiden hun afval in de vuilnisbak en volgden in een langzamer tempo. Matt had een open plekje vlak bij de rand van de straat gevonden, waar ze heel goed de deelnemers van de optocht konden zien wanneer die de jury naderden.

Er liepen een paar medewerkers met rode, witte en blauwe sjerpen voorbij die de laatste passanten van de straat het trottoir op stuurden. Een vrolijke vrouw in klederdracht uit de koloniale tijd gaf hun allemaal een vlaggetje. In de verte hoorden ze een drumband en het gejuich van de toeschouwers die langs de route stonden. Al snel kwam de eerste praalwagen in beeld, en het publiek reageerde met goedkeurende kreten en wapperende vlaggetjes. Sarah vertelde de andere twee wat Summer haar gisteravond had verteld: dat alle disputen van Waterford College met een eigen praalwagen aan de optocht meededen. Tussen de praalwagens in liepen de drumbands van de middelbare scholen. De burgemeester, het hoofd van politie en de zuivelprinses waren allemaal gehuld in achttiende-eeuwse kostuums en werden rondgereden in een oude T-Ford. Achter hen marcheerden Betsy Ross, George Washington en Ben Franklin, die naar het publiek wuifden en snoepgoed in het rond strooiden.

Betsy Ross kwam op nog geen meter afstand voorbij. 'Hoi Sarah,' riep ze stralend.

Sarah staarde haar aan. 'Diane?' Maar toen was ze al verdwenen.

Toen kondigde het bewonderend gemompel van ouders het hoogtepunt van de optocht aan: de kinderen op hun versierde fietsen. Eerst kwamen de voorzichtige vijfjarigen op driewielers, gevolgd door oudere kinderen op gewone fietsen met zijwieltjes, en uiteindelijk de zesdeklassers op fietsen met vijftien versnellingen en mountainbikes. Alle fietsen waren versierd met slingers van rood, wit en blauwe crêpepapier en ballonnen. Er werd omgeroepen dat de mooist versierde fiets in elke leeftijdsgroep met een prijs zou worden beloond.

Toen het laatste kind voorbij was gereden en de volgende praalwagen naderde, draaide Sarah zich lachend om naar mevrouw Compson. 'Wat vindt u ervan?'

'O, het is prachtig. Die kinderen zijn zo schattig.'

Er danste een groepje in pailletten gehulde tienermeisjes voorbij. Hun batons flitsten in het zonlicht. Na de volgende praalwagen viel het publiek plotseling stil, en toen klonk er een aarzelend applaus dat steeds verder aanzwol. Sarah hoorde een eenzame trom die een afgemeten marstempo roffelde. Mevrouw Compson legde haar hand op haar hart en gaf Matt een snelle por. Hij deed snel zijn honkbalpet af.

Een vaandelwacht marcheerde voorbij, de vlag hoog in de hand. Erachter volgden twee open auto's met zeven oude mannen met ernstige en trotse gezichten. 'Eerste Wereldoorlog,' zei Matt, knikkend naar hun uniformen. Achter hen marcheerden twintig mannen in uniformen uit de Tweede Wereldoorlog stijfjes in vier rijen. Sommigen droegen onderscheidingen, anderen hadden hun lege mouwen opgerold en bij de schouder vastgespeld. Andere veteranen, mannen en vrouwen die in latere oorlogen hadden gevochten, liepen achter hen aan. Sommigen lachten en zwaaiden naar het publiek, anderen hadden grimmige gezichten en staarden recht voor zich uit. Een langharige man van in de veertig hield zijn vlag tussen zijn tanden geklemd omdat hij zijn handen vrij moest houden voor zijn rolstoel.

Mevrouw Compson zuchtte. 'Ik denk dat ik nu wel even wil gaan zitten.'

Sarah knikte en pakte haar elleboog vast. Matt maakte de weg vrij, en ze liepen terug naar het plein en en het bankje in de schaduw. Op het grasveld lagen alleen nog maar lege bekertjes en zakjes waarin broodjes hadden gezeten. Mevrouw Compson liet zich op het bankje zakken. Ze hoorden de drumband van Waterford College naderen, die een mars van Sousa speelden waarop de toeschouwers al snel meeklapten.

'Wat een vaderlandslievend stadje is dit,' merkte Matt op. Hij strekte zich op zijn rug in het gras uit en legde zijn handen onder zijn hoofd.

'Vaderlandslievend? Hm. Ik weet niet of dat het goede woord is.'

Matt fronste. 'Hoe bedoelt u?'

Mevrouw Compson haalde haar schouders op en wendde haar blik af. 'Het klinkt misschien kinderachtig, maar ik vind het moeilijk om dat woeste gezwaai met die vlaggen als iets positiefs te zien.'

'Woest?' Sarah lachte. 'Vindt u dat niet een beetje overdreven?'

'Ik heb recht op mijn mening. Toen ik nog een jonge vrouw was, was dit stadje juist vanwege die vaderlandsliefde niet al te vriendelijk voor de familie Bergstrom.'

'Dat begrijp ik niet. Uw familie is al heel lang geleden naar Amerika gekomen, nietwaar? Ik dacht dat ze hier al sinds de tijd van uw overgrootvader woonden.'

'Dat klopt.'

Matt en Sarah keken elkaar niet-begrijpend aan.

Mevrouw Compson zag hun blik en glimlachte wrang. 'Ik zal jullie vertellen wat er is gebeurd, misschien begrijpen jullie dan dat ik gemengde gevoelens voor dit stadje koester.'

Matthew, ik neem aan dat Sarah je heeft verteld wat ik allemaal al over mijn familie en Elm Creek Manor heb verteld, maar als je het niet meer kunt volgen, moet je het maar zeggen.

In maart 1944 was ik vierentwintig. De gezondheid van mijn vader ging achteruit, wat betekende dat James en ik volledig verantwoordelijk waren geworden voor het reilen en zeilen van de stoeterij. Richard zat nog steeds op school in Philadelphia. Ons familiebedrijf, dat sinds de tijd van mijn overgrootvader sterk was gegroeid en de oorlog en de crisistijd had overleefd, maakte nu zware tijden door. Het lijkt misschien egoïstisch dat we ons zorgen maakten over ons fortuin terwijl er zoveel mensen leden, maar we deden wat we konden om het bedrijf aan de gang te houden totdat de oorlog voorbij was en we weer fatsoenlijk konden investeren.

In Waterford dacht iedereen voortdurend aan de oorlog. De jonge man van Claudia, Harold, werkte voor de bescherming bevolking in onze streek. Hoewel James me verzekerde dat ons niets kon gebeuren, keek iedereen in ons stadje voortdurend nerveus naar de lucht om te zien of de Duitse bommenwerpers naderden; we wisten helemaal niet hoe ver die konden komen. Het was een moeilijke tijd, maar we maakten er het beste van.

Richards brieven stelden me niet echt op mijn gemak. Hij schreef ons dat zijn vrienden dienst namen en dat hij hen benijdde omdat ze grootse avonturen zouden gaan beleven. O, en kenden we zijn jeugdvriend Andrew nog, uit het speelhuisje? Richard had hem opgezocht in Philadelphia, en ze waren weer de beste vrienden. Toen Richard schreef dat hij en Andrew nu allebei zeventien waren, en mannen, draaide mijn maag zich om, maar ik probeerde er niet aan te denken.

Voor Claudia en mij was onze wekelijkse quiltbijeenkomst een ontsnapping. Ieder lid verzamelde lapjes waarvan we quilts maakten die konden worden verloot om geld in te zamelen voor de oorlog, zoals die Grandmother's Flower Garden-quilt die jij op die foto hebt zien staan, Sarah. Dat was onze eerste Victory Quilt. We hadden hem in de zomer van '43 gemaakt, toen ik voorzitster van de vereniging was, toen ik dacht dat de oorlog niet veel langer meer zou kunnen duren.

Maar die maart leek het alsof we altijd in oorlog waren geweest en altijd al verduisteringsgordijnen hadden opgehangen en eten op de bon hadden gehad. We werkten aan nieuwe verduisteringsgordijnen en spraken op gedempte toon over onze echtgenoten, broers en zonen die in Europa vochten. Wanneer een van ons het ergste nieuws kreeg dat je kon krijgen, deden we wat we konden om haar te troosten en te steunen.

Op een avond kwamen we bijeen in de kantine van de middelbare school, en ik was net bezig samen met Claudia en vier andere vrouwen een quiltraam neer te zetten, terwijl andere quilters in kleinere groepjes aan andere projecten werkten. Ik zei dat Richard over twee weken thuis zou komen vanwege de paas-vakantie.

'Dat rijke Duitse schooljongetje komt thuis, en mijn zoon niet,' mompelde een stem achter me.

Ik draaide me met een ruk om. 'En wat bedoel je daar precies mee?' wilde ik weten. Een ijzig stilzwijgen was het antwoord.

'Het is misschien maar beter dat die moffen niet samen met onze jongens vechten,' siste een andere stem.

'Anders krijgen ze nog een mes in hun rug,' zei een derde.

'Het moet heerlijk zijn om zoveel geld te hebben dat je de dienstplicht kunt afkopen.'

Claudia werd vuurrood, en haar ogen vulden zich met tra-nen. Ze opende haar mond, alsof ze iets wilde zeggen, stond toen op, pakte haar naaimandje en rende weg.

'Als een van jullie iets te zeggen heeft over mij of mijn familie, zeg het dan.' Vanbinnen trilde ik hevig, maar mijn stem klonk ijzig.

Niemand zei iets.

'Goed, dan.' Ik keek hen stuk voor stuk met een ijskoude blik aan. 'Jullie kunnen volgende week jullie excuses aan mijn zus aanbieden.' Ik draaide me op mijn hielen om, pakte mijn naai-mandje en beende door dezelfde deur als Claudia naar buiten.

Hoewel het al begin maart was, was het bitter koud. Toen ik naar huis liep, kwam ik Claudia onderweg tegen. Haar schou-ders beefden. Ik moest rennen om haar in te halen. 'Claudia?'

Ze liep te huilen in haar zakdoek. 'Het gaat al maanden zo, bij de kruidenier, in de bieb, overal, maar dit is de druppel. Hoe kon-den ze dat doen? Hoe kunnen onze vriendinnen zo gemeen zijn?'

Ik sloeg mijn arm om haar heen. 'Let maar niet op hen, Clau-dia. Ze zijn gewoon van streek. Dat is iedereen. Het is immers oorlog. Ze menen het niet. Volgende week zal alles weer normaal zijn.'

'Dat vraag ik me af.' Ze snoof. We legden de rest van de weg naar huis zwijgend af.

Claudia was altijd erg geliefd geweest bij de meisjes in ons stadje, en daarom kwamen hun opmerkingen bij haar harder aan dan bij mij. Hun gedrag verwarde haar. Er waren zoveel Duitse families in Waterford, en sommigen van de vrouwen die ons uitscholden hadden zelfs nog meer Duits bloed dan wij. Vergeet niet dat onze naam Zweeds was en dat we ook van Zweedse komaf waren. We kwamen net van de boot uit Europa. Waarom moesten ze ons hebben?

Dat begreep ik heel goed.

Vader en onze ooms hadden in de vorige oorlog gevochten, maar nu waren we een van de weinige families in Waterford waarvan geen enkel lid in de huidige oorlog vocht. James was al zesentwintig, al waren er ook oudere mannen die dienst hadden genomen. Richard was nog steeds te jong, en de enige familieleden met de juiste leeftijd waren meisjes. Onze rijkdom had ons bovendien altijd al tot het onderwerp van afgunst gemaakt. Ze keken ons niet met de nek aan omdat we Duits zouden zijn, maar omdat we rijk waren.

Ik probeerde dat aan Claudia uit te leggen, maar ik geloof dat ze het nooit echt heeft begrepen. Je zou denken dat juist Claudia jaloezie zou herkennen, maar in dit geval was het niet zo.

De bijeenkomst die een week later plaatsvond, was nog erger. Ik voelde dat hun beschuldigende blikken zich in mijn rug boorden; hun hatelijk gefluister deed mijn oren gloeien. Claudia en ik zaten vlak naast elkaar en keken niemand aan. We deden net alsof we niets merkten.

Aan het einde van de avond nam de voorzitster, Gloria Schaeffer, ons apart. Ze verontschuldigde zich niet eens toen ze beleefd voorstelde dat we, zolang de oorlog voortduurde, maar niet meer naar de bijeenkomsten kwamen. Kun je je dat voorstellen? Zolang de oorlog voortduurde. Echt. En dat zei nota bene Gloria *Schaeffer*.

Ik kneep mijn lippen opeen om te voorkomen dat ik zou zeggen hoe ik over haar en haar kinderachtige vriendinnen dacht.

Ik pakte onze spullen, greep Claudia bij haar arm en duwde haar voordat ze in huilen kon uitbarsten de zaal uit. Als we toch weg moesten, konden we dat beter met zoveel mogelijk waardigheid doen.

Sarah, je hebt je afgevraagd waarom ik me niet bij het Waterford Guild wil aansluiten, en nu weet je het. Ja, ik snap best dat de meesten van toen er niet meer bij zijn, maar het gaat om het principe. Ze wilden ons er toen niet bij hebben. Prima. Ik wil er nu niet bij horen.

We probeerden de vereniging en het gedrag van onze zogenaamde vriendinnen te vergeten door ons vol vuur op de voorbereiding van Richards thuiskomst te storten. Het zou heerlijk zijn om hem weer te zien.

Tijdens het eerste diner thuis praatte hij zonder ophouden over Andrew, over zijn vrienden in Europa, en natuurlijk over de Puzzle. Vader keek hem stralend en trots aan. Ik denk dat we dat allemaal deden, al had ik liever niet zoveel over de oorlog gepraat.

'Doen ze bij jou op school lelijk tegen je vanwege je afkomst?' vroeg Claudia opeens.

James keek haar scherp aan, en ik gaf haar onder tafel zeker geen zachte schop. Ze uitte een gilletje en keek me boos aan.

Richard legde zijn vork neer. 'Nee, natuurlijk niet. Iedereen die me kent, weet hoe ik over Hitler denk. Waarom vraag je dat?'

Claudia slikte en keek me aan. Ik wierp haar een waarschuwende blik toe, die Richard meteen herkende. 'Toe, Claudia, laat je niet door Sylvia de mond snoeren. Wat is er aan de hand?'

Aarzelend vertelde Claudia hoe de bewoners van Waterford ons de laatste tijd behandelden. Terwijl ze aan het woord was, kneep Richard zijn kaken steeds steviger opeen. Zijn ogen vernauwden zich tot ijzige blauwe spleten.

Vader keek verbijsterd de tafel rond. 'Sylvia? James? Hebben jullie dit voor me verzwegen? Waarom?' Hij klonk bezorgd en gekwetst, en we konden hem niet aankijken. 'Ik begrijp hun gedrag niet. Wij Bergstroms hebben zoveel voor dit stadje gedaan. Niemand heeft ooit vraagtekens bij de vaderlandsliefde van onze familie gezet. Ik heb in de vorige oorlog gevochten en twee broers verloren. Welk bewijs willen ze nog meer zien?'

Richard ging met een grimmig gezicht verder met eten. Zijn knokkels waren wit en zijn vuisten trilden, zo woedend was hij. Zijn gezichtsuitdrukking vervulde me met angst.

Toen iedereen naar bed was gegaan, nam Richard mij en James apart. 'Wat er ook gebeurt, ik wil dat jullie me beloven dat jullie voor Agnes zullen zorgen.'

Ik sperde mijn ogen open. 'Hoe bedoel je, wat er ook gebeurt?'

'Leg jij het maar aan haar uit,' zei Richard over mijn hoofd heen tegen James.

'Ik sta recht voor je. Zeg het maar.' Mijn stem liet me in de steek, en ik greep Richards mouw vast. Mijn kleine broertje was nu centimeters langer dan ik, maar hij was nog maar zeventien. 'Wat ben je van plan? Je moet je opleiding afmaken, en daarna hebben we je hier nodig.'

James legde een arm om me heen en trok me bij Richard vandaan. 'We hebben het er morgen wel over. Morgenochtend, Richard,' zei hij nadrukkelijk. 'Ik reken erop dat je er ook bij bent.'

Richard knikte. Hij keek ons na toen we naar boven gingen en verdween toen om de hoek van de gang.

Op de een of andere manier wist ik die avond de slaap te vatten, maar de volgende ochtend werd ik met een zenuwachtig gevoel in mijn buik wakker. Ik schudde James wakker. 'Er is iets mis,' fluisterde ik. Mijn stem was als een angstig sissen tussen mijn tanden.

We kleedden ons snel aan en haastten ons naar beneden, waar Claudia in de keuken al neuriënd druk bezig was om de kokkin te helpen met het ontbijt. Richard stond altijd vroeg op en had er dus al moeten zijn, bij de kokkin bedelend om iets van het schamele beetje deeg dat ze wist te maken, ook al was de suiker schaars. De stralende glimlach van Claudia verdween op slag toen ze onze gezichten zag.

Een snelle zoektocht van het huis en het omringende terrein leerde ons dat Richard en zijn koffer verdwenen waren. Ik was er zeker van dat hij niet kon zijn vertrokken zonder afscheid te nemen, of zonder een briefje achter te laten. Het huis was in rep en roer, met James als middelpunt die trachtte de storm te bezweren. Mijn gedachten buitelden over elkaar heen, totdat ik opeens aan het speelhuisje moest denken.

Ik rende zo vlug als ik kon naar het vervallen bouwsel bij de stallen. De scharnieren van de deur hadden al lang losgelaten, en ik dook naar binnen. Mijn blik scheerde door de schimmelige ruimte.

Toen zag ik het: een stukje papier dat onder een roestige tinnen koffiebeker uitstrak die midden in de kamer stond. Richard moest hebben geweten dat ik het daar meteen zou zien. Ik vouwde het papiertje met trillende handen open.

'Lieve Sylvia,' had hij geschreven. 'Het spijt me dat ik op deze manier ben vertrokken, maar ik weet dat je het me zult vergeven. Ik denk dat je dit briefje snel zult vinden, maar niet zo snel dat je me kunt tegenhouden. Andrew en ik hebben zitten denken, en wat Claudia vanavond zei, heeft ertoe geleid dat ik de knoop heb doorgehakt. We gaan in dienst en zullen die moffen een pak voor hun lazer geven. Niemand zal zeggen dat de Bergstroms laffe honden zijn, of dat we niet loyaal zijn, niet als ik iets kan doen om het tegendeel te bewijzen. Vergeet niet wat ik je heb laten beloven. Maak je geen zorgen. Ik red me wel.'

Ik rende terug naar huis, het briefje tegen mijn borst gedrukt. De anderen hadden niet eens gemerkt dat ik weg was, en ze hielden op met praten toen ik binnenkwam. Ik stak hun het papiertje toe en liet me in een stoel vallen. James rende naar me toe en hield mijn hand vast toen hij met een grimmig gezicht het briefje las.

Hij kneep het fijn in zijn vuist. 'Ik haal Harold, en dan pakken we de eerste de beste trein naar Philadelphia.'

'Hoe weet je dat hij in Philadelphia zit? Hij kan net zo goed hier in dienst gaan.'

'Andrew zit in Philadelphia, en uit zijn briefje maak ik op dat ze samen willen gaan.' Omwille van de anderen hield hij zijn stem kalm, maar zijn ogen vertelden me de waarheid. Hij wist niet of Richard naar Philadelphia was gegaan, maar aan te nemen viel van wel. Hopelijk was het waar.

'James, als hem iets overkomt...'

James pakte mijn schouders met beide handen beet. 'Maak je geen zorgen. Ik regel het wel.' Hij gaf me snel een zoen en ging toen zijn spullen pakken.

Twee dagen later stuurden hij en Harold ons een telegram met vreselijk nieuws.

Ze hadden Richard in Philadelphia aangetroffen, waar hij zijn spullen aan het pakken was. Andrew en hij waren al in dienst gegaan en moesten zich over minder dan twee weken melden. Richard en Agnes waren getrouwd, met aarzelende toestemming van de familie Chevalier. James en Harold zouden hen mee terug naar Elm Creek Manor nemen.

Toen James en Harold eindelijk thuiskwamen, zagen ze er berustend uit. De Puzzle was in tranen, en Richard kon zijn opwinding amper bedwingen. Ik sloeg mijn armen zo stevig om hem heen dat hij bijna geen adem kon halen. 'Wat heb je gedaan?' riep ik uit. Ik rekende er niet op dat hij antwoord zou geven.

Die avond, toen James en ik alleen waren, nam hij me in zijn armen. Op zijn gezicht was een vreemde uitdrukking te zien: spijt, liefde, bezorgdheid; ik weet het niet. Ik nam aan dat hij dacht dat ik kwaad was, dat hij dacht dat hij had gefaald.

'James, ik weet dat je je best hebt gedaan,' zei ik in een poging hem te troosten. 'Ik weet dat je hem probeerde tegen te houden. Het is nu in Gods handen.'

'Sylvia, ik ga het ook doen.'

Ik staarde hem aan. 'Wat doen?'

'Het was de enige manier, Sylvia, het was de enige manier. Hij was al in dienst gegaan, en als ik meteen tekende, konden we in dezelfde eenheid worden geplaatst. Harold heeft ook getekend, al weet ik niet goed waarom. Het was duidelijk dat hij dat niet echt wilde.'

'Mijn God.' Ik drukte mijn vingers tegen mijn lippen en liet me op het bed zakken. De kamer leek om me heen te draaien.

'Ik zal op hem letten. Dat beloof ik. Ik beloof dat we allemaal weer veilig thuis zullen komen. Sylvia, ik geef je mijn woord. Ik zal altijd weer thuiskomen, bij jou.'

Wat kon ik toen nog zeggen? Wat kon hij nog zeggen?

De volgende morgen hoorden we dat Harold Claudia had gevraagd of ze met hem wilde trouwen, en ze had ja gezegd. Ik probeerde blij voor haar te zijn.

Na de kortste week van mijn leven verlieten James, Richard en Harold ons. Toen ik ontdekte dat ik in verwachting was, werden zij naar de Stille Oceaan gestuurd om tegen de Japanners te vechten.

De optocht was afgelopen, en toen een jazzkwartet in de muziektent begon te spelen, vulde het plein zich met feestgangers. Mevrouw Compson, Sarah en Matt zaten een tijdje zwijgend te luisteren.

Toen stond mevrouw Compson op. 'Ik heb nu wel zin om naar de quilts te gaan kijken, jullie ook?' Haar glimlach was geforceerd. 'Misschien heb ik wel een paar prijzen gewonnen.'

Sarah knikte, en Matt probeerde te glimlachen. Ze liepen langs de route die de optocht had gevolgd naar de campus.

21

Twee vrouwen die bij de ingang van de bibliotheek zaten, namen hun entreegeld in ontvangst en gaven hun een programmaboekje. Tot Sarahs teleurstelling waren ze te laat om nog voor de publieksprijs te kunnen stemmen.

'Hup, jullie,' zette mevrouw Compson hen aan, 'als jullie de hele tijd zo blijven treuzelen, missen jullie alles.'

De zaal van de bibliotheek stond vol enthousiaste quiltliefhebbers van uiteenlopende leeftijden, en in de stands die Sarah had geholpen op te bouwen was nu het handwerk van de quilters te zien. Ze bekeken de quilts stuk voor stuk en keken in het programmaboekje om te zien wie de maakster was en hoe die over haar werk dacht. Leden van de vereniging mengden zich onder het publiek. Ze droegen witte handschoenen zodat ze een quilt konden omdraaien wanneer iemand de achterkant wilde zien.

Mevrouw Compson wist zoveel over patronen, ontwerpen en naaitechnieken dat Matt en Sarah het gevoel kregen dat ze door een deskundige gids door een museum werden geleid. Het viel Sarah op dat andere bezoekers vaak even bleven staan zodat ze konden meeluisteren naar de uitleg die mevrouw Compson gaf, waarbij ze vaak instemmend knikten.

Tot Sarahs genoegen kon ze, ook al was ze een beginner, bij een onbekend blok snel zien hoe het precies was gemaakt. Ze zag dat de subtiele variaties in kleur en contrast een traditionele quilt konden laten opvlammen, en dat bij andere quilts de traditionele technieken werden gebruikt als uitgangspunt voor bijzonder vooruitstrevende ontwerpen. Al snel veranderde de tentoonstelling in een duizelingwekkend en fascinerend spektakel van kleuren en patronen; alle mogelijkheden die ze zag waren inspirerend, maar tegelijkertijd merkte ze dat haar eigen eenvoudige blokken hierbij in het niet vielen.

'Ik zal nooit zo'n quilt kunnen maken,' zei ze toen ze naar een bijzonder indrukwekkende variatie op het Dresden Plate-blok keek. De wielvormige blokken hadden uit lapjes opgebouwde 'spaken' waarvan de kleuren naar buiten toe steeds sterker werden. Een rand van patchwork die nog het meest op een gedraaid lint leek, vormde de rand. De steekjes waarmee was doorgepit waren zo klein dat ze niet echt leken.

'Zo'n quilt moet je ook niet maken. Je moet je eigen quilt maken,' wees mevrouw Compson haar terecht.

'Ik bedoelde dat ik nooit een quilt zal kunnen maken die zo volmaakt is.'

'Niet met die houding, nee,' zei Matt grijnzend.

'Dat vind ik ook.' Mevrouw Compson keek Sarah streng aan. 'De maakster van deze quilt was al bezig haar techniek te verfijnen toen jij nog op de middelbare school zat. Als je nu al besluit dat je nooit zo'n mooie quilt zult kunnen maken, dan zal dat ook nooit gebeuren en kan ik net zo goed met mijn lessen stoppen. Als je echter van plan bent om vol te houden en niet vergeet dat er maar heel weinig eerste quilts zo mooi zijn als deze, nou, dan is er misschien nog hoop voor je.' Ze draaide zich om en liep naar de volgende quilt.

'Zie je wel? Ik heb het je altijd al gezegd: positief denken,' zei Matt over zijn schouder toen hij achter mevrouw Compson aan liep.

Sarah ging zuchtend achter hen aan.

De Tangled Web Quilters hadden het goed gedaan. Bonnies blauw met gouden quilt met een patroon van Keltisch knoopwerk had de eerste prijs in de categorie appliqueren/groot formaat gewonnen, en Judy's quilt met een variatie op het Log Cabin-patroon had een eerste prijs in de categorie patchwork/klein formaat gewonnen. Gwen en Summer deelden een tweede prijs met hun vernieuwende ontwerp voor een quilt met stamboom, waarin technieken als patchwork, appliqueren en het overtrekken van foto's waren verwerkt. Toen Sarah naast Dianes wandkleed met geappliqueerde bloemen een derde prijs zag hangen, was ze blij voor haar vriendin. Ze keek bewonderend naar het lint en beloofde zichzelf dat ze volgend jaar ook een quilt zou insturen.

Matt, die dolgraag wilde weten hoe mevrouw Compson het had gedaan, ging alvast op zoek naar haar inzending.

'Mevrouw Compson, denkt u dat ik mijn quilt op tijd af zal kunnen krijgen voor mijn trouwdag?' vroeg Sarah zodra Matt buiten gehoorsafstand was.

'Dat hangt ervan af wanneer jullie trouwdag is.'

'Vijf augustus. Ik wil de quilt dan graag af hebben, zodat ik hem Matt cadeau kan geven. Het is onze eerste trouwdag in Waterford, en daarom wil ik hem iets bijzonders geven. Wat is er unieker dan mijn eerste quilt? Ik zou de blokken graag volgens het Garden Maze-patroon aan elkaar willen zetten, en misschien neem ik ook wel een rand van patchwork.'

Mevrouw Compson hief grinnikend haar handen op. 'Rustig aan. Je moet nog steeds een paar blokken afmaken. Vijf augustus, hè? Dat wordt erg krap, ook als ik je zou helpen.' Ze dacht even na. 'Misschien is het tijd om je te laten zien hoe je met een naaimachine moet werken. Ik zou je de mijne kunnen laten gebruiken.'

'Echt?'

'Als je belooft dat je voorzichtig zult zijn.' Ze gingen de hoek om en zagen dat Matt breed grijnzend voor de quilt van mevrouw Compson stond. 'Maar u mag niets tegen Matt zeggen. Het moet een verrassing blijven.'

Mevrouw Compson knikte en baande zich door de toeschouwers een weg naar haar quilt, met Sarah vlak achter haar. Ze herkende het patroon met de achtpuntige ster in blauw, paars, groen en ivoorwit meteen. Het was dezelfde quilt die ze tijdens haar eerste bezoek aan Elm Creek Manor op de bank had zien liggen.

Naast de quilt hingen een blauw lint, ten teken dat deze quilt de eerste prijs in de categorie patchwork/groot formaat had gewonnen, het paarse lint van de juryprijs, nog een paars lint voor de beste met de hand gemaakte quilt en het gouden lint dat aangaf dat dit de beste quilt van de hele tentoonstelling was.

'U hebt meer prijzen gewonnen dan wie dan ook!' riep Sarah uit.

Mevrouw Compson boog zich voorover om de linten beter te bekijken. 'Hm. Geen publieksprijs?' Haar stem klonk geamuseerd, maar Sarah kon merken dat ze in haar nopjes was.

'Gefeliciteerd, mevrouw Compson.' Matt tikte even tegen zijn pet.

'Nou, dankjewel, Matthew.'

Andere bezoekers, die hem hadden gehoord, kwamen mevrouw Compson ook feliciteren. Ze nam hun gelukwensen dankbaar in ontvangst.

'Sarah?' riep iemand.

Sarah draaide zich om en ving in het groepje mensen achter hen een glimp van een dos rood haar op. 'O, hallo. Ik hoopte al dat ik jullie zou treffen. Ik wil jullie aan iemand voorstellen.' Ze wenkte naar mevrouw Compson, en ze baanden zich een weg door de mensen. 'Gwen, Bonnie en Summer, dit is mevrouw Compson. Mevrouw Compson, dit zijn Gwen, Bonnie en Summer, een paar leden van de Tangled Web Quilters.'

'We kennen elkaar al,' zei Bonnie.

Mevrouw Compson knikte vriendelijk naar iedereen en wendde zich toen tot Gwen. 'Het is me een genoegen u te leren kennen. Ik kijk erg uit naar het gastcollege van volgende week.'

'Mijn studenten ook. Ze zullen onder de indruk zijn als ze hiervan horen.' Gwen knikte naar de prijzen.

'O, wat hebt u allemaal gewonnen?' vroeg Summer. Ze deed een stap naar voren, zodat ze het beter kon zien. Mevrouw Compson ging naast haar staan en gaf antwoord op het snelle spervuur van vragen waarmee Summer haar overspoelde.

Gwen pakte Bonnie bij haar elleboog voordat die zich bij Summer kon voegen. 'Waar is mevrouw Emberly?' fluisterde ze nerveus.

'Ze is al weggegaan, samen met Judy en Emily.' Bonnie wendde zich tot Sarah. 'Judy ging nogal tekeer toen ze te horen kreeg dat de wandelwagen niet naar binnen mocht. Diane zou trots op haar zijn geweest.'

Gwen liet Bonnies arm los. 'Godzijdank. Dat scheelde niet veel.'

Sarah fronste. 'Wat bedoel je? Wat is er aan de hand?'

Gwen en Bonnie keken elkaar even aan. 'Mevrouw Compson en mevrouw Emberly zijn niet bepaald...' Bonnie aarzelde. 'Nou, je weet al dat mevrouw Emberly heeft gezegd dat ze onenigheid hebben gehad, maar het is erger dan dat. Het zou erg vervelend zijn als ze elkaar hier tegen het lijf zouden lopen.'

'Er gaan geruchten dat ze al meer dan vijftig jaar ruzie met elkaar hebben,' voegde Gwen eraan toe. 'Toen ze niet in hetzelfde stadje woonden, konden ze elkaar gewoon negeren, maar het is ingewikkelder geworden nu mevrouw Compson weer in Waterford woont.'

Sarah dacht even na. 'Was mevrouw Emberly een van de dames die mevrouw Compson uit het Waterford Quilting Guild heeft gezet?'

Gwen sperde haar ogen open en wisselde een verbaasde blik met Bonnie uit. 'Is ze eruit gezet? Dat is nieuw voor me. We wisten niet eens dat ze lid is geweest.'

'Maar dat is het niet,' zei Bonnie. 'Het is een familieruzie. Mevrouw Emberly en mevrouw Compson zijn schoonzussen.'

Schoonzussen? 'O, mijn hemel. Mevrouw Emberly is de Puzzle.'

'De wat?'

'Niets. Ik bedoel, ze heet Agnes, toch? Degene die trouwde met Richard, de broer van mevrouw Compson?'

Gwen knikte. 'Ja, dat klopt.'

'Die twee.' Bonnie schudde geërgerd haar hoofd. 'Het is zo zonde, vooral omdat er bijna niemand van die familie over is. Echt, dat je je eigen schoonzus bij een quilttentoonstelling liever uit de weg gaat dan dat je met haar praat...'

'Misschien moeten we maar ophouden om hen daarbij te helpen,' bedacht Gwen. 'Misschien komt het tot een soort verzoening als ze gedwongen zijn om met elkaar te praten.'

Bonnie keek weifelend. 'Ik weet het niet. Ik heb de indruk gekregen dat Sylvia Compson erg snel uit haar slof kan schieten.'

'Dat weet ik niet,' zei Gwen. 'Maar wat denk jij, Sarah? Jij kent haar vrij goed.'

'Blijkbaar is er veel wat ik niet weet.' Sarah voelde haar gedachten over elkaar heen buitelen. Als mevrouw Emberly de Puzzle was, moest ze dan geen Agnes Chevalier in plaats van Agnes Emberly heten? Of nee, dat klopte ook niet, het zou Agnes Bergstrom moeten zijn.

Net toen Sarah Bonnie en Gwen om meer details wilde vragen, kwamen mevrouw Compson en Summer weer bij hen staan. 'Willen jullie de rest van de tentoonstelling nog zien?' vroeg mevrouw Compson.

Sarah knikte. De Tangled Web Quilters liepen mee terwijl ze naar de overige quilts keken. Mevrouw Compson babbelde op plezierige wijze met het groepje, vooral met Summer, maar Sarah kreeg amper iets van het gesprek mee. Ze had uit de opmerkingen van mevrouw Emberly moeten opmaken dat haar relatie met Elm Creek Manor dieper ging dan ze deed voorkomen.

Na de tentoonstelling gingen Sarah, Matt en mevrouw Compson ergens op een terras een hapje eten, en daarna gingen ze naar het stadion van Waterford College om naar het vuurwerk te kijken. Matt en mevrouw Compson uitten verrukte en opgetogen kreten bij het zien van het kleurige spektakel boven hun hoofden, maar Sarah keek zwijgend toe. Toen mevrouw Compson haar aankeek en opmerkte dat ze zo stil was, deed ze haar best om vrolijk en ontspannen over te komen. Mevrouw Compson leek daar tevreden mee te zijn, maar Sarah bleef bezorgd. De stille, aardige vrouw die ze dankzij de Tangled Web Quilters had leren kennen, leek in de verste verte niet op het dwaze, vermoeiende meisje uit de verhalen van mevrouw Compson. Mevrouw Compson was een groter raadsel dan Agnes Chevalier ooit was geweest.

22

Op maandagmiddag begon mevrouw Compson de quiltles door Sarahs blokken op de tafel neer te leggen. Ze controleerde de lijst van resterende blokken, rekende een paar dingen met een rekenmachine uit en maakte toen wat aantekeningen op een kladblok. 'In het weekend heb je het Lancaster Rose-blok afgemaakt, dus we zitten nu op acht. Het verbaast me dat je het zo snel af hebt.'

'Ik vind appliqueren leuk. Wat bent u aan het doen?' Sarah gebaarde naar de rekenmachine. 'Ik ben goed in rekenen. Kan ik helpen?'

'Dank je, meisje, maar ik ben net klaar. Ik heb de noodzakelijke berekeningen voor je Garden Maze gemaakt.' Ze fronste. 'Als ik je vandaag wil laten zien hoe je met de naaimachine moet werken, kunnen we beter een van je gemakkelijke blokken nemen. Laten we de Sister's Choice nemen.'

'Maakt het voor de voltooide quilt nog veel uit of de blokken met de hand of met de machine zijn gemaakt?'

'Nee, niet echt.' Mevrouw Compson pakte de spullen waarmee Sarah haar mallen maakte en legde ze op tafel.

Nadat Sarah de mallen had gemaakt en de stof voor de blokken had uitgeknipt, liet mevrouw Compson haar zien hoe ze de naaimachine moest gebruiken. Met de oude vrouw aan haar zijde maakte Sarah eerst een paar proeflapjes voordat ze haar quiltblokken onder de naald legde. Ze had voor het laatst een naaimachine gebruikt bij de handwerklessen op de middelbare school, maar het duurde niet lang voordat ze de werking van het kleine zwarte apparaat onder de knie had. Ze vouwde een naad open met haar vinger en inspecteerde glimlachend de keurige, regelmatige steken. Dit ging zeker stukken sneller dan met de hand.

'Waar kan ik zo'n machine kopen?' wilde Sarah weten.

'Hm. Dat hangt ervan af. Hoeveel wil je uitgeven?'

'Is het zo erg?'

'Ik heb de mijne jaren geleden nieuw gekocht, maar als je er nog een kunt vinden, en als de eigenares er afstand van wil doen, betaal je tussen de drie- en vijfhonderd dollar, afhankelijk van de staat. Er gaan natuurlijk verhalen van mensen die enorm veel geluk hebben gehad en er op een rommelmarkt eentje voor een fractie van die prijs op de kop hebben getikt.' Mevrouw Compson hield haar hoofd scheef. 'Natuurlijk kun je altijd...' Ze zweeg plotseling en glimlachte, met ogen die glansden van pret.

'Wat? Wat kan ik altijd?'

'Laat maar.' Maar er speelde een vage glimlach rond haar mondhoeken. Sarah vermoedde dat ze iets in haar schild voerde, maar toen ze dat zei, glimlachte mevrouw Compson alleen maar.

De volgende morgen werd Sarah met een zenuwachtig gevoel in haar buik wakker. Toen ze naar de badkamer liep om een douche te nemen, zei ze tegen zichzelf dat ze zich niet zo moest aanstellen. Mevrouw Compson was degene die Gwens studenten moest toespreken, niet Sarah. Het enige waar zij zich druk over hoefde te maken, was de bediening van de diaprojector.

Ze trok het pakje aan dat ze ook altijd bij sollicitatiegesprekken droeg en bracht haar lange haar zorgvuldig in model in plaats van het in een paardenstaart te dragen, zoals ze gewoonlijk deed. Toen Sarah en Matt bij Elm Creek Manor aankwamen, stond mevrouw Compson in de gang aan de achterzijde te wachten naast een doos dia's en aantekeningen. Ze droeg een fraai roze pakje van lichte stof en een parelketting.

Matt wenste hun veel succes en liep naar de tuin, terwijl Sarah mevrouw Compson hielp om haar spullen in de auto te leggen. Toen ze naar Waterford College reden, gaf mevrouw Compson Sarah op de valreep nog wat instructies. Sarah luisterde goed en knikte wanneer dat gewenst was, maar haar maag draaide zich voortdurend om.

De bewaker aan de westzijde van de campus gaf hun een parkeerkaart voor een dag en een plattegrond. Toen ze hun auto wegzetten, zagen ze dat Gwen al achter het blok met collegezalen stond te wachten.

'Ik ben blij dat jullie er zo vroeg zijn,' zei ze. Ze pakte de doos met dia's van mevrouw Compson aan. 'Toen bekend werd dat u een lezing zou geven, vroegen een paar andere docenten of ze er ook bij mochten zijn. Ik zei van wel. Vindt u dat goed?'

Mevrouw Compson haalde haar schouders op. 'Het maakt mij niet uit. Hoe meer zielen, hoe meer vreugd.'

'Daar ben ik blij om. We moesten de lezing naar de grote gehoorzaal verplaatsen.'

'De grote gehoorzaal?' Sarahs stem trilde.

Mevrouw Compson keek verbaasd. 'Collegezaal, gehoorzaal, wat maakt het uit? Waarom zie je zo bleek?'

Gwen keek haar aandachtig aan. 'Gaat het, Sarah?'

'Ja hoor. Waarom zou het niet gaan?' Ze hoopte dat ze zelfverzekerder klonk dan ze zich voelde.

Ze voelde zich wat beter toen ze hoorde dat ze achter in de zaal in het hokje bij de projector moest gaan zitten, waar niemand haar kon zien. Gwen liet haar zien waar de schakelaars van het licht zaten en nam mevrouw Compson toen mee naar een ruimte achter het spreekgestoelte. Sarah zette ondertussen alles klaar. Al snel waren bijna alle zitplaatsen in de zaal gevuld, en Sarah kon de studenten onder haar horen roezemoezen. Het duurde niet lang voordat er gekraak uit de intercom aan haar linkerzijde klonk. 'Sarah, ben je daar?'

Ze rommelde aan het witte knopje naast de speaker. 'Ja, Gwen. Alles staat klaar.'

'Wij zijn ook klaar. Het zaallicht mag uit, het podiumlicht mag aan.'

Sarah keek naar het paneel voor haar en zag welke knoppen ze moest hebben. 'Goed, zal ik doen. Eh... over en uit.'

De studenten vielen stil toen het licht in de zaal werd gedoofd en Gwen te voorschijn kwam om mevrouw Compson aan te kondigen. Sarah vouwde haar handen ineen en legde ze in haar schoot. Tot haar opluchting werd mevrouw Compson met luid applaus begroet toen ze het podium betrad en naar het spreekgestoelte liep. Ze hield haar hoofd scheef in Sarahs richting en glimlachte, hoewel Sarah er zeker van was dat mevrouw Compson haar niet kon zien. Mevrouw Compson begroette de toeschouwers, en Sarah haalde diep adem en wendde zich tot de projector.

Sarah had aanvankelijk het idee dat de studenten een tikje sceptisch waren, maar mevrouw Compson wist hen met haar droge humor al snel voor zich te winnen. Nadat mevrouw Compson had verteld over de oorsprong van de quilt, die al ver in het verleden lag, en het gebruik van doorgepitte stoffen als stootkussens in de ridderharnassen in de middeleeuwen, besprak ze de ontwikkeling van het quilten in koloniaal Amerika en de tijd van de pioniers. Ze besloot haar lezing met een overzicht van de huidige stand van zaken. Quilten was dankzij de feesten ter herdenking van de ondertekening van de Onafhankelijkheidsverklaring weer volop in de belangstelling komen te staan, en kunstenaars van nu gebruikten alles, van traditionele patronen tot CAD-technieken. Sarah vond de lezing zo boeiend dat ze bijna een paar aanwijzingen miste, maar ze dacht niet dat iemand het had gemerkt.

Toen de lezing ten einde was, klapten de studenten vol enthousiasme voor mevrouw Compson. Ze knikte en nam het applaus vol waardigheid in ontvangst. Sarah deed het licht aan en zag dat sommige studenten de zaal verlieten, maar andere liepen naar voren om vragen te stellen. Sarah keek even naar het podium, waar mevrouw Compson al snel werd omringd door studenten, en besloot zich nuttig te maken door de dia's alvast in te pakken. Toen ze het hokje met de projector verliet en met de doos naar het podium liep, namen mevrouw Compson en Gwen net afscheid van een treuzelende student.

'Dat was erg interessant, mevrouw Compson,' zei Sarah. 'U hebt het uitstekend gedaan.'

'Wie had ooit kunnen denken dat jonge mensen grappen over quilts zo leuk zouden vinden.' Mevrouw Compson schudde haar hoofd, alsof ze verbaasd was, maar ze keek verheugd.

Gwen ook. 'Ik kan niet vaak genoeg bedankt zeggen, mevrouw Compson. Ik weet zeker dat mijn studenten er veel van hebben opgestoken.'

Mevrouw Compson gaf haar een klopje op haar arm. 'Als je nog eens wilt dat ik een gastcollege geef, hoor ik het wel. Ik vond het erg leuk om te doen.'

Sarah hoorde de opmerking en probeerde onbewogen te blijven. Vanbinnen had ze echter het gevoel dat ze het uit wilde schreeuwen, zo triomfantelijk voelde ze zich. Ze stond te popelen om het aan Matt te vertellen.

'Daar houd ik u aan,' zei Gwen. Ze liep met hen mee naar de auto, en net toen ze weg wilden rijden, keek ze door het raampje aan de passagierskant naar binnen. Ze keek veelbetekenend naar Sarah en toen naar mevrouw Compson. 'Misschien kan Sarah u overhalen om deze week eens naar de bijeenkomst van de Tangled Web Quilters te komen?'

'Dat heb ik al geprobeerd, geloof me,' zei Sarah.

Mevrouw Compson kneep haar lippen opeen. 'Dat is niet het Waterford Quilting Guild?'

'Nee. We hebben ons lang geleden al afgescheiden.'

'Goed, dan wil ik er wel over nadenken.'

Gwen lachte. 'Ik hoop u daar te zien.' Ze deed een stap bij het raampje vandaan en wuifde. Daarna liep ze weer naar binnen.

Sarah reed terug naar Elm Creek Manor.

'Dat ging best goed, vond je niet?' vroeg mevrouw Compson.

'O, zeker. Ze hingen aan uw lippen.'

'Nou ja, ik heb ooit lesgegeven. Handvaardigheid.'

'Dat wist ik niet. U hebt me wel verteld dat u hebt gestudeerd. Maar ik dacht dat u met uw studie was gestopt.'

'Ja, maar ik ben later weer gaan studeren en heb toen mijn titel gehaald. Maar dat was niet aan Waterford College.'

Sarah knikte. Mevrouw Emberly had iets dergelijks tijdens een van de bijeenkomsten verteld, maar het leek haar niet verstandig om dat nu tegen mevrouw Compson te zeggen. Nog niet.

Nu ze waren geïnspireerd door de succesvolle lezing van mevrouw Compson, besloten ze het werk dat boven op hen wachtte te negeren en de rest van de middag te gaan quilten. Toen Sarah en Matt die avond naar huis reden, vertelde ze hem over het college, en, nog belangrijker, over wat mevrouw Compson tegen Gwen had gezegd. 'Ze zei dat ze het graag nog eens wilde doen. Dat moet wel betekenen dat ze erover denkt om te blijven, denk je ook niet? Ik bedoel, ze kan moeilijk college gaan geven als ze niet in Waterford woont.'

Matt knikte nadenkend. 'Het lijkt me een goed teken.'

'Lijkt? Als ze het idee heeft dat mensen haar nodig hebben, heeft ze een reden om te blijven, nietwaar?'

'Ga er niet te veel van uit, liefje. Ik wil niet dat je gekwetst wordt als het toch anders loopt.'

Sarah sloeg haar ogen ten hemel. 'Nou, als dat geen indruk maakt, doet dit dat misschien wel: ze denkt er ook over om bij de Tangled Web Quilters te gaan.'

'Weet ze dat mevrouw Emberly lid is?'

Sarah zweeg even. 'Dat weet ik niet. Ik denk het niet.'

'Hoe ga je haar dat vertellen?'

'Dat weet ik niet.' Sarah zakte fronsend weg in haar stoel, verslagen.

Ze reden de parkeerplaats op. Matt sloeg een arm om haar

schouder toen ze de deur opende en naar binnen liep. 'Sarah, er zit me iets dwars aan University Realty.'

'Iets? Alles eraan zit me dwars.'

Matt deed zijn honkbalpet af en haalde zijn hand door zijn haar. 'Ik heb uit zitten rekenen hoeveel het zou kosten om Elm Creek Manor tot losse appartementen om te bouwen en snap niet hoe University Realty daar ooit winst op zou kunnen maken. Ze zouden alleen al idioot hoge huren moeten berekenen om quitte te draaien, en die kan geen student betalen. En de meeste studenten willen toch een woning die van alle moderne gemakken is voorzien. Daar willen ze geen afstand van doen, ook niet als ze er een monumentaal pand voor terugkrijgen. Zeker niet als dat pand niet op loopafstand van de campus ligt.'

'Ik vond het ook niet erg logisch klinken.'

'De verbouwingskosten zijn slechts een deel van het probleem. Tony is momenteel bezig met een soortgelijk project, maar dan op kleinere schaal, een pand van twee verdiepingen bij het centrum waarvan de eigenaren drie appartementen willen maken. Je wilt niet weten aan hoeveel wetten en regels de eigenaar moet voldoen en hoeveel hij aan leges moet betalen om zijn appartementen als huurwoningen te kunnen aanbieden.' Hij schudde zijn hoofd. 'Ik snap het niet. Het zou veel logischer zijn als University Realty gewoon een lap grond zou kopen en daar een nieuw studentenhuis neer zou zetten.'

Sarah voelde dat haar hart sneller begon te kloppen. 'Misschien zijn ze daar wel mee bezig.'

'Hoe bedoel je?'

'Misschien gaat het hun om de grond, en niet om het huis zelf.'

Matt sperde zijn ogen open. 'Je bedoelt dat ze het huis willen afbreken...'

'En er een nieuw studentenhuis willen neerzetten, precies zoals je al zei.' Sarah rekende razendsnel uit hoeveel moderne woningen er op die lap grond konden worden geperst, woningen die ervoor zouden zorgen dat Greg Krolich elke maand een flink bedrag aan huur kon opstrijken. 'Dat zijn ze van plan. Het kan bijna niet anders.'

'Maar dat is gekkenwerk. Elm Creek Manor verbouwen is één ding, maar het afbreken is een heel ander verhaal. Mevrouw Compson zou het nooit verkopen als ze zou weten dat ze dat van plan zijn.'

'Ik denk dat ze het niet weet. Wij weten het niet eens zeker. Maar bedenk eens hoe zorgvuldig Krolich zijn woorden koos. Weet je nog dat mevrouw Compson zei dat ze bang was dat de studenten er een bende van zouden maken en dat hij toen zei dat dat nooit zou gebeuren? Ik durf te wedden dat hij dat zei omdat er geen Elm Creek Manor meer zal zijn waarvan ze een bende kunnen maken.'

'We moeten het tegen haar zeggen.'

'Maar niet voordat we het zeker weten. Ik wil haar niet onnodig van streek maken.'

'Ik zal het er met Tony over hebben. Hij woont hier al eeuwen en kent iedereen in dat wereldje.' Matt stak zijn hand uit en streelde die van Sarah. 'Maak je maar geen zorgen. We komen er wel achter wat er aan de hand is en zeggen het tegen mevrouw Compson voordat ze ook maar iets tekent. Het is haar thuis, en we moeten de beslissing die zij neemt respecteren, maar ze heeft recht op de waarheid.'

Sarah knikte. Hoe kon ze zich nu geen zorgen maken? Net had ze nog gedacht dat mevrouw Compson en Elm Creek Manor er in elk geval deze zomer nog voor haar zouden zijn. Nu had ze het gevoel dat ze nu al leken te verdwijnen.

23

De volgende morgen was Sarahs stemming lang niet zo zonnig en aangenaam als het weer buiten. Ze slofte van de auto naar de achtertrap van het landhuis, met haar beste blauwe nette pakje op een hangertje.

Mevrouw Compson begroette haar glimlachend bij de achterdeur. Haar ogen glansden. 'Kom je mee naar boven? Dan beginnen we meteen.'

Sarah had slecht geslapen omdat ze zich het lot van Elm Creek Manor zo aantrok. Wat het nog erger maakte, was dat ze het gevoel had dat ze zich onvoldoende had voorbereid op het sollicitatiegesprek van later die dag. Ze hing het hangertje aan de deurknop en antwoordde halfslachtig op mevrouw Compsons enthousiaste begroeting. 'Ik heb vanmiddag weer een gesprek, wist u dat al?' vroeg ze toen ze achter de oude vrouw de trap op liep.

Mevrouw Compson leek even te schrikken. 'O, ja, natuurlijk. Dat is goed, hoor. Je doet het vast en zeker goed.' Ze liep de overloop over, maar ging voorbij de kamer waaraan ze twee dagen eerder waren begonnen maar die ze nog niet hadden afgemaakt.

Sarah bleef aarzelend bij de deur staan. 'Mevrouw Compson?'

'Hè?' Mevrouw Compson draaide zich om. 'O ja, die kamer. Maak je daar nu maar niet druk om. Ik wil dat je vandaag iets anders voor me doet.' Ze liep weer verder en gebaarde dat Sarah haar moest volgen.

Sarah liep achter haar aan, zich afvragend wat mevrouw Compson die ochtend bezielde.

Mevrouw Compson bleef voor een deur aan het einde van de overloop staan. 'Dit was de kamer van mijn zus,' zei ze, met haar hand op de deurknop. 'Ik beken eerlijk dat ik het opruimen van deze kamer zo lang mogelijk heb uitgesteld, maar gisteren dacht ik er ineens aan dat... Nou ja, laat maar. Je ziet het zelf wel.' Ze deed de deur open en gebaarde dat Sarah voor haar naar binnen moest gaan.

Deze kamer was niet al te lang geleden nog gebruikt, in tegenstelling tot de andere kamers. Op het tweepersoonsbed lag een wit met roze quilt, en op het nachtkastje stond een witte lamp met een roze kap met franje. Witte vitrage, die aan ringen aan de roede hing, woei zachtjes heen en weer in de bries die door het open raam in de westgevel naar binnen kwam. Een kleine, vierkante quilt van roze, gele en witte driehoeken in de vorm van een mandje hing aan de muur tegenover het bed.

Mevrouw Compson gebaarde dat Sarah haar moest volgen naar de kamer die aan de slaapkamer grensde. Het was waarschijnlijk de naaikamer van Claudia geweest, gokte Sarah toen ze een naaimachine zag staan. Hij leek op de machine van mevrouw Compson, alleen was het verweven patroon dat in goud op het glanzende zwart was geschilderd een tikje anders en stond deze machine op een houten tafel met een la.

Mevrouw Compson trok de stoel onder de tafel vandaan en gebaarde dat Sarah moest gaan zitten. 'Wat vind je ervan? Bevalt hij je?'

Sarah liet haar hand over het gladde, gewreven oppervlak van de tafel gaan. 'Hij is prachtig.'

'Hij is voor jou.'

'Voor mij?'

'Zie het als de bonus voor de werknemer van de maand. Nee, het is niet hetzelfde model als de mijne, maar hij naait in mijn ogen even goed. Je kunt hem alleen niet gemakkelijk verplaatsen omdat hij aan de tafel is vastgeschroefd. Het lichtje zit achter op de machine, en niet naast de naald, maar als je links van je een sterke lamp neerzet, kun je alles toch goed zien.'

'Mevrouw Compson, ik kan deze niet aannemen. Het is te...'

'Wat? Vind je hem niet mooi?'

'Bent u gek? Ik vind hem prachtig.'

'Nou, zeg dan ja en wees dankbaar.' Sarah wilde iets zeggen, maar mevrouw Compson hief haar hand op om haar tot zwijgen te brengen. 'Maak een oude vrouw eens blij en neem dat ding gewoon aan. Je wilt me toch niet beledigen?'

Sarah grijnsde. 'O nee. Allesbehalve dat.'

Nadat Sarah naar beneden was gerend om de lapjes voor haar Sister's Choice te halen, liet mevrouw Compson haar zien hoe ze de machine moest bedienen. De machine had allerlei hulpstukken waarvan de bedoeling Sarah niet meteen duidelijk was, en ze merkte al snel dat ze het apparaat beter kon bedienen wanneer ze haar schoen uittrok. Het pedaal was namelijk niet meer dan een enkele knop die ze met de grote teen van haar rechtervoet kon indrukken.

Matt verbaasde hen door al vroeg voor het middageten te arriveren.

'Kijk eens naar mijn nieuwe speelgoed, lieverd,' begroette Sarah hem. Mevrouw Compson moest lachen.

Matt liet een afgemeten glimlachje zien. 'Dat is heel mooi, Sarah. Mevrouw Compson, zou u het erg vinden als ik Sarah iets vroeger naar haar sollicitatiegesprek breng? Ik heb een bespreking met mijn baas in de stad en mag niet te laat komen.'

'Ach, en we hadden net zo'n pret.'

'Ik kom na het gesprek weer terug,' beloofde Sarah. 'Per slot van rekening moeten we vandaag nog een paar klussen klaren, nietwaar?'

Sarah en Matt droegen de naaimachine naar beneden, terwijl mevrouw Compson bijna blaffend aanwijzingen en waarschuwingen gaf, en zetten hem in de zitkamer in de westvleugel, tegenover de bank. Sarah trok haar pakje aan en ging naast Matt in de auto zitten.

'Ik heb geen bespreking, Sarah,' zei hij zodra ze het portier had gesloten. 'Ik wilde je iets vertellen, iets wat je niet leuk zult vinden.'

'Wat is er dan?'

Matt startte de auto. 'Tony heeft een vriend gebeld die op de afdeling vergunningen bij de gemeente werkt. University Realty heeft een sloopvergunning aangevraagd.'

'Voor Elm Creek Manor?'

Matt knikte. Hij hield zijn ogen op de onverharde weg gericht. Ze passeerden de schuur en reden het bos in.

'Maar ze hebben het nog niet eens gekocht!' riep ze uit. 'Waarom vragen ze nu al een vergunning aan?'

'Tony zegt dat het soms wel een half jaar duurt voordat de welstandscommissie toestemming geeft voor het afbreken van een monumentaal pand. Blijkbaar wil Krolich beginnen met slopen zodra hij het huis heeft aangekocht.'

'Ik kan gewoon niet geloven dat hij Elm Creek Manor probeert te kopen zonder mevrouw Compson te vertellen wat hij van plan is. We moeten iets doen.'

'Dat weet ik.'

Sarah dacht even na. 'Laten we nu meteen naar hem toe gaan.'

Matt keek haar even aan en richtte zijn blik toen weer snel op de smalle weg. 'En je gesprek dan?'

'We hebben tijd genoeg.'

Het duurde niet lang voordat Matt de auto parkeerde voor het twee verdiepingen tellende Victoriaanse pand waar het kantoor van University Realty was gevestigd. Terwijl Matt de parkeermeter volgooide, snelde Sarah naar de entree. Net toen Sarah aan de receptioniste vroeg of ze meneer Krolich kon spreken, voegde Matt zich weer bij haar.

'Wie kan ik zeggen dat er is?' vroeg de receptioniste toen ze de telefoon pakte.

'Zeg maar dat het belangrijk is.' Sarah stak haar nek uit en probeerde te zien wat er achter de balie gebeurde. Mannen en vrouwen in streng zakelijke kleding liepen door de gang, maar Krolich was nergens te zien.

'Ik moet weten hoe u heet.'

'Sarah en Matt McClure. Hij weet wie we zijn.'

De receptioniste belde naar de kamer van meneer Krolich, wisselde een paar woorden met hem en legde toen de hoorn op de haak. 'Het spijt me, maar hij heeft zo een vergadering. Misschien wilt u een afspraak maken? Volgende maand heeft hij nog wel een gaatje...'

Toen zag Sarah een bekende gestalte, en ze greep Matt bij zijn mouw. 'Daar is hij.' Ze beende de gang door, met Matt op haar hielen, zonder acht te slaan op de protesten van de receptioniste. Krolich verdween om de hoek, een kamer in. Tegen de tijd dat Sarah en Matt naar binnen stormden, stond hij bij zijn bureau.

Hij aarzelde heel even voordat hij zich in zijn hoge leren stoel liet zakken. 'Dag, Sarah. Matt.' Hij gebaarde naar twee stoelen voor zijn bureau. 'Ga zitten.'

'We blijven liever staan,' zei Sarah.

Krolich haalde zijn schouders op. 'Ook goed. Nou, waaraan heb ik het genoegen van dit onverwachte bezoek te danken? Heb je toch belangstelling voor die baan, Sarah?'

'We willen weten wat u precies met Elm Creek Manor van plan bent.'

Krolich fronste. 'Je begrijpt toch wel dat ik vertrouwelijke zakelijke aangelegenheden uitsluitend met mijn cliënten en dergelijke partijen kan bespreken. Ik zou jullie graag willen helpen, maar dat is helaas niet mogelijk.'

'Sarah is de persoonlijk assistente van mevrouw Compson,' zei Matt. 'En we zijn allebei met haar bevriend. Dat maakt ons ook tot partij.'

'U kunt ons dus net zo goed vertellen dat u Elm Creek Manor wilt afbreken,' zei Sarah.

Het was bijna niet te zien dat Krolich zijn ogen iets verder opensperde. 'O, dat hebben jullie dus gehoord.' Hij pakte een vergulde briefopener en speelde ermee. 'Zeg eens, hebben jullie dat al tegen mevrouw Compson gezegd?'

'Nog niet, maar dat gaan we wel doen.'

'Aha.' Hij legde de opener neer, vouwde zijn handen over elkaar en liet zijn ellebogen op zijn bureau rusten. 'Ik had het haar zelf willen vertellen, weten jullie dat?'

'O, vast,' zei Matt. 'Wanneer dan? Voor of na de verkoop?'

'Als mevrouw Compson Elm Creek Manor wil verkopen, is dat haar zaak. Waarom bemoeien jullie je ermee?'

Sarah probeerde rustig te blijven. 'We zijn haar vrienden en geven om haar. Dat kunt u niet zeggen.'

'Het is niet dat ik niets om haar geef.'

'Waarom houdt u uw plannen dan voor haar verborgen?'

Krolich zuchtte. 'Weten jullie zeker dat jullie niet willen gaan zitten?' Toen Sarah en Matt zich niet verroerden, knikte hij berustend. 'Goed, jullie willen me blijkbaar per se als de grote schurk zien. Maar laat me even uitpraten. Ik geef wel degelijk om mevrouw Compson. Ik probeer te doen wat juist voor haar is.'

Matt snoof. 'Dan hebt u vreemde ideeën over wat juist is.'

Krolich trok een ernstig gezicht. 'Is het niet bij jullie opgekomen dat ze misschien al weet dat ik Elm Creek Manor wil afbreken?'

Sarah schudde haar hoofd. 'Dat is niet waar. Dat zou ze me hebben verteld.'

'Denk er eens over na, Sarah. Mijn aanbod is het enige wat ze heeft gehad, het enige dat ze waarschijnlijk zal krijgen. Als ze ja zegt, stemt ze ermee in om haar oude thuis te laten afbreken. Misschien wil ze dat wel helemaal niet bekennen, ook niet aan zichzelf.'

'Dus u wilt beweren dat ze het allang weet en tegen me heeft gelogen?'

'Niet echt. Ik beweer dat ze het misschien niet wil weten.'

'Dat is belachelijk,' kaatste Sarah terug, maar de twijfel begon aan haar te knagen. Ze probeerde het te negeren. 'U hebt de plannen voor Elm Creek Manor met opzet mooier gemaakt dan ze zijn omdat u wist dat ze anders niet zou willen verkopen.'

'Daar weet ik helemaal niets van.'

'Dat moet u hebben vermoed, anders had u wel iets tegen haar gezegd.'

'Je laat je oordeel beïnvloeden door je gevoelens. Dat is niet bepaald goed voor een zakenvrouw in de dop.' Hij schudde zijn hoofd, alsof hij dat jammer vond. 'Dit gesprek leidt nergens toe. Ik ben bang dat ik jullie moet vragen om te vertrekken.'

Sarah opende haar mond om antwoord te geven, maar Matt pakte haar bij haar arm. 'Kom, Sarah. Het is het niet waard.' Hij keek Krolich onverzoenlijk aan. 'We weten trouwens toch al wat we wilden weten.'

Krolich fronste, maar zei niets.

Sarah en Matt haastten zich door de gang naar buiten, zonder acht te slaan op de blikken van Krolichs personeel. 'We moeten het haar meteen vertellen,' zei Sarah toen ze in de auto stapten.

Matt schudde zijn hoofd en voegde in tussen het overige verkeer. 'Je hebt een sollicitatiegesprek, weet je nog?'

'O ja.' De moed zonk haar in de schoenen. 'Maar stel dat hij haar iets probeert te laten tekenen?'

'Ga jij maar naar het gesprek, dan praat ik wel met mevrouw Compson.'

'Ik vind dat ik degene ben die het tegen haar moet zeggen,' vond ze. Toen zuchtte ze. 'Maar we kunnen eigenlijk niet langer wachten. Je hebt gelijk, zeg jij het maar.'

Ze reden de parkeerplaats van het accountantskantoor op. Matt gaf Sarah nog een snelle kus voordat ze uitstapte en reed toen weg. Sarah haastte zich naar binnen. Ze keek op haar horloge en stelde opgelucht vast dat ze twee minuten te vroeg was.

Een medewerker noteerde haar naam en bracht haar naar de

wachtkamer, waar ze even diep ademhaalde om zichzelf weer onder controle te krijgen. Beelden van Matt die mevrouw Compson het slechte nieuws vertelde en van het door verdriet vertrokken gezicht van mevrouw Compson speelden door haar gedachten. Ze probeerde ze te negeren.

Amper vijf minuten later kwam de medewerker terug en bracht haar naar een andere kamer. 'Onze nieuwe assistent-directeur, Thomas Wilson, komt zo bij u,' zei hij.

Sarah schrok op. Thomas Wilson. Die naam kende ze. De secretaris deed de deur open en ze liep naar binnen.

Thomas Wilson keek verbaasd op vanachter zijn bureau. 'Dus u bent Sarah McClure.' Hij stond op en schudde haar de hand. 'Wat grappig. Ik heb u al twee keer gezien en wist niet eens hoe u heette. Ga zitten.'

Sarah liet zich met een onzekere glimlach in de stoel tegenover hem zakken. Gewoonlijk stelde ze zich aan het begin van zo'n gesprek aan een vreemde voor, en het was verontrustend dat het nu anders ging. 'Gefeliciteerd met uw nieuwe baan,' zei ze, zich vervolgens afvragend of ze dat had moeten zeggen.

Hij glimlachte. 'Dank u. Het is beter dan voortdurend solliciteren. Nou, zullen we dan maar beginnen?'

Hij begon met de inleidende vragen die ze al zo vaak had gehoord, en ze gaf de bekende antwoorden. Aanvankelijk voelde ze zich hoopvol omdat hij een begripvolle luisteraar was die kort geleden nog aan de andere kant van de tafel had gezeten. Het duurde echter niet lang voordat haar zelfvertrouwen afbrokkelde. Het viel haar op dat hij haar geen moment recht aankeek en geen enkele notitie maakte. Hoe meer Sarah haar best deed om positief en zelfverzekerd over te komen, des te meer ze zich begon af te vragen of deze man echt het spraakzame type was met wie ze een paar weken geleden nog van gedachten had gewisseld.

Terwijl ze net bezig was de vraag te beantwoorden waarom ze haar vorige werkgever had verlaten, schoof hij plotseling haar cv opzij. 'Sarah, ik heb het druk. Laten we onszelf heel wat tijd en moeite besparen en er maar mee stoppen, vind je ook niet?'

'Hoe bedoelt u?'

'We weten allebei dat je deze baan niet wilt.'

'Jawel. Anders zou ik hier niet...'

Hij verhief zijn stem om over haar protest heen te komen. 'Denk je soms dat ik ons gesprekje van... wat is het, twee, drie weken geleden ben vergeten? Je hebt heel duidelijk gezegd dat je geen baan op dit vakgebied wilt. Ik vrees dat ik je niet kan inhuren terwijl ik weet dat je liever ergens anders zou zitten.'

'Ik wil dit werk best doen. U weet dat ik het kan...'

'Het kunnen is niet genoeg. Je moet achter je baan kunnen staan, anders word je nooit productief.'

Sarah begon te blozen. 'Ik heb altijd mijn uiterste best gedaan, bij elke baan. Dat zal ik hier ook doen, dat beloof ik u.'

'Bedankt voor je komst. We laten het je nog wel weten.' Hij wendde zich weer tot zijn papieren, alsof Sarah er niet meer was.

Ze wist dat ze beter kon opstappen, maar haar plotselinge woede hield haar tegen. 'Neemt u me überhaupt mee in uw overwegingen?'

Hij keek niet op. 'We kiezen voor de kandidaat met de beste kwalificaties. Meer hoef je niet te weten.'

Ze stond op en keek even naar hem. Toen draaide ze zich op haar hielen om en liep zonder iets te zeggen weg. Haar ogen prikten.

Matt zat met een grimmig gezicht in de auto te wachten. 'Ik heb het tegen haar gezegd,' zei hij zodra Sarah ging zitten. Hij gaf gas en verliet snel de parkeerplaats. 'Ik geloof niet dat ze het erg goed opneemt.'

'Wat had je dan gedacht?' Haar stem was scherper dan haar bedoeling was geweest. Krolich, Wilson, die stomme vent met zijn stomme supermarkten – ze had kunnen weten dat ze allemaal van hetzelfde laken een pak waren. Als de zakenwereld dezer dagen een soort spel was, dan lapten de spelers alle regels aan hun laars. Nee, dat klopte niet. Ze volgden regels, dat wel, maar niet het soort regels waarmee Sarah kon leven.

Ze legden de rest van de weg zwijgend af.

Toen ze bij het landhuis aankwamen, pakte Matt haar hand en gaf er even een kneepje in. 'Het komt allemaal wel goed.'

Ze probeerde te glimlachen. 'Dat weet ik.' Ze gaf hem een zoen en haastte zich naar binnen.

Ze trof mevrouw Compson in de zitkamer aan, waar ze in een stoel zat, handen gevouwen in haar schoot, en nietsziend voor zich uitkeek. Ze keek op toen Sarah binnenkwam. 'Dag, meisje. Hoe ging het?'

'Goed. Het ging...' En toen stortte Sarah in. De woorden buitelden van haar lippen, elkaar verdringend, en boze snikken gaven haar het gevoel dat ze stikte. Mevrouw Compson mompelde meelevend, pakte haar hand en trok haar naar zich toe, totdat Sarahs hoofd in haar schoot rustte. Ze streelde Sarahs lange haar en luisterde naar haar relaas van de gebeurtenissen van die middag.

Sarahs snikken ebden weg. Ze haalde diep adem en sloot haar ogen, getroost door de moederlijke gebaren van mevrouw Compson. Het was lang geleden dat haar eigen moeder haar ook maar had omhelsd. 'Ik moet het gewoon onder ogen zien,' zei Sarah. 'Ik zal nooit een baan vinden.'

Mevrouw Compsons hand bleef even stilliggen. 'Je hebt al een baan, meen ik.'

'Ja, dat wel, maar wat heb ik daaraan als u uw spullen pakt en vertrekt zodra u de kans krijgt?'

'Dat is waar.' Mevrouw Compson slaakte een zucht en streelde Sarah weer over haar haar. 'Ik kan het je net zo goed vertellen: ik heb besloten het huis niet aan meneer Krolich te verkopen.'

Sarah schoot overeind en veegde haar ogen af. 'Meent u dat?'

'Natuurlijk meen ik dat. Wat zou ik anders kunnen doen? Nu ik weet wat hij van plan is, kan ik het huis natuurlijk niet verkopen. Ik ben blij dat jij en Matthew de waarheid hebben ontdekt voordat het te laat was. Elm Creek Manor zal nog heel lang overeind blijven staan.'

'Wat gaat er nu gebeuren?'

Mevrouw Compson haalde haar schouders op. 'Nu wacht ik op een beter bod.' Ze keek Sarah aandachtig aan. 'Kun jij me een beter bod doen?'

Sarah lachte hard. 'Niet tenzij u me een flinke opslag geeft. U weet dat Matt en ik dit huis nooit zouden kunnen betalen.'

'Moet je alles zo letterlijk nemen? Ik bedoelde niet dat je echt een bod op het huis hoeft te doen, gekke meid. Ik vroeg of je me een goede reden kunt noemen om te blijven. Je bent een slimme jonge vrouw. Gebruik je verbeeldingskracht. Dit huis...' Haar stem liet haar in de steek, en ze keek om zich heen alsof ze door de muren heen kon kijken en het hele gebouw in zich kon opnemen. 'Dit huis was ooit vol leven. Ik ben een oude vrouw, maar ik wil het huis van mijn voorgeslacht niet zomaar verkopen. Als ik er niet meer ben, kan Elm Creek Manor altijd nog in andere handen dan die van de Bergstroms komen.'

'Zoiets moet u niet zeggen.'

'Onderbreek oudere mensen niet als ze gelijk hebben. En dat heb ik: ik geef je de kans om me ervan te overtuigen dat ik Elm Creek Manor moet houden. Laat me zien hoe ik dit huis weer tot leven kan wekken, dan beloof ik je dat ik het nooit zal verkopen.'

'Ik weet niet... ik weet niet hoe.'

'Nou, maak je maar niet druk, meisje, ik verwacht niet dat je meteen een antwoord hebt. Je hebt nog wel even de tijd. Maar niet te lang.' Glimlachend klopte ze Sarah op haar schouder. 'Uiteindelijk komt het allemaal wel goed.'

'Matt zei ook al zoiets toen hij me hier afzette.'

'Matthew is een wijs man,' zei mevrouw Compson plechtig. Toen glimlachte ze.

Sarah dacht razendsnel na. Een beter bod. Hoe konden ze Elm Creek Manor weer tot leven wekken? Ze schudde haar hoofd. Dit probleem moest ze op een andere manier te lijf gaan, als een zakenvrouw, door alle informatie te verzamelen en op een rijtje te zetten en daarna de klant een voorstel te doen.

'Mevrouw Compson, er is nog iets wat ik moet weten.'

'Wat dan, meisje?'

'Ik moet weten waarom u bent weggegaan en zo lang weg bent gebleven, en waarom u niet met uw schoonzus praat, al is ze voorzover ik weet uw enige familielid dat nog in leven is.' De glimlach verdween van mevrouw Compsons gezicht, maar Sarah ging door. 'Voordat ik een manier kan bedenken om Elm Creek Manor weer tot leven te wekken, moet ik eerst weten waardoor het is gestorven.'

Mevrouw Compson haalde diep adem. 'Daar heb je waarschijnlijk wel gelijk in. Als je het hele verhaal kent, zul je het misschien begrijpen. Of misschien denk je dan dat ik gewoon een oude zottin ben die het verdient om ongelukkig te zijn.'

Zo zag mevrouw Compson zichzelf misschien, maar het kon Sarah niet schelen wat mevrouw Compson wel of niet had gedaan. Ze zou nooit zeggen dat mevrouw Compson een dergelijk lot had verdiend.

Ze wachtte af, en mevrouw Compson legde het uit.

24

Als James en Richard en Harold nooit ten strijde waren getrok-ken, had ik misschien al mijn dagen op Elm Creek Manor gesle-ten en zou ik een heel ander leven hebben geleid. Dat denk ik tenminste. Maar ze trokken wel ten strijde, en mijn enige troost op dat moment was het idee dat ze bij elkaar zouden zijn. Ik bad dat ze de oorlog zouden overleven.

Wat het thuisfront op Elm Creek Manor betreft: tja, ik moest aan de baby denken, en Claudia en ik hadden allebei onze han-den vol aan het troosten van Agnes. Ze leek voortdurend in tra-nen te kunnen uitbarsten en begon meestal onbeheersbaar te snikken wanneer er niet onmiddellijk iemand naar haar toe ren-de om haar te omhelzen en troostende woorden te spreken. Ik moet bekennen dat ik mijn geduld met haar begon te verliezen. Ik wilde ook dat iemand me ervan zou overtuigen dat het uit-eindelijk allemaal wel goed zou komen, maar toen niemand dat deed, werd ik echt niet hysterisch.

Ik weet het niet. Misschien was ik wel kwaad op mezelf omdat ik net zo getroost wilde worden als wij Agnes troostten. Dat zou een volwassen vrouw niet moeten wensen. En een volwassen vrouw die de leiding had over een heel huishouden, zou dat niet nodig moeten hebben. Wanneer je de sterkste van de familie bent, moet je dat altijd zijn, en niet alleen wanneer het je uit-komt.

De lente maakte plaats voor de zomer. De post van de mannen kwam erg onregelmatig aan en was aan zo'n strenge censuur onderhevig dat we moeite moesten doen om een begrijpelijke zin te ontdekken. Maar we waren opgelucht en dankbaar dat ze nog leefden en bij elkaar waren, ongedeerd.

Bij wijze van afleiding zaten Claudia en ik vaak te quilten en over leukere dingen te praten. Soms gaf mijn veel te optimistische zus een uitgebreide beschrijving van haar aanstaande bruiloft. Je zou denken dat we van koninklijke afkomst waren; ze had zulke grootse plannen. Wanneer we zaten te quilten, zat Agnes vaak bij ons, pruilend, net alsof ze geen belangstelling had. Toen ik op een dag bezig was met een babydekentje met een Tumbling Blocks-patroon, fluisterde Claudia tegen me dat Agnes een tweede kans verdiende. Om de vrede te bewaren gaf ik toe en vroeg ik mijn schoonzus of ze wilde leren quilten.

Tot mijn grote verbazing zei ze ja. We begonnen met het ontwerp van een *sampler*, net zoals wij hebben gedaan, Sarah, maar ze wilde niet eens de eenvoudigste instructies opvolgen. Eerst maakte ze ruzie met me omdat ze geen *sampler* wilde maken; dat was te simpel. Mijn eerste opwelling was antwoorden dat een *sampler* misschien al te moeilijk zou zijn, maar dankzij een waarschuwende blik van Claudia wist ik mijn woorden in te slikken. Die strijd verloor ik, maar ik probeerde de zaak te redden door haar aan te moedigen om in elk geval een gemakkelijk blok te kiezen, een Sawtooth Star of een Nine Patch. Maar natuurlijk wilde ze niet naar me luisteren. Toen ze de Double Wedding Ring eenmaal had gezien, was het voor haar duidelijk. Ze zou een Double Wedding Ring-quilt gaan maken en niemand die haar kon tegenhouden.

'Agnes,' zei ik zo beheerst als ik kon, 'kijk eens goed naar dit patroon. Zie je al de gebogen naden, die onregelmatig gevormde stukjes met randen die schuin van draad zijn? Geloof me, dit is niet de beste keuze voor je eerste quilt. Je zult je alleen maar gaan ergeren omdat het niet lukt.'

Maar ze wierp haar hoofd in haar nek en zei dat ze niet echt een bruiloft had gehad en al helemaal geen verloving en dat ze haar man al vijf maanden niet meer had gezien, en niemand moest zich ermee bemoeien als zij een quilt wilde hebben die Double Wedding Ring heette. Ik gaf toe, met heel veel tegenzin, geloof me.

Die quilt was vanaf het allereerste moment gedoemd te mislukken. We maakten onze mallen toen anders dan nu, maar de Puzzle hanteerde helemaal een afwijkende methode. Ze tekende de vormen heel slordig en keek me boos aan wanneer ik zei dat zelfs de kleinste afwijking er al toe kon leiden dat de stukjes niet op elkaar zouden aansluiten. Het was al moeilijk genoeg geweest om haar zover te krijgen dat ze restjes stof gebruikte, ook al herinnerde ik haar eraan dat er een oorlog gaande was, maar toen besloot ze dat ze de hele quilt – ja, ook de achtergrondstof – uit rode stof wilde maken. De quilt zou in het geheel geen contrast hebben.

Er waren al zoveel problemen en ze was nog niet eens begonnen met naaien, wat natuurlijk betekende dat het ergste nog moest komen. Ze ging zo onhandig met de stukjes stof om dat de randen die schuin van draad waren helemaal uit de vorm raakten, en ze mompelde boos in zichzelf terwijl ze die stukjes met spelden te lijf ging, in de hoop dat ze zich zouden gedragen. Ze prikte zichzelf meer dan eens en zorgde ervoor dat iedereen in huis daarvan kon meegenieten. Haar steken waren scheef en te groot, maar uiteindelijk zei ik niet langer tegen haar dat ze ze uit moest halen en opnieuw moest beginnen.

Een week later, op een dag die erg warm en benauwd was, zwaaide Agnes, met een voorhoofd dat nat was van het zweet, triomfantelijk een blok voor mijn neus heen en weer. 'Je dacht niet dat ik het kon, maar het is klaar. Zie je wel?'

Ik negeerde haar kinderachtige gedrag. 'Heel goed, Agnes,' antwoordde ik. Ik pakte het blok van haar aan en legde het op tafel, zodat ik het beter kon bekijken. Ik probeerde mijn gezicht in plooi te houden. Hier had ze een hele week aan gewerkt? De ring was niet plat, maar kwam in het midden omhoog; de lapjes sloten niet op elkaar aan; de steken waren zo los dat de draad aan de voorzijde van het blok duidelijk te zien was; en al die tinten rood leken zich met elkaar te vermengen zodat het patroon bijna niet te herkennen was. Dit hopeloze samenraapsel van stukjes stof smeekte om een pijnloze enkele reis naar de bodem van de lappenmand.

'Wat vind je ervan?' wilde Agnes weten toen ik een tijdje had zitten zwijgen.

'Nou,' zei ik voorzichtig, 'voor een beginner valt het best mee, maar je moet niet vergeten dat kleine moeilijke stukjes tot grote problemen kunnen leiden als je een hele quilt in elkaar gaat zetten. Als je een afwijking van twee millimeter hebt, en dat acht keer, gaat het in totaal dus om een afwijking van anderhalve centimeter, en dat valt op.'

Ze trok een boos gezicht. 'Hoe maak ik het weer goed?'

'Je moet een paar van deze naden uithalen en ze opnieuw naaien.'

'Uithalen? Maar ik ben er een eeuwigheid mee bezig geweest!'

'Je hoeft niet boos te worden, Agnes. Ik heb zoveel naden moeten uithalen. Dat moet iedere quilter.'

'Nou, dan ben ik denk ik geen quilter.' Ze griste haar werk onder mijn neus vandaan en stormde de kamer uit.

Claudia had alles gehoord. 'Je kunt haar maar beter achternagaan,' zei ze zuchtend.

Ik knikte en liep achter Agnes aan, die door de gang voor de ingang aan de voorzijde was gerend. Tot mijn opluchting kwam Claudia met me mee.

'Waar denk jij dat ze heen gaat?' vroeg ik toen we over de marmeren vloer liepen. Ik hoefde me dat niet lang af te vragen; ik zag haar gele jurk door de voordeur naar buiten verdwijnen.

Agnes stond als aan de grond genageld op de veranda aan de voorzijde van het huis, met haar rug naar ons toe. Toen we naar haar toe liepen, viel het quiltblok uit haar handen, op de grond.

Haar gezicht stond niet langer boos, ze keek voor zich uit alsof ze ons helemaal niet had horen naderen.

'Agnes, wat...' Claudia viel stil toen ze Agnes' blik volgde en de auto zag die langzaam de oprijlaan op kwam rijden.

IJzige vingers sloten zich om mijn hart.

Twee mannen in militair uniform stapten uit en liepen naar ons toe. De een was wat ouder en had bruin krullend haar dat aan de slapen grijs begon te worden. Zijn gezicht stond grimmig. Het gezicht van de jongere man was bleek onder zijn sproeten. Hij slikte herhaaldelijk en keek ons niet aan toen hij via de gebogen treden aan de rechterkant naar de veranda liep. Beide mannen hadden een geel vel papier in hun hand.

Ik dacht dat ze de veranda nooit zouden bereiken. Claudia stak langzaam haar hand uit en greep de mijne vast.

Toen ze op de veranda stonden, namen ze hun hoofddeksels af. 'Mevrouw Compson?' vroeg de oudere man.

Ik knikte.

De man liep naar me toe en keek even naar het vel in zijn hand. 'Mevrouw Compson, helaas is het mijn droeve plicht u te moeten mededelen dat...'

Een ver gebulder vulde mijn oren en maakte hem onverstaanbaar. Ik zag zijn lippen bewegen, maar hoorde niets.

James was dood.

Door de mist werd ik me ervan bewust dat de jongere man onzeker aan het vel papier in zijn handen frummelde. Hij keek van Claudia naar Agnes en toen weer naar Claudia. 'Mevrouw Bergstrom?'

Mevrouw. Hij zei mevrouw, niet juffrouw. Dat betekende dat...

Agnes' ogen vulden zich met tranen. De stem van de jongere man trilde toen hij de woorden van de oudere man herhaalde.

Nee, niet ook Richard. Dit kon niet waar zijn.

Agnes begon te jammeren. Ze liet zich op haar knieën zakken en drukte het vel tegen haar borst.

Claudia sloeg haar handen voor haar gezicht en herhaalde keer op keer dezelfde woorden. Haar schouders schokten. Toen keek ze op. Haar wangen glommen van de tranen. 'Godzijdank,' zei ze snikkend. 'Godzijdank.'

Het gebulder in mijn oren werd een explosie. Ik sloeg Claudia in haar gezicht, zo hard dat mijn hand pijn deed. Ze schreeuwde het uit. Ik greep de oudere man bij zijn revers. 'Hoe?' krijste ik in zijn gezicht. 'Hoe heeft dit kunnen gebeuren? Hij heeft het me beloofd! Hij heeft het me beloofd!' De jongere man sprong naar voren, om me weg te kunnen trekken. Ik voelde stof scheuren onder mijn vingers. 'U hebt het mis! U liegt!' Ik schopte naar hen allebei.

Een scheut van pijn ging door mijn onderbuik. Ze hebben op me geschoten, dacht ik, toen ik een plasje donkerrood bloed aan mijn voeten zag.

Agnes gilde. Toen verzonk ik in een kille, stille duisternis.

Van de weken die volgden, kan ik me weinig herinneren. Ik denk dat dat wel goed is. Ik weet nog dat ik snikkend in een ziekenhuisbed lag, met het roerloze lijfje van mijn dochtertje tegen me aan. Ze heeft nog drie dagen geleefd, kun je je dat voorstellen? Wat een vechtertje. Had ze maar...

Maar dat doet er nu niet meer toe. Ze is bij haar papa. Dat is voldoende.

Haar grootvader voegde zich al snel bij hen. Toen vader het nieuws hoorde, werd hij getroffen door een beroerte. Ze begroeven hem nog voordat ik uit het ziekenhuis werd ontslagen. Ik geloof dat ik de artsen smeekte of ik alsjeblieft naar de begrafenis mocht, maar ze zeiden nee. Dat denk ik tenminste. Ik kan het me niet goed herinneren. Kun je je dat voorstellen, dat je de begrafenis van je eigen vader mist?

Vier weken nadat ik weer thuis was gekomen had ik het gevoel dat ik in een dikke wollen deken was gewikkeld. Geluiden waren minder duidelijk. Kleuren waren doffer. Alles leek langzamer te gaan.

Die verdoving begon langzaam steeds verder weg te ebben en maakte plaats voor een ondraaglijke pijn. Mijn geliefde James was er niet meer, en ik wist nog steeds niet wat er precies was gebeurd. Mijn dochtertje was er niet meer. Ik zou haar nooit meer in mijn armen houden. Mijn lieve broertje was er niet meer. Mijn vader was er niet meer. De litanie herhaalde zichzelf keer op keer in mijn gedachten totdat ik dacht dat ik gek zou worden.

Een paar leden van de quiltvereniging probeerden ons regelmatig een bezoekje te brengen, maar ik wilde hen niet zien. Uiteindelijk staakten ze hun pogingen.

Toen gaven de Japanners zich over en kwam Harold weer thuis. Hij was dunner, nerveuzer, zijn haarlijn lag nog verder naar achteren dan bij zijn vertrek. Toen hij voor het eerst weer op Elm Creek Manor kwam, vond ik dat kalende voorhoofd het grappigste wat ik ooit had gezien. Ik moest lachen totdat mijn buik pijn deed en de anderen me aanstaarden. Je zou denken dat ze wel blij zouden zijn dat ik weer eens moest lachen.

Claudia wilde zo snel mogelijk trouwen. Ze vroeg me of ik haar wilde helpen, en ik zei ja, hoewel mijn gedachten met me op de loop gingen en het me moeite kostte om al die kleine details te onthouden. Ze sprong meer dan eens uit haar vel vanwege mijn achteloosheid, maar dat kon me veel minder schelen dan vroeger. In plaats daarvan wendde ze zich tot Agnes, die om een of andere reden had besloten op Elm Creek Manor te blijven en niet terug te gaan naar haar eigen familie. Misschien voelde ze Richards aanwezigheid hier. Die voelde ik in elk geval wel.

Toen kregen we op een avond bezoek. Andrew was op weg van Philadelphia naar Detroit, vanwege een nieuwe baan, en zou bij ons de nacht doorbrengen. Ik was blij hem te zien. Hij liep nu een beetje mank en zat stijfjes in zijn stoel, alsof hij nog steeds soldaat was. Hij was vriendelijk tegen iedereen, maar zei amper iets tegen Harold, die zijn best leek te doen om onze bezoeker uit de weg te gaan. Dat vond ik vreemd, omdat ik altijd had begrepen dat de band tussen veteranen als die tussen broers was.

Maar misschien werden ze aan de oorlog herinnerd als ze elkaar zagen, de oorlog die iedereen op Elm Creek Manor liever wilde vergeten.

Na het eten trof Andrew me alleen in de bibliotheek aan, waar ik zat te werken. Hij pakte mijn hand en trok me naar de bank. Zijn gezicht stond nerveus en kwaad.

'Als je het echt wilt weten, Sylvia,' zei hij met gesmoorde stem, 'dan kan ik je vertellen wat er is gebeurd. Ik was erbij. Als je het wilt, zal ik het je vertellen, maar ik denk niet dat het een troost voor je zal zijn.'

'Niets kan een troost voor me zijn.' Daarvan was ik heel zeker, zo zeker als ik nog nooit in mijn leven was geweest. 'Maar ik moet weten hoe ze zijn gestorven.'

Dit is wat hij me vertelde.

Hij, James, Richard en Harold zaten bij een pantserdivisie op een eiland in de Stille Oceaan. Richard zat met een soldaat in een tank, en James en Harold in een andere, en zo voerden ze een routinepatrouille op het strand uit. Op een heuvel ergens in de buurt maakten Andrew en een paar anderen zich klaar om hen af te lossen.

Andrew hoorde de vliegtuigen nog voordat hij ze aan de avondhemel zag. Hij en zijn maten slaakten een zucht van verlichting toen ze beseften dat het onze jongens waren.

'Ze vliegen wel erg laag,' zei een van de andere soldaten.

'Je denkt toch niet dat ze gaan proberen te landen, of wel?'

Andrew voelde een koude rilling over zijn rug gaan. 'Ga liggen!' schreeuwde iemand.

Een ander pakte de radio. 'Stoppen! Stoppen! Wij zijn het!'

Andrew krabbelde overeind, half stikkend. Hij veegde het zand uit zijn ogen en zag dat een van de tanks in brand stond.

Hij rende de helling af, naar het strand, maar wist dat hij nooit op tijd zou zijn.

Hij zag het luik van de tweede tank opengaan. James klom eruit en sprong op de grond. Hij rende naar de brandende tank en riep iets over zijn schouder. Harolds hoofd stak uit de opening, op hetzelfde moment waarop James de andere tank bereikte. Hij klom boven op de tank en probeerde het luik open te krijgen. Andrew was nu dichterbij en zag dat de spieren in James' nek zich spanden, zoveel moeite deed hij om het luik open te krijgen.

James schreeuwde iets naar Harold en hield even op met het trekken aan het luik. Hij gebaarde dat Harold hem moest komen helpen. Harold staarde hem aan, likte nerveus langs zijn lippen en leek verlamd van angst.

Er stak een briesje op, waardoor de vlammen verder werden aangewakkerd en Andrew James' kreten kon horen. 'Kom, Harold, help me nou!'

'Wacht even!' riep Andrew toen hij langs de tank van Harold rende. 'Ik kom eraan! Ik...'

Hij hoorde een tweede vliegtuig boven zijn hoofd en zag Harold wegduiken in de tank. Er volgde een explosie die de grond onder zijn voeten deed beven. Zijn ogen deden pijn van de hitte, en overal om hem heen vloog nat zand in het rond.

Andrew zat te snikken. 'Het spijt me, Sylvia,' zei hij huilend. Zijn stem brak. 'Toen we nog kinderen waren, heeft hij mij gered, maar ik kon hem niet redden. Het spijt me zo.'

Ik wiegde hem heen en weer en probeerde hem zo goed en zo kwaad als het ging te troosten, maar ik wist niet wat ik moest zeggen. Het enige wat ik wist, was dat James was gestorven terwijl hij mijn broertje probeerde te beschermen, precies zoals hij had beloofd, en dat Harold voor zijn eigen hachje had gekozen en hen had laten sterven.

De volgende dag ging Andrew weg, en ik heb hem nooit meer gezien. Ik wuifde hem goedendag toen zijn taxi wegreed, en toen ik weer naar binnen liep, beloofde ik mezelf dat ik nooit tegen Claudia en Agnes zou vertellen wat ik had gehoord. Maar ik bleef twijfelen. Moest Claudia niet weten wat er was gebeurd? Zou ze niet willen weten wat haar aanstaande man had gedaan, of juist nagelaten? Toen dacht ik aan wat ze die dag op de veranda had gezegd. 'Godzijdank!' had ze gezegd. 'Godzijdank, godzijdank.' Toen ik me dat herinnerde, welden tranen van woede in mijn ogen op. Nee, Claudia zou liever van niets weten. En Agnes was te kwetsbaar voor de waarheid.

Ik trof hen aan in Claudia's naaikamertje, waar ze als schoolmeisjes aan het giechelen waren. Agnes stond op een krukje in het midden van de kamer terwijl Claudia haar jurk afspeldde.

Hun gesprek viel stil toen ik binnenkwam. 'Vind je... vind je het mooi, Sylvia?' vroeg Agnes, die haar rok beetpakte en nerveus glimlachte. 'Het is mijn bruidsmeisjesjurk voor de bruiloft van Claudia.'

Claudia gaf haar een por en bloosde.

Ik schrok op. 'Maar ik dacht... Je had mij toch al gevraagd...'

Claudia gooide haar hoofd in haar nek. 'Ik ben van gedachten veranderd. Per slot van rekening ben je niet erg behulpzaam. Je hebt het altijd te druk om me te helpen. Je interesseert je helemaal niet voor mijn bruiloft. Agnes wel.'

Agnes sprong van het krukje. 'Hou op. Alsjeblieft. Ik wil dit niet horen.' Ze rende de kamer uit.

Claudia gooide haar meetlint neer en keek me boos aan. 'Kijk nu eens wat je hebt gedaan. Je kunt haar gewoon niet met rust laten, hè?'

'Wat bedoel je nu weer?' Ik hapte naar adem. 'Jij bent degene die me vroeg of ik je bruidsmeisje wilde zijn en dan achter mijn rug om een ander vraagt. Claudia, ik ben je zus.'

'Zij is nu ook onze zus,' snauwde Claudia. 'Kun je niet voor een keertje eens aan een ander denken? Mijn hemel, Sylvia, ze heeft net haar man verloren.'

Mijn woede zwol aan. 'Ben je soms vergeten dat dat ook voor mij geldt? En mijn broer, en mijn dochter, en mijn vader. En weet je wiens schuld dat is?' En de waarheid die ik nooit had willen vertellen, rolde van mijn lippen. 'Van die laffe verloofde van jou! Hij heeft James en Richard laten doodgaan!'

'Hoe kun je hem daarvan de schuld geven? Het is niet de schuld van Harold dat dat luik niet openging.'

'Wat? Hij heeft het niet eens geprobeerd! Wat hij ook tegen je heeft gezegd... Claudia, hij is niet eens uit zijn tank gekomen. Andrew was erbij. Hij heeft me alles verteld.'

'Je bent gewoon jaloers omdat mijn man het wel heeft overleefd en de jouwe niet. Je bent altijd al jaloers op me geweest, altijd al...'

'Hij hoort niet in deze familie thuis!' schreeuwde ik. 'Je gaat niet met trouwen. Ik ben nu het hoofd van deze familie, en ik verbied het je.'

'Jij verbiedt het me.' Claudia's stem was kil. Haar gezicht was bleek van woede. 'Je kunt me niets verbieden. Harold heeft zijn leven gewaagd om Richard te beschermen. Hoe durf je... hoe durf je dat soort dingen over hem te zeggen! Hij mag evengoed als ieder ander bij de familie Bergstrom horen!'

'De familie Bergstrom is dood,' zei ik met verstikte stem. 'Dood!'

'Als jij dat vindt, ben jij misschien degene die hier niet meer thuishoort.'

'Misschien heb je wel gelijk.' Ik draaide haar mijn rug toe. Ik kon het niet langer verdragen. Ik rende naar mijn kamer en gooide mijn spullen in mijn koffers. Niemand probeerde me tegen te houden.

Ik liet Elm Creek Manor nog die dag achter me en ben pas weer deze lente teruggekeerd. Ik heb mijn zus, of Agnes, of Harold, nooit meer gesproken.

Het bleef heel lang stil in de kamer. Sarah kon de vogels buiten horen tjilpen. In de verte klonk het geluid van Matts grasmaaier.

'Waar ben u heen gegaan?' vroeg ze ten slotte.

Mevrouw Compson haalde haar schouders op en veegde met een geborduurde zakdoek haar ogen droog. 'Ik heb een tijdje bij de familie van James in Maryland gewoond. Ze vonden het

255

heerlijk dat ik er was. Toen ben ik weer gaan studeren. Ik heb een opleiding tot lerares handvaardigheid aan Carnegie Mellon gevolgd, waar ze me dingen leerden die ik ook al van mijn moeder en grootmoeder had geleerd, al gebruikten mijn moeder en grootmoeder nooit woorden als "kleurtheorie" en "compositie". Nadat ik mijn titel had behaald, heb ik tot aan mijn pensioen lesgegeven in de buurt van Pittsburgh. Daarna heb ik me vooral beziggehouden met quilten. Ik denk dat ik het niet slecht heb gedaan, maar het was niet het leven waarop ik had gehoopt.'

'Wat is er met de anderen gebeurd? Met Claudia en Agnes?'

'Claudia en Harold zijn getrouwd, maar ze hebben nooit kinderen gekregen. Een paar jaar later hertrouwde Agnes met een universitair docent en verliet ze Elm Creek Manor. Claudia en Harold namen de stoeterij over, en je hebt de resultaten van hun zakelijk talent al kunnen zien. Maar het is uitsluitend mijn schuld dat het bedrijf op de fles is gegaan. Als ik hier was gebleven en de leiding had genomen...' Zuchtend legde ze haar hand op die van Sarah. 'Nou? Heeft het ophalen van mijn langdradige herinneringen nog enige raadsels kunnen oplossen?' Haar stem klonk een tikje spottend, maar niet onvriendelijk. 'Heb je nu enig idee hoe je Elm Creek Manor weer in de oude glorie kunt herstellen?'

'Ik weet het niet zeker, maar ik ga het in elk geval proberen.'

'Ja, doe dat. Ik reken op je hulp.' Ze gaf Sarah een klopje op haar hand en zuchtte.

De volgende dag onderbrak Sarah haar schoonmaakwerk om mevrouw Compson te vragen of ze zin had om die avond mee te gaan naar de bijeenkomst van de Tangled Web Quilters. Mevrouw Compson dacht er even over na en schudde toen haar hoofd. Hoewel Sarah bleef aandringen, wilde de oude vrouw niet van gedachten veranderen en evenmin uitleggen waarom ze het niet wilde.

En dus reed Sarah in haar eentje naar het huis van mevrouw Emberly.

Het in koloniale stijl opgetrokken huis van rode baksteen lag maar een paar straten bij het huis van Diane vandaan, in een ouder deel van de buurt waar de docenten van Waterford College woonden. Sarah was de eerste van het groepje, en mevrouw Emberly nam haar mee naar de keuken.

'Bedien jezelf.' Mevrouw Emberly gebaarde naar het aanrecht, dat was beladen met lekkere hapjes.

Sarah schoof een schaal zoute stengels opzij om plaats te maken voor haar bord met cakejes. 'Dank u. Straks misschien, als de anderen er zijn.'

Mevrouw Emberly keek over haar schouder naar de deur. 'Dus je bent alleen?'

Sarah knikte.

'Ik had gehoopt dat Sylvia misschien met je mee zou komen, vooral omdat ze laatst tijdens de tentoonstelling zo vriendelijk tegen iedereen was.'

'Hebt u dat gehoord?'

'Bonnie heeft het aan Diane verteld, en Diane weer aan mij.' Mevrouw Emberly zuchtte. 'Ik denk dat ze wel was gekomen als ik er niet was geweest.'

'Dat is het niet. Ze weet geloof ik niet eens dat u lid bent.'

'Nee?' Mevrouw Emberly leek even op te vrolijken, maar keek toen verwonderd. 'Heb je dat niet tegen haar gezegd?'

'Nee.' Sarah lachte wrang. 'Net zoals u me nooit hebt verteld dat u haar schoonzus bent.'

Mevrouw Emberly bloosde. 'Ik had gedacht dat je dat allang van een van de anderen had gehoord, of van Sylvia zelf. Ze heeft het zeker nooit over me gehad, hè?'

'Jawel, maar ze noemde u Agnes, en ik wist niet dat u Agnes heette. Alle Tangled Web Quilters noemen u mevrouw Emberly.'

'Daar is Diane mee begonnen. Toen ze nog klein was, was ik haar oppas. Ze heeft me altijd mevrouw Emberly genoemd, en ik denk dat dat gewoon is blijven hangen. De anderen hebben het van haar overgenomen.'

'Ik wou dat ik het had geweten.'

'Ik wilde niet tegen je liegen, maar ik was bang dat je je opgelaten zou voelen als je het zou weten.' Mevrouw Emberly ging aan de keukentafel zitten. 'Al zou daar geen enkele reden toe zijn.'

'Hoe bedoelt u?'

'Sylvia en ik hebben helemaal niets meer met elkaar te maken. O, Claudia en ik probeerden door de jaren heen zo goed mogelijk te volgen wat ze deed, maar we moesten het doen met nieuwtjes van wederzijdse vrienden. Dat is niet genoeg om een familie bijeen te houden.'

Sarah ging naast haar zitten. 'Ik denk dat mevrouw Compson u graag weer zou willen zien.'

'Echt?'

'Ze is erg eenzaam. Ze heeft het gevoel dat ze de laatste Bergstrom is.'

'Misschien is dat ook wel zo.' Mevrouw Emberly vouwde haar handen in elkaar in haar schoot. 'Claudia was een echte zus voor me, zelfs nadat ik hertrouwde, maar Sylvia...'

'Zou u haar weer willen zien?'

Mevrouw Emberly aarzelde. 'Ja... dat wil zeggen, als ze me welkom zou heten.'

'Dat zou ze doen, dat weet ik zeker.'

'Dat weet ik nog niet zo zeker. Sylvia kan als geen ander wrok koesteren.'

Dat kon Sarah niet betwisten. 'Stel dat we...'

Op dat moment kwam Summer binnenstormen. 'Hé, ik ben de tweede. Dat is vast een nieuw record voor me.'

Mevrouw Emberly lachte en schoof haar stoel bij de tafel vandaan. 'Kom dan maar hier, dan vieren we dat met een cakeje van Sarah.' Ze keek Sarah niet aan.

Het moment was voorbij, en toen de anderen binnenkwamen, wist Sarah dat ze die avond geen kans meer zou krijgen om onder vier ogen met mevrouw Emberly te praten.

Terwijl de anderen aan hun quilts werkten, maakte Sarah de mallen voor haar volgende blok, Hands All Around. In gedachten herhaalde ze telkens het gesprek dat ze met mevrouw Emberly had gehad en de verhalen die mevrouw Compson haar had verteld. Ergens in hun verhalen moest toch een oplossing liggen.

De stem van Diane onderbrak haar gemijmer. 'Is dat niet Hands All Around, Sarah? Wat knap dat je al die gebogen naden en ingezette stukjes al kunt naaien.'

Sarah onderdrukte een glimlach. 'Om eerlijk te zijn ben ik al een paar dagen op de naaimachine bezig.'

'Zeg alsjeblieft dat je een grapje maakt.'

'Welkom in de twintigste eeuw, Sarah,' zei Gwen.

De anderen lachten, maar Diane keek hen boos aan. 'Jullie hebben een slechte invloed op haar.' Daardoor moesten ze alleen maar harder lachen, en zelfs Diane moest glimlachen.

Sarah keek het groepje vriendinnen rond. Dit was wat mevrouw Compson nodig had. Dit was wat Elm Creek Manor had gehad en nu weer nodig had.

Misschien had Gwen gelijk en zouden mevrouw Compson en mevrouw Emberly gedwongen moeten worden om elkaar weer onder ogen te komen. Ze waren allebei eenzaam, vooral mevrouw Compson; ze moesten het elkaar allebei vergeven. En als mevrouw Compson het gevoel had dat ze familie in Waterford had, zou ze misschien willen blijven.

Of misschien zouden alle wraakgevoelens uit het verleden opvlammen zodra ze elkaar onder ogen kregen en zou de hoop op verzoening in rook opgaan.

Sarah wou dat ze kon beslissen wat ze moest doen. Had ze maar meer tijd...

Halverwege de volgende week had Sarah het Hands All Around-blok en een tweede blok, Ohio Star, af. Nu hoefde ze nog maar één blok te maken.

De volgende dag sloeg mevrouw Compson een boek open en liet Sarah een afbeelding zien. 'Hier,' zei de oude vrouw. 'Het is niet het moeilijkste blok, maar het is heel geschikt voor het opmaken van restjes, en daarom heb ik het tot het laatst bewaard.'

Sarah legde het boek op tafel en bestudeerde het knipschema. Het blok leek op Log Cabin, maar in plaats van een vierkant in het midden had dit blok zeven vierkantjes, die in een diagonale rij over het blok liepen. De stroken stof aan de ene kant van de rij waren donker, en die aan de andere kant licht. Ze keek naar de naam van het blok. 'Chimneys and Cornerstones,' las ze hardop, en ze glimlachte. 'Het is een variant op Log Cabin, en de naam, schoorstenen en hoekstenen, heeft met huizen te maken. Dat is toepasselijk, vindt u niet?'

Mevrouw Compson frummelde aan haar bril en staarde voor zich uit.

'Mevrouw Compson?'

'Hm? O ja, de naam is erg toepasselijk.'

'Wat is er aan de hand?'

'Er is niets aan de hand. Ik dacht alleen aan iets waaraan ik heel lang niet heb gedacht.' Mevrouw Compson zuchtte en liet zich op de bank zakken. 'Mijn oudtante maakte een quilt met zulke blokken, Chimneys and Cornerstones, voor mijn nichtje toen die trouwde en Elm Creek Manor verliet. Ze verhuisde met haar man naar Californië, en we wisten niet wanneer, en of, we hen ooit weer zouden zien. Het was heel anders dan nu, nu je het vliegtuig kunt pakken wanneer je maar wilt.'

Ik was toen nog een kind. Dit gebeurde voordat mijn moeder overleed, voordat Richard werd geboren, zelfs nog voor mijn eerste quiltles.

Ik had grote bewondering voor mijn nichtje Elizabeth. Ze was de oudste van mijn nichten, en als ik groot was, wilde ik net zo worden als zij. Ik was dan ook erg verdrietig en in de war toen ze zei dat ze weg zou gaan. Ik begreep niet waarom iemand ergens anders dan op Elm Creek Manor zou willen wonen.

'Waarom ga je weg als je thuis hier is?' vroeg ik.

'Op een dag zul je dat begrijpen, kleine Sylvia,' zei ze tegen me. Ze glimlachte en omhelsde me, maar er stonden tranen in haar ogen. 'Op een dag zul je verliefd worden en merk je dat je thuis is waar hij is.'

Daar begreep ik helemaal niets van. Ik stelde me voor dat Elm Creek Manor vleugels zou krijgen en achter mijn nicht en haar man aan zou vliegen en zou landen waar zij zouden zijn. 'Thuis is hier,' hield ik vol. 'Dat zal altijd hier zijn.'

Toen lachte ze en omhelsde me nog steviger. 'Ja, Sylvia, je hebt gelijk.'

Ik vond het fijn dat ze lachte en dacht dat dat betekende dat ze niet zou vertrekken. Maar de voorbereidingen voor de bruiloft gingen door, en ik wist dat mijn lieve nicht niet weg zou gaan. Claudia hielp de grote mensen zo goed als ze kon, maar ik kreeg een hekel aan iedereen die meewerkte aan het vertrek van mijn nicht. Ik verstopte de schaar van mijn tante, zodat ze niet aan de bruidsjapon kon werken; ik pakte de sleutels van Elizabeths hutkoffer en gooide die in de Elm Creek zodat ze haar spullen niet kon pakken. Ik kreeg een pak rammel toen ik tegen haar verloofde zei dat ik een hekel aan hem had en dat hij zich weg moest scheren.

'Als je toch niet wilt helpen, blijf dan uit de buurt en breng jezelf niet in de problemen,' zei mijn vader waarschuwend.

Ik mokte en pruilde, maar niemand schonk me enige aandacht. Uiteindelijk begaf ik me al mokkend en pruilend naar de salon in de westvleugel, waar mijn oudtante zat te quilten. Ze was de zus van mijn opa, de dochter van Hans en Anneke, en het oudste lid van de familie.

Ik stond in de deuropening naar haar te kijken, met mijn onderlip naar voren en mijn ogen vol tranen.

Mijn oudtante keek op en onderdrukte een glimlach. 'Zo, daar hebben we onze kleine lastpak.'

Ik keek naar de grond en zweeg.

'Kom eens hier, Sylvia.'

Toen deed je dat, als grote mensen dat tegen je zeiden. Ze trok me op haar schoot en spreidde de quilt over ons uit. We zaten daar, zwijgend, en zij ging weer verder met naaien. Ik zag dat ze een lange strook stof langs de rand van de quilt vastnaaide. Ik vond troost in haar zachte schoot en haar geneurie.

Ten slotte kreeg mijn nieuwsgierigheid de overhand. 'Wat bent u aan het doen?' vroeg ik.

'Ik zet een bies aan de quilt van je nicht. Zie je wel? Met deze lange strook werk ik de rafelranden af, zodat de vulling van de *sandwich* er niet uit kan vallen.'

De sandwich? Ik wist niet dat quilts iets met broodjes te maken hadden. Om mijn onwetendheid te verbergen, stelde ik een andere vraag. 'Is dit de quilt voor haar bruiloft?'

'Nee, dit is een extra quilt, een aandenken aan haar oudtante. Een jonge vrouw kan nooit genoeg quilts hebben, zelfs niet in

Californië.' Ze duwde haar naald in het speldenkussen, zodat ze hem niet zou verliezen, en spreidde de quilt toen uit, zodat ik het patroon kon zien.

'Mooi,' zei ik, de stroken volgend met mijn vinger.

'Dit blok heet Chimneys and Cornerstones,' legde ze uit. 'Wanneer ze ernaar kijkt, zal ze altijd denken aan dit huis en iedereen die hier woont. Wij Bergstroms mogen ons gelukkig prijzen dat we in een huis vol liefde wonen, liefde die het huis vult van de schoorstenen tot aan de hoekstenen. Door deze quilt zal ze een beetje van die liefde mee kunnen nemen.'

Ik knikte om te laten merken dat ik het begreep.

'Die rode vierkantjes zijn het vuur dat in de haard brandt en haar na een lange vermoeiende reis naar huis verwarmt.'

Ik keek naar alle rode vierkantjes in de quilt. 'Het zijn er te veel. Zoveel haarden hebben we niet.'

Ze lachte. 'Dat weet ik. Het is niet echt. Elizabeth begrijpt het wel.'

Ik knikte. Elizabeth was ouder dan ik en begreep veel meer.

'Maar dat is niet alles. Zie je dat de helft van het blok donker is, en de andere helft licht? De donkere helft staat voor het verdriet in het leven, de lichte helft voor de vreugde.'

Daar dacht ik even over na. 'Waarom geeft u haar dan geen quilt met allemaal lichte blokken?'

'Dat zou ik kunnen doen, maar dan ziet ze het patroon niet. Het ontwerp is alleen te zien als je lichte en donkere kleuren gebruikt.'

'Maar ik wil niet dat Elizabeth verdriet heeft.'

'Ik ook niet, lieverd, maar verdriet maken we allemaal mee. Maak je maar geen zorgen. Herken je deze nog?' Glimlachend raakte ze een rij rode vierkantjes aan. 'Als het vuur thuis maar blijft branden, dan zal Elizabeth altijd meer vreugde dan verdriet kennen.'

Ik bekeek het patroon aandachtig. 'De rode vierkantjes houden het verdriet bij de vreugde vandaan.'

'Dat is helemaal goed,' riep mijn oudtante uit. 'Wat ben je toch een slim meisje.'

Vergenoegd kroop ik tegen haar aan. 'Ik vind dat stuk van dat verdriet nog steeds niet leuk.'

'Dat vindt niemand. Laten we hopen dat Elizabeth de vreugde vindt waarnaar ze op zoek is, en slechts voldoende verdriet om een meevoelend hart te kweken.'

'Wat voor hart?'

'Meevoelend. Dat begrijp je wel als je wat ouder bent.'

'Net zo oud als Claudia?'

Ze lachte en drukte me tegen zich aan. 'Ja. Misschien wel eerder.'

Mevrouw Compson zweeg, en haar blik dwaalde door de kamer. 'Zo denk ik over Elm Creek Manor,' zei ze. 'Ik hou van elke centimeter, van de schoorstenen tot de hoekstenen. Dat heb ik altijd al gedaan. Hoe heb ik zo lang weg kunnen blijven? Wanneer ik nu denk aan de tijd die ik heb verspild, dan breekt mijn hart.'

Sarah pakte de hand van mevrouw Compson vast. 'U moet de hoop niet laten varen.'

'Hoop? Hm. Als ik al hoop had, is die met Claudia gestorven.'

'Dat moet u niet zeggen. U weet dat dat niet waar is. Als u geen hoop meer had gehad, had u me nooit gevraagd of ik wil bedenken hoe we Elm Creek Manor weer tot leven kunnen wekken.'

'Volgens mij weet ik zelf wel wanneer ik hoopvol ben en wanneer niet, jongedame.' Maar de pijn in haar blik ebde weg.

Sarah kneep in haar hand. 'Ik ben blij dat dit blok in mijn quilt zit.'

'Ik ook.'

Aan het einde van de week had Sarah Chimneys and Cornerstones af en waren de twaalf blokken klaar. Op maandag maakte Sarah de blokken klaar om ze in de quilt te verwerken.

'Je moet het strijkijzer niet heen en weer bewegen. Gewoon drukken,' waarschuwde mevrouw Compson toen Sarah de naden gladstreek. 'Als je de blokken vervormt, zullen ze niet meer passen.'

Toen Sarah haar de keurig geperste blokken aangaf, mat mevrouw Compson met een doorzichtige plastic liniaal na of ze precies 31,25 bij 31,25 centimeter waren. Alle twaalf blokken hadden een afwijking van hoogstens twee millimeter.

'Uiterst precies, vooral wanneer we bedenken dat dit je eerste quilt is,' prees mevrouw Compson haar. 'Je wordt nog eens een goede.'

Sarah glimlachte. 'Ik heb een goede lerares.'

'Vleister,' zei mevrouw Compson afkeurend. Maar ze glimlachte ook.

Tot Sarahs verbazing kondigde mevrouw Compson aan dat ze nu eerst de vloer van de balzaal schoon gingen maken. 'Of in elk geval een gedeelte,' voegde ze eraan toe. Ze haalde een gedeukte stofzuiger uit de gangkast en gaf die aan Sarah, terwijl ze zelf de twaalf blokken pakte.

Mevrouw Compson had al eens verteld dat de balzaal bijna de gehele begane grond van de zuidvleugel in beslag nam, maar toch hapte Sarah naar adem toen ze de zaal rondkeek. Een rand tapijt van een meter of drie breed omzoomde de dansvloer van parket, die onder het dunne laagje stof nog steeds glad en glanzend leek te zijn. Aan het plafond, dat was versierd met gestukte ornamenten in de vorm van wijnranken, hingen kroonluchters. Aan het einde van de zaal was een podium waar muzikanten of eregasten konden plaatsnemen. In de verste hoek stond iets groots – een tafel, misschien, met stoelen eromheen – bedekt door bestofte lakens. Rechthoekige ramen met halfronde bovenkanten, die in verhouding tot hun hoogte erg smal waren, doorsneden de muren aan de zuid-, oost- en westzijde.

Mevrouw Compson liep van raam naar raam om de gordijnen open te trekken, maar door de motregen buiten viel er weinig licht naar binnen. Ze liep naar een paneel in de verste hoek, haalde een schakelaar over en keek uitdagend naar de kroonluchters. De lichten floepten aan, flikkerden toen even en bleven daarna gestaag branden. Ze wierpen schaduwen en glanzende weerspiegelingen op de vloer beneden hen.

Nadat Sarah een stukje van het kleed had gezogen, legden zij en mevrouw Compson de blokken in drie rijen van vier op de grond. Daarna deden ze een paar stappen achteruit en bestudeerden de indeling.

'Ik denk dat ik het Schoolhouse-blok liever in het midden heb,' zei Sarah, die zich bukte en twee blokken omwisselde. 'En Lancaster Rose ernaast. Dat is moeilijker, dus ik wil ermee pronken.'

Mevrouw Compson grinnikte. 'Je klinkt al als een echte quilter. Dan kun je die twee blokken met gebogen naden tegenover elkaar leggen, hier en hier. En aangezien je drie blokken met sterren hebt, en eentje die op een ster lijkt, kun je die in de hoeken leggen, zo...'

Ze waren een half uur bezig de blokken telkens anders neer te leggen, maar uiteindelijk was Sarah tevreden. In de linkerbovenhoek kwam Ohio Star, met daarnaast Bachelor's Puzzle, Double Nine Patch en LeMoyne Star. In de middelste rij lagen Posies Round the Square, Little Red Schoolhouse, Lancaster Rose en Hands All Around. Sawtooth Star, Chimneys and Cornerstones, Contrary Wife en Sister's Choice vormden de onderste rij.

'Ik geloof niet dat dit groot genoeg is voor een tweepersoonsbed,' zei Sarah.

'Maak je geen zorgen, we zijn nog lang niet klaar.'

'Als ik nog meer blokken moet maken, komt hij nooit op tijd af.'

'Goed, dan bedenken we wel iets.'

'Wat dan? De randen zullen hem wel iets groter maken, maar niet zoveel.'

'Laat het maar aan mij over,' zei mevrouw Compson, die ondanks het aandringen van Sarah niets meer wilde zeggen.

Ze lieten de blokken zo liggen en gingen terug naar de zitkamer in de westvleugel, waar mevrouw Compson Sarah liet zien hoe ze een Garden Maze moest maken. Ze begonnen met drie mallen te maken: een klein vierkant, een nog kleinere driehoek en een smalle rechthoek die aan beide uiteinden in een smalle punt uitliep. Om tijd te winnen trok mevrouw Compson de vormen om op de stof: de rechthoeken op de crèmekleurige stof en de twee andere vormen uit het donkerste blauw – en knipte Sarah ze uit. Sarah gebruikte simpelweg haar liniaal en nam niet de moeite een mal te maken voor de smalle, donkerblauwe stukjes die mevrouw Compson de stroken voor hoekblokken noemde.

Sarah naaide de schuine zijde van de driehoeken aan de taps toelopende uiteinden van de rechthoeken; toen er vier driehoeken op hun plaats zaten, waren er stroken van 35 centimeter ontstaan. Ondertussen naaide mevrouw Compson de donkerblauwe stroken rond de zijden van de blokken. Ze werkten de rest van de middag door en toen het voor Sarah tijd was om te vertrekken, zei mevrouw Compson dat ze alles gewoon kon laten liggen.

Sarah keek naar de restjes stof, afgeknipte stukjes draad en verschillende quiltwerktuigen die door de kamer verspreid lagen en moest lachen. 'Als u hiermee kunt leven, kan ik het ook,' zei ze toen ze wegging.

Thuis keek Matt of er post was terwijl Sarah binnen ging kijken wat ze nog in huis hadden voor het eten. Toen Matt binnenkwam, had hij een dikke beige envelop in zijn hand. 'Voor jou.' Hij leunde tegen het aanrecht en keek haar aan.

Als afzender stond Hopkins en Steele vermeld, in vette blauwe letters. Sarah trok de envelop open en las de brief snel door.

'En? Wat zeggen ze?'

'Ze bieden me die baan aan.'

Matt uitte een vreugdekreet en tilde Sarah op. Toen merkte hij dat hij de enige was die blij keek. 'Is dit geen goed nieuws? Wil je die baan niet?' Hij zette haar weer neer.

'Ik weet het niet. Ik denk het wel. Ik bedoel, ik dacht dat ik die baan wilde, maar... ik weet het niet.'

'Je wilt voor mevrouw Compson blijven werken.'

'Is dat zo erg? Jij bent degene die me aan dat baantje heeft geholpen, weet je nog?'

Matt grinnikte en hief in een verdedigend gebaar zijn handen op. 'Als je op Elm Creek Manor wilt blijven werken, vind ik het best.'

'Ik ook, tenzij mevrouw Compson natuurlijk beslist dat ze me niet meer nodig heeft als we klaar zijn met opruimen. Het verbaast me dat ik die baan sowieso nog heb. Het was immers de bedoeling het huis klaar te maken voor de verkoop.'

'Misschien vindt ze het gezellig dat je er bent.'

'Daar hoeft ze me niet voor te betalen.' Sarah liep naar de kamer, liet zich op een stoel vallen en spreidde de brief plat op tafel uit.

Matt ging tegenover haar zitten. Hij draaide de brief om en las hem door. 'Ze willen dat je binnen twee weken reageert.'

'Dat is binnen twee weken na de datering van die brief, niet binnen twee weken na vandaag.'

'Hoe dan ook, je hoeft nu niet meteen te beslissen. Denk er even over na. Praat er anders even met mevrouw Compson over.'

'Ja, misschien wel.' Sarah zuchtte. Elke dag leek een nieuwe en dringender deadline te brengen.

Die week besteedden mevrouw Compson en Sarah de ochtenden aan het opruimen van de slaapkamers in de zuidvleugel en de middagen aan het afmaken van de *top* van Sarahs quilt. Ze naaiden de blokken en stroken in drie rijen aan elkaar en maakten toen vier lange stroken die uit afwisselend lange stroken en vierkanten van vijf bij vijf centimeter bestonden. Toen de rijen blokken aan de lange stroken waren bevestigd en daarna aan elkaar, was de Garden Maze, zoals deze indeling heette, voltooid.

Donderdag kwam en ging, en weer ging Sarah alleen naar de bijeenkomst van de Tangled Web Quilters.

Op vrijdag gaf mevrouw Compson Sarah de opdracht om lange, brede stroken uit de achtergrondstof te knippen en deze langs de buitenste rand van haar quilt te naaien. Sarahs nek en schouders deden pijn omdat ze de hele dag gordijnen had opgehangen, en aan de naaimachine zitten maakte het al niet veel beter. Haar trouwdag naderde met rasse schreden, en ze was nog niet eens begonnen met het quilten zelf.

Achter haar hoorde ze de cederhouten kast opengaan en vloeipapier ritselen. 'Sarah?' vroeg mevrouw Compson.

'Een momentje. Ik ben bijna klaar met de rand.' Sarah hechtte af en knipte de draad af. 'Zo.' Ze trok de quilt onder het voetje vandaan en veegde een paar losse draden weg. 'Ik denk nog steeds niet dat hij groot genoeg is. Bijna, maar nog niet helemaal.'

'Misschien helpt dit.'

Sarah draaide zich om op haar stoel. Mevrouw Compson spreidde vier stroken patchwork uit op de bank.

'Wat is dat?'

'O, iets waaraan ik 's avonds heb gewerkt, wanneer jij al weg was. Dacht je dat ik de hele avond ging zitten wachten totdat jij weer terug zou komen?'

Sarah keek wat beter. 'Dat lijkt op mijn stof.'

'Dat ís jouw stof.'

Sarah hield een van de mooie *tops*, als ze dat tenminste waren, omhoog. Misschien waren het wel tafellopers. Er waren twee lange en twee korte stukken, allemaal met hetzelfde patroon van parallellogrammen en vierkanten op de achtergrondstof.

Toen herinnerde Sarah het zich weer. 'Ze lijken op de gedraaide linten die we op de tentoonstelling hebben gezien.'

'Dat patroon leek je erg mooi te vinden, en ik dacht dat het wel bij je *sampler* zou passen.' Mevrouw Compson aarzelde even en vervolgde toen: 'Maar alleen als je ze wilt hebben. Ik heb de vrijheid genomen om ze voor je te maken, zodat je een grote quilt kunt krijgen, precies zoals je wilt, maar je hoeft ze niet te nemen.'

'Zijn die voor mijn quilt? Echt?' Sarah pakte haar *top* en hield hem naast de stroken om te zien hoe de voltooide quilt eruit zou kunnen zien. 'Heel erg bedankt.'

'Maar je hoeft ze niet te nemen. Misschien wil je de hele *top* wel zelf maken. Dat kan ik heel goed begrijpen. Denk niet dat je ze moet nemen omdat je me anders kwetst.'

'Bent u gek? Ik naai ze nu meteen vast, probeer me maar eens tegen te houden.'

Mevrouw Compson glimlachte bij wijze van antwoord. Al snel had Sarah het gedraaide lint langs de buitenste randen gestikt, en ze hield de voltooide *top* voor inspectie omhoog. 'Wat vindt u ervan?'

Mevrouw Compson pakte de buitenste rand vast. 'Heel mooi.

Dat heb je heel netjes gedaan.'

Sarah keek naar de bovenkant. 'Ik kan gewoon niet geloven dat ik dit heb gemaakt – afgezien van de rand natuurlijk.'

'Geloof het maar, en hij is nog lang niet klaar.'

'Wat gaan we nu doen?'

'Nu moeten we aangeven waar we gaan doorpitten.' Mevrouw Compson rommelde in haar naaidoos en haalde een potlood te voorschijn.

Sarah drukte de bovenkant tegen haar borst. 'U wilt op mijn quilt gaan tekenen? Dat lijkt me niet zo'n goed idee.'

Mevrouw Compson sloeg haar ogen ten hemel. 'Ze maakt één *top* en is meteen de expert.' Ze stak haar hand uit naar de bovenkant. 'Rustig nou maar, ja? Ik heb vaker met dit bijltje gehakt.'

Sarah gaf haar de bovenkant. 'Goed dan, maar... voorzichtig.'

Ze spreidden de *top* uit op de tafel en trokken er twee stoelen bij. Mevrouw Compson gaf Sarah het potlood en zei dat ze er even goed naar moest kijken. Terwijl ze dat deed, legde mevrouw Compson heel geduldig uit dat dit een kleermakerspotlood was, en geen gewoon grafietpotlood, en dat de sporen in de was vanzelf wel weer zouden verdwijnen. Ze legde vervolgens uit hoe de patronen voor het doorpitten op de *top* konden worden aangebracht, met een sjabloon of door een gedrukt patroon uit een boek of tijdschrift onder de stof te schuiven en dat over te trekken. Op de donkere stukken stof gebruikten ze kleermakerskrijt in plaats van het potlood.

Soms waren de patronen voor het doorpitten eenvoudig, bijvoorbeeld wanneer er op een halve centimeter van de naden in rechte lijnen werd doorgepit, het zogenaamde quilten langs de naad. Andere patronen waren ingewikkelder, vooral op de plekken waar open ruimten moesten worden versierd, maar tot Sarahs opluchting waren ze niet zo ingewikkeld als de patronen die ze op de quilts van mevrouw Compson had gezien. Ze wist niet zeker of ze iets dergelijks al aan zou kunnen.

Aan het einde van de dag besloot Sarah de *top* mee naar huis te nemen en in het weekend de rest van de patronen over te trekken.

'Dat is goed,' zei mevrouw Compson. 'Maar dan zal Matthew hem zien.'

Sarah fronste. De quilt moest een verrassing worden, maar ze had niet veel tijd meer.

Mevrouw Compson gaf haar een klopje op haar schouder. 'Ik ga wel verder. Ik weet niet of ik het maandag al af kan hebben, maar ik doe mijn best.'

'Alleen als het niet te veel moeite is.'

'Moeite?' Mevrouw Compson lachte. 'Ik heb al eeuwen niet meer zo'n plezier gehad. Het is fijn om weer ergens deel van uit te maken.' Ze stuurde Sarah naar buiten, zodat ze daar kon wachten en Matt niet binnen zou komen en per ongeluk de quilt zou zien.

Sarah bleef het hele weekend over Elm Creek Manor piekeren. Ze kon het gevoel dat ze nog maar weinig tijd had om een oplossing voor het landhuis te vinden maar niet van zich afzetten.

Helaas bedoelde Matt het goed maar bracht hij haar geen stap dichter bij een definitieve oplossing. Hij begreep niet waarom iemand nooit meer met haar familieleden wilde spreken, alleen maar omdat ze geen bruidsmeisje op een bruiloft mocht zijn. En ook al koesterde mevrouw Compson nog steeds wrok, waarom zou ze kwaad blijven nu haar zus er niet meer was? 'Mannen doen nooit zo,' constateerde hij, vol verbazing zijn hoofd schuddend.

'Je snapt het niet,' legde Sarah uit. 'Denk eens aan alles wat ze heeft meegemaakt. Ze was kwaad omdat Claudia en Agnes haar buitensloten, maar ze was nog kwader op zichzelf omdat ze hen nodig had. Ze ging liever weg dan dat ze de pijn onder ogen zou komen. Ik kan begrijpen waarom ze is vertrokken, maar zij heeft het idee dat ze haar verantwoordelijkheden heeft verwaarloosd.' Toen drong er opeens iets tot haar door. 'Dat bruidsmeisjesgedoe... dat had niets te betekenen. Ze maakten daar ruzie over omdat ze geen ruzie konden maken over wat hun echt pijn deed: hun verliezen, de rivaliteit tussen hen. Het was te pijnlijk om mee om te gaan.'

Matt keek haar aandachtig aan. 'Een beetje zoals jij en je moeder ruziemaken over haar vriendjes.'

Sarah verstijfde. 'Dat is iets heel anders.'

'Ja, natuurlijk, maar...'

'Iets heel anders.'

'Goed, goed,' gaf Matt toe, 'jij kent je moeder beter dan ik.'

'We hebben het over mevrouw Compson, niet over mij.'

'Goed, als je dat wilt.'

Sarahs gedachten tolden door elkaar. Ze wilde niet aan haar moeder denken, ze kon geen moment aan haar verspillen nu ze al haar energie op het redden van Elm Creek Manor moest richten omdat ze bijna geen tijd meer had.

Toen verscheen er plotseling een beeld in haar gedachten, een beeld van haarzelf als oude vrouw die bezig was haar ouderlijk huis op te ruimen en de bezittingen van haar overleden moeder door te nemen, nog steeds worstelend met woede en wrok en pijn, terwijl de kans op verzoening voor altijd was verkeken.

Op een dag zou Sarah even eenzaam en kwaad zijn als mevrouw Compson.

Plotseling doodsbang bande ze het beeld uit haar gedachten.

Op maandagmorgen was ze nog geen stap dichter bij een oplossing gekomen. De brief van Hopkins en Steele maakte het alleen maar erger; hij herinnerde haar voortdurend aan het verstrijken van andere deadlines. Toen Sarah en Matt naar hun werk reden, merkte Sarah dat ze uitkeek naar de quiltles van later die middag. Ze keek er niet alleen naar uit, besefte ze plotseling, ze had hem ook nodig. Haar verwarrende, nerveuze gedachten verdwenen wanneer ze de stof onder haar vingers voelde en zich herinnerde dat ze iets moois aan het maken was, iets wat zowel de blik als het hart kon verrukken, iets wat krachtig genoeg was om de kou van een winteravond in Pennsylvania uit te bannen. Dat soort dingen kon ze. Zij, Sarah, had de macht om die dingen te doen.

Sarah wist dat mevrouw Compson ook wist wat de kracht van het quilten was. Quilten leek mevrouw Compson vreugde in het leven te geven; misschien kon het hetzelfde voor Elm Creek Manor doen. Als mevrouw Emberly een stukje van de puzzel was, was quilten misschien het tweede.

Toen de auto achter Elm Creek Manor tot stilstand kwam, begon zich een vaag idee in Sarahs achterhoofd te vormen.

Mevrouw Compson had op bijna de hele *top* het patroon aangegeven, en ze was net bezig met het laatste hoekje toen Sarah binnenkwam.

'Heb je er nog aan gedacht om de tussenvulling en de stof voor de voering te kopen?' vroeg mevrouw Compson. Ze hield even op met tekenen en keek Sarah over de rand van haar bril aan.

Sarah knikte en hield de tas van Oma's Zoldertje omhoog. 'En de stof is gewassen en geperst, zoals u me had opgedragen.'

'Brave meid.' Mevrouw Compson legde het potlood neer en zette haar bril af. 'Nu is het tijd om de lagen op elkaar te leggen.'

'Dat heb ik al eerder gedaan, en ik dacht...'

'Heb je dat al eerder gedaan?'

'Ja, met de Tangled Web Quilters. En over hen wilde ik het even met u hebben. Ik dacht...'

'Je hebt me nooit verteld dat je een quiltraam hebt gebruikt. Dit is zeker een verrassing.'

Sarah wilde iets zeggen, maar toen drongen de woorden van mevrouw Compson tot haar door en vergat ze wat ze had willen zeggen. 'Quiltraam?'

'Ja, natuurlijk.' Mevrouw Compson vouwde de *top* op en hing hem over haar arm.

'O'. Sarah fronste haar wenkbrauwen. 'Ik dacht dat u het had over het rijgen van de *sandwich*.'

'Met een quiltraam hoef je godzijdank niet te rijgen. Het leven is veel te kort om ook nog te rijgen als het niet echt hoeft. Neem die tas maar mee.' Ze draaide zich om en gebaarde dat Sarah haar moest volgen.

Sarah moest zich haasten om mevrouw Compson te kunnen bijhouden, die naar de balzaal liep. 'Rijgen gaat best snel als je met heel veel mensen bent. En daar wilde ik het met u over hebben.'

'Wat wilde je zeggen?'

'Ik vroeg me af of we dit weekend de Tangled Web Quilters hier zouden kunnen uitnodigen, voor een quiltfeestje. U weet wel, zoals u vroeger hier ook deed. Dan kunnen ze vrijdag na hun werk komen en kunnen we gaan quilten en bestellen we een paar pizza's of zo. En dan kunnen ze blijven slapen en maken we het zaterdag af.'

Mevrouw Compson keek bedachtzaam.

'Zeg niet meteen nee, mevrouw Compson. Het zou zo leuk zijn. En ik heb nog maar iets meer dan een week als ik mijn quilt voor mijn trouwdag af wil krijgen.'

Mevrouw Compson bleef staan, met haar hand op de deurknop van de deur naar de balzaal, en keek Sarah argwanend aan. Toen ontspande haar gezicht. 'Een quiltfeestje, zei je?'

Sarah knikte.

'Klinkt eerder als een logeerpartijtje. Ben je daar niet een beetje te oud voor?'

Sarah haalde haar schouders op en keek haar smekend aan.

'Wat zou Matthew daarvan zeggen?'

'Hij kan wel een nachtje zonder me, denk ik.'

'Hm. Dat zal je nog tegenvallen.' Mevrouw Compson zweeg even. 'Maar zoals je zegt, het zou leuk kunnen zijn.'

'U hoeft er helemaal niets voor te doen. Ik regel het eten en zorg ervoor dat de kamers in orde zijn en zo.'

'Hm? Nee, nee, dat laat ik je niet allemaal alleen doen.' Ze zuchtte. 'Over hoeveel mensen hebben we het?'

'Zes. Zeven, met mij erbij.'

'Acht met mij erbij. Dat zijn genoeg handen om de quilt af te krijgen.'

'De meesten van hen kent u al, u hebt hen op de tentoonstelling gezien. Ik bedoel, u kent Bonnie en Gwen al vrij goed, en...'

Mevrouw Compson hief haar hand op. 'Hou maar op met ratelen, Sarah. Ik vind het goed. Je mag hier een quiltfeestje geven.'

'O, dank u, mevrouw Compson.' In een opwelling omhelsde Sarah haar. 'Het wordt echt heel leuk. Dat merkt u wel.'

'Ik denk dat ik hier nog spijt van ga krijgen. Je voert iets in je schild, meisje, denk maar niet dat ik dat niet merk.'

Sarah zette haar onschuldigste ogen op. 'Ik? U bent degene die vol verrassingen zit.'

'Hm. We zullen wel zien.' Mevrouw Compson gaf de *top* van de quilt aan Sarah, duwde de deur open en leidde Sarah naar het grote voorwerp in de hoek van de balzaal. Ze pakte de rand van het laken dat eroverheen hing. 'Dit is het quiltraam waarover ik je heb verteld, het rek dat Claudia en ik vroeger hebben gebruikt. Laten we eens kijken of het nog steeds werkt.'

Ze trok het laken weg, en er steeg een wolk van stof op. Kuchend en niezend tuurde Sarah door de stofwolk naar het rechthoekige houten raamwerk dat ongeveer een meter twintig breed en twee meter veertig lang was en op vier hoge poten stond die het zo hoog als een tafel maakten. In de hoeken bevonden zich vreemde knoppen en radertjes met ertussen dunne staafjes die over de gehele lengte van het rek liepen. Aan beide zijden van het op een tafel lijkende oppervlak stond een kleine stoel. En over het midden lag –

'Jeetje, er zit een quilt op het frame,' zei mevrouw Compson toen de stof was neergedaald. 'Wat is dit in vredesnaam?' Ze boog zich over de verschoten stof en bekeek de lapjes stof aandachtig.

Sarah zag dat het een quilt was die van restjes was gemaakt; de meeste, of misschien wel alle lapjes, waren niet van het soort katoen dat meestal voor quilts werd gebruikt. Ze gokte dat deze quilt tientallen jaren oud was, misschien wel vijftig jaar. Stukken patchwork waren afgewisseld met vierkanten van effen stof van ongeveer hetzelfde formaat. Het patroon van de blokken leek op een ster, maar was dat niet echt. Acht smalle driehoeken, waarvan de kleinste hoeken naar binnen wezen, vormden een achthoek in het midden van het blok. Er waren acht vierkanten, aan elke zijde van de achthoek één, en tussen de vierkanten zaten acht ruiten waarvan de punten een hoek van de achthoek raakten. Vier driehoeken en vier parallellogrammen maakten het ontwerp af. De quilt zakte in het midden door, alsof het mechanisme dat hem strak had moeten trekken in de loop van de tijd een beetje lam was geworden.

'Kijk eens,' zei Sarah. 'De punten van deze ruiten zijn stomp. Zei u niet dat dat een kenmerk van Claudia's stijl was?'

'Castle Wall,' mompelde mevrouw Compson. 'Nou, als dat niet toepasselijk is. Castle Wall.'

'Mevrouw Compson?'

'Veiligheid en zekerheid en gemak achter een kasteelmuur. Alleen moet je naar huis komen voordat je thuis een veilig kasteel, een toevluchtsoord, kan worden.'

'Mevrouw Compson?' Sarah pakte haar schouders vast en schudde haar even door elkaar. Geschrokken hapte mevrouw Compson naar adem. Ze rukte haar ogen los van de quilt. 'Gaat het?' vroeg Sarah.

Mevrouw Compson trok zich terug. 'Ja. Ja, het gaat best. Dit was alleen... een beetje onverwacht.'

'Heeft Claudia hem gemaakt?'

Mevrouw Compson draaide zich om en keek weer naar de quilt. 'En de Puz – en Agnes ook.' Met trillende vinger volgde ze de vorm van een van de lapjes, een blauwe ruit met een krijtstreep. Toen stak ze haar hand uit en raakte een achthoek in het midden aan, die van kleine driehoekjes van rood flanel was gemaakt. 'Zie je dit?' Ze wees op de blauwe ruit. 'Dat is het pak dat James op onze trouwdag droeg. En deze rode flanel – ik heb een groot deel van mijn dagen als getrouwde vrouw geprobeerd dat verrekte werkhemd te verbranden.' Ze raakte een vierkantje van zachtblauw en zachtgeel aan. 'Dit...' Met moeite wist ze haar stem rustig te houden, maar Sarah zag de tranen opwellen in haar ogen. 'Dit was het dekentje waarin mijn dochtertje is gebakerd. Mijn gelukskleuren, weet je, blauw en geel...' Haar stem verstikte, en ze legde haar hand tegen haar lippen. 'Ze waren deze voor mij aan het maken. Ze waren een herdenkingsquilt voor me aan het maken.'

Sarah knikte. Een herdenkingsquilt, gemaakt van stukjes van de kleding van een geliefde overledene, die zowel werd vervaardigd om de levenden te troosten als de doden te eren.

'Ze moeten na mijn vertrek zijn begonnen, maar... maar waarom? Nadat ik hen op die manier heb verlaten? Ze moeten hebben gedacht dat ik ooit terug zou komen, maar toen dat niet zo was... ja, daarom hebben ze hem waarschijnlijk nooit afgemaakt.'

Sarah raakte haar schouder aan. 'Mevrouw Compson?'

Ze schrok op. 'Ja? O, kijk niet zo bang, meisje. Het gaat prima.' Ze haalde een zakdoekje met een kanten randje uit haar zak en bette haar ogen. 'Maak je maar geen zorgen. Ik had dit gewoon niet verwacht, zoals ik al zei. Ik had nooit gedacht... Nou, laat maar, we kunnen er nu toch niets meer aan veranderen.' Ze dwong zich te glimlachen. 'Zo, zie je wel? Het gaat prima.'

'U kunt mij niet voor de gek houden.'

'Nee? Dat dacht ik al.'

Mevrouw Compson keek heel lang naar de quilt. Toen haalde ze hem, met hulp van Sarah, van het quiltraam en vouwde ze de onvoltooide lagen op. Ze legde de bundel op het podium aan het zuidelijke einde van de zaal en bleef daar staan, de stof strelend, met een pijnlijke blik in haar ogen.

27

Ze werkten die dag niet meer aan de quilt van Sarah. Mevrouw Compson sloot zichzelf op in de bibliotheek, en Sarah ging in haar eentje verder aan een kamer in de westvleugel.

De volgende morgen stond mevrouw Compson bij de achterdeur op Sarah te wachten. 'Ik heb een lijstje gemaakt van dingen die we nodig hebben voor het feestje,' zei ze nadat ze Sarah had begroet. 'Misschien kunnen Matthew en jij die deze week even halen.'

Sarah zei ja en stopte de lijst in de achterzak van haar korte broek. Ze had min of meer verwacht dat mevrouw Compson na hun onverwachte ontdekking van de vorige dag geneigd zou zijn om het feestje af te blazen, en ze was blij dat ze niets anders hoefde te verzinnen. Het was al moeilijk genoeg geweest om hiermee op de proppen te komen.

Ze liepen naar de balzaal, en Sarah zag dat het quiltraam was afgestoft en niet langer in de hoek stond. Het zonlicht viel door de open ramen naar binnen, en een zacht briesje zorgde voor verkoeling. De herdenkingsquilt was nergens te zien.

Mevrouw Compson liet Sarah zien hoe ze de voering, de vulling en ten slotte de *top* door de rollers langs de lange zijden van het raam moest halen. Door de radertjes aan te draaien, werden de drie lagen stevig en strak op elkaar gehouden, zonder dat het gevaar bestond dat ze zouden vervormen doordat ze te strak gespannen waren. Op dit moment was het middelste gedeelte van de *top* zichtbaar, maar wanneer ze met dat deel klaar waren, konden ze de andere stukken van de quilt in het zicht brengen door aan de rollers te draaien.

'James heeft dit raam voor me gemaakt,' merkte mevrouw Compson op toen ze Sarah naar een van de stoelen leidde. 'Voordat ik dit raam had, legden we onze quilts altijd op de grond en kropen we er op handen en knieën omheen om ze te kunnen rijgen. Dat is niet echt goed voor je knieën of je rug, kan ik je vertellen.' Ze rommelde in haar naaidoos. 'Ik denk dat we maar met een negen moeten beginnen, als ik die heb. Ik gebruik zelf meestal een twaalf... Aha, hier heb ik er al een.'

'Een negen?'

'Hm? O, de naalden die we voor het doorpitten gebruiken, hebben nummers. Ze zijn dikker en steviger dan gewone naalden. Het nummer geeft het formaat aan. Hoe hoger het nummer, des te kleiner en dunner de naald is.'

'Dan neem ik het laagste nummer dat u hebt.'

'Een negen is prima. Maak je geen zorgen als je steekjes eerst wat groot zijn; probeer ervoor te zorgen dat ze allemaal even lang zijn, zowel aan de boven- als aan de onderkant. Hoe meer je quilt, des te kleiner je steken zullen worden, geloof me.'

Mevrouw Compson reeg draden door twee naalden en gaf er een aan Sarah. Ze liet Sarah zien hoe die een knoopje in het einde van het garen moest leggen, hoe ze de naald vanaf de achterkant door de quilt heen naar de voorkant moest duwen, de lijnen van het patroon volgend, en hoe ze daarna een flinke ruk aan het garen moest geven, zodat de knoop door de achterkant schoot en in de tussenvulling kwam te zitten. Sarah moest het een paar keer proberen voordat het haar lukte om de knoop in het midden te houden en hem niet tot aan de top te laten doorschieten.

'Ben je rechts? Doe dan de vingerhoed aan je rechterhand en leg je linker onder de quilt,' zei mevrouw Compson, en ze liet zien hoe Sarah door alle drie de lagen moest naaien. Eerst duwde ze de naald door de *top* van de quilt, waarbij de vingerhoed haar vinger beschermde. Wanneer de punt van de naald haar linkerwijsvinger raakte, die onder de quilt zat, duwde ze de punt van de naald terug door de lagen naar de bovenkant. Door haar rechterhand op deze manier heen en weer te bewegen, verzamelde ze een paar steken op haar naald. Daarna trok ze de naald en het stuk garen helemaal door de quilt heen naar de bovenkant, zodat er vier kleine rijgsteken in een rechte lijn langs de potloodlijn liepen.

Sarah deed een poging en wist drie slordige steken op haar naald te verzamelen voordat ze de naald en het garen door de drie lagen kreeg. Ze hield even op en bekeek haar werk. 'Ze zijn recht en even groot, maar ze zijn reusachtig.'

Mevrouw Compson boog zich voorover om naar haar steken te kijken. 'Dat zijn flinke haken, ja, maar voor een eerste poging is het uitstekend. Kijk eens hoe het er aan de achterkant uitziet.'

Sarah bukte en keek onder het rek. 'Net zo. Reusachtig, maar allemaal even groot.'

'Mooi. Dat moet ook je streven zijn: mooie regelmatige steken die aan de bovenkant net zo groot zijn als aan de onderkant.'

Ze werkten nog een tijdje door; Sarah aan de ene kant van het frame en mevrouw Compson aan de andere. Eerst probeerde Sarah het vlotte tempo van de andere vrouw bij te houden, maar dat gaf ze al snel op. Ze werkte daarna langzamer en concentreerde zich op het maken van gelijkmatige, kleine steken. Het patroon kreeg extra diepte door het doorpitten, en de quilt kwam onder hun handen tot leven. Toen er nog geen uur was verstreken, deden Sarahs schouders en nek al pijn, net als haar linkerwijsvinger, die ze iets te vaak met de naald had geraakt. Ze trok haar hand onder de quilt vandaan en stak haar zere vinger in haar mond. Met haar andere hand streek ze over de quilt.

Mevrouw Compson keek op. 'Uiteindelijk krijg je wel eelt op die vinger en zal het niet meer zo'n pijn doen. Maar ik denk dat we nu misschien genoeg hebben doorgepit.'

Sarah trok haar vinger uit haar mond. 'Nee, laten we nog even doorgaan, goed?'

Mevrouw Compson schudde lachend haar hoofd. Ze legde een knoop in het garen, stak de naald door de tussenvulling en knipte het uiteinde van de draad af. 'Nee, je moet af en toe even een pauze nemen. En je wilt je vriendinnen dit weekend toch nog wel iets laten doen, of niet?'

'Ook al zouden we tot dan elke dag acht uur werken, dan zou er genoeg overblijven,' zei Sarah, maar ze legde haar naald en vingerhoed neer.

De rest van de dag werkten ze aan de westvleugel. Die avond belde Sarah de Tangled Web Quilters en nodigde hen uit voor het feestje. Ze belde mevrouw Emberly als laatste en sprak bijna een uur met haar.

Op woensdag waren Sarah en mevrouw Compson druk bezig zes slaapkamers in orde te maken voor hun gasten; ze verschoonden de bedden en legden mooie quilts neer. Twee keer onderbraken ze hun werk om nog wat aan de quilt te werken. Tijdens het doorpitten spraken ze over het feestje, steeds enthousiaster. Mevrouw Compson was vrolijk en opgewekt, en Sarah knapte bijna van verwachting en nervositeit. Er konden zoveel dingen verkeerd gaan, maar daaraan probeerde ze nu niet te denken.

Ten slotte moest ze wel iets zeggen. 'Matt heeft de tuin aan de noordkant af,' zei ze, terwijl ze probeerde ongedwongen te klinken. 'Zullen we daar vrijdag nog even een kijkje gaan nemen voordat onze gasten komen?'

Mevrouw Compson legde haar stofdoek neer en veegde het stof van haar handen. 'Ik ben wel toe aan een pauze. Zullen we nu even gaan kijken?'

'Nee!' riep Sarah uit, en mevrouw Compson sprong bijna op van schrik. 'Ik bedoel, ik ga liever vrijdag. Vrijdagmiddag, rond vier uur. Ik wil eerst dit schoonmaakwerk afmaken. Wat zegt u hiervan: een bezoekje aan de tuin is onze beloning als we dit op tijd afkrijgen voor het feestje.'

Mevrouw Compson keek haar een tikje verbaasd aan. 'Goed, hoor. Vrijdag dus.' Ze liep hoofdschuddend weg.

Dwaas, zei Sarah streng tegen zichzelf. Ze had bijna alles verpest.

Donderdag vloog voorbij, zonder dat er al te veel tijd was om te quilten. Tijdens de bijeenkomst van de Tangled Web Quilters legde Sarah iedereen uit wat de bedoeling was en verzekerde zich ervan dat mevrouw Emberly wist wat haar rol was. Mevrouw Emberly's ogen waren groot van bezorgdheid, maar ze knikte. Sarah was er zeker van dat ze er zelf net zo nerveus uitzag.

Die avond pakte Sarah thuis haar spullen voor het logeerpartijtje in. Matt zat op het bed naar haar te kijken. 'Ik ben ook erg op mevrouw Compson gesteld en zou graag willen helpen. Weet je zeker dat ik niet hoef te komen?' vroeg hij.

'Als jij ook komt, verpest je de verrassing die ik voor je heb.' Ze gaf hem een zoen op zijn wang. 'Maar je hebt al een belangrijke rol gespeeld. Zonder jou had ik dit niet kunnen doen.'

'Het enige wat ik doe, is je heen en weer rijden,' klaagde hij, maar hij klaarde wel een beetje op.

Het werd vrijdagmorgen. Matt zette Sarah af en gaf haar een zoen, lachte bemoedigend en beloofde op tijd op de afgesproken plek te zijn. Toen hij weg wilde rijden, gebaarde Sarah dat hij moest blijven staan, en ze rende naar het raampje aan zijn kant van de auto. Ze haalde een envelop uit haar tas, hield die even vast en gaf die toen aan Matt. 'Heb je vandaag tijd om deze voor me te posten?'

'Liefje, voor jou maak ik altijd tijd,' zei hij lachend. Toen viel zijn oog op het adres. 'Wat is dit? Je antwoord voor Hopkins en Steele?'

Sarah knikte.

'Je zegt nee tegen die baan, hè?'

'Dat klopt.' Sarah verplaatste haar gewicht van haar ene naar haar andere been.

'Heb je er goed over nagedacht? Moet je niet eerst afwachten of je plan gaat werken?'

'Als mevrouw Compson het geen goed idee vindt, blijf ik het proberen totdat ik met een idee op de proppen kom dat haar wel bevalt. Maar als ik een nieuwe baan aanneem, is dat het einde van mijn tijd op Elm Creek Manor. Als ik hier niet ben, zal het veel moeilijker zijn om een nieuw plan te verzinnen.'

'Daar kan ik weinig tegen inbrengen.' Hij stak zijn hoofd uit het raampje en gaf haar nog een zoen. 'Ik hoop dat je weet wat je doet.'

'Ik ook,' zei Sarah toen hij wegreed.

Ze liep naar binnen en trof mevrouw Compson in de keuken aan, waar ze neuriënd in een grote schaal stond te roeren. 'Ik wil wat lekkers voor vanavond maken,' legde ze glimlachend uit. 'Ik weet dat quilters dol zijn op een hapje tussendoor.'

'U zult u heel erg thuis voelen in het groepje,' zei Sarah lachend.

Ze moesten zich haasten om alles op tijd in orde te krijgen. Mevrouw Compson plukte een paar van de veldbloemen die rond de schuur groeiden en zette in elke slaapkamer een boeket neer. Sarah zorgde ervoor dat de keuken uitpuilde van de hapjes en de drankjes, mevrouw Compson keek of ze nog wat extra naai- en quiltgerei had. Naarmate de dag vorderde werd Sarah steeds nerveuzer. Misschien was haar plan helemaal geen goed idee. Misschien zou ze alles alleen maar erger maken.

Maar mevrouw Compson had geen telefoon; ze kon dus niemand afbellen. Ze probeerde haar negatieve gedachten uit haar hoofd te bannen. Ze moest doorgaan met haar plan, ze had geen keuze, dus het had ook geen zin om zich er zorgen over te maken.

Om vier uur trof ze mevrouw Compson in de grote hal aan de voorzijde van het huis. 'Alles staat klaar, geloof ik,' meldde mevrouw Compson. Ze zag er opgetogen en blij uit.

Sarah hoopte dat dat zo zou blijven. 'We hebben nog een uur voordat iedereen komt. Zullen we even naar de tuin gaan kijken?'

Mevrouw Compson stemde ermee in en liep naar de keuken om haar hoed te halen. Ze gingen via de deur bij het hoeksteenterras naar buiten en volgden het pad dat naar de tuin voerde.

'Ik hoop dat Matt wonderen heeft kunnen verrichten,' zei mevrouw Compson. 'Er was zoveel te doen...' Ze viel stil toen ze de tuin zag.

Grote struiken stonden rondom de ovale open plek waar voorheen alleen maar onkruid had gestaan; ze zouden nu, zo laat in de zomer, niet meer bloeien, maar in de lente zou hier alles naar seringen geuren. In de vier plantenbakken stonden rozen en witte margrieten, omringd door weelderige klimop en andere groene planten. Het onkruid en het gras waren tussen de grijze stenen onder hun voeten verwijderd, en de fontein met de merrie en haar twee veulens was schoongemaakt en opgepoetst. De nieuwe witte verflaag op het prieeltje glansde in het zonlicht. De borders achter het prieeltje waren hersteld en boden nu plaats aan bloemen in allerlei soorten en kleuren.

Een briesje voerde de verfrissende nevel van de fontein en de geur van de rozen met zich mee. Ze bleven aan de rand van de tuin staan en namen het beeldschone uitzicht in zich op.

'Ik kan het gewoon niet geloven,' zei mevrouw Compson. 'Het is net zo mooi als vroeger. Zelfs nog mooier.'

Op dat moment kwam er een kleine gestalte vanachter het prieeltje te voorschijn.

Mevrouw Compson staarde naar de gestalte.

Sarahs hart ging als een bezetene tekeer. Ze vouwde haar handen ineen en slikte. 'Mevrouw Compson, dit is...'

'Agnes.' Mevrouw Compson hapte naar adem.

Mevrouw Emberly liep aarzelend naar hen toe. 'Hallo, Sylvia.'

'Mevrouw Emberly is een van de Tangled Web Quilters,' zei Sarah. 'Ik dacht... ik dacht dat u elkaar misschien even zou willen spreken voordat de anderen komen.'

'Het is zo lang geleden, Sylvia.' Mevrouw Emberly bleef op

een paar passen afstand van hen staan. Ze glimlachte langzaam en droevig naar mevrouw Compson en hield haar tasje als een schild tegen zich aan. 'We hebben heel wat bij te praten.'

Mevrouw Compson staarde haar aan. Ze kneep haar lippen opeen en opende haar mond toen een klein beetje, alsof het haar moeite kostte om iets te zeggen.

Sarah wenste hevig dat mevrouw Compson iets zou zeggen, hallo, of iets anders, wat dan ook.

Agnes' onderlip trilde. 'Ik... ik heb je gemist. We hebben je allemaal gemist toen je wegging.'

'Ik heb de quilt gevonden.'

Mevrouw Emberly knipperde met haar ogen. 'De...'

'De herdenkingsquilt. Die jij en Claudia voor me aan het maken waren.'

Mevrouw Emberly's mond vormde zich tot een O. 'Natuurlijk. De Castle Wall-quilt.'

'Je hebt het mooi gedaan. Jullie allebei. Het is een fraai staaltje vakmanschap.'

'Dank je.' Ze keek dankbaar, en toen vulden haar ogen zich met tranen. 'O, Sylvia, is er een kansje dat we ooit vriendinnen zullen worden? Ik weet dat ik niet de schoonzus was op wie je had gehoopt, maar nu alle anderen er niet meer zijn...'

Mevrouw Compson liep naar voren en pakte mevrouw Emberly bij haar schouders. 'Zeg dat niet. We gaan vandaag niet huilen. Dat ik me toen zo gedroeg, had niets met jou te maken. Ik was egoïstisch en wilde Richard helemaal voor mezelf alleen. Ik had je nooit zo moeten behandelen, en het was stom van me dat ik mijn thuis heb verlaten.' Ze nam de handen van mevrouw Emberly in de hare. 'Richard hield van je, en als ik een goede zus was geweest, had ik daar respect voor gehad.'

'Je was een goede zus,' zei mevrouw Emberly. 'Ik was een verwend, wispelturig kind dat alleen maar oog voor zichzelf had. Jij gaf heel veel om je familie en je thuis, en daar had ik meer begrip voor moeten hebben.'

'Je was misschien dwaas, maar dat is minder erg dan opzettelijk gemeen zijn.'

'Nou, je was misschien overheersend en bazig en je dacht misschien dat je het altijd beter wist dan een ander, maar je drong niet zomaar ergens binnen en zorgde er niet voor dat twee zussen van elkaar vervreemdden.'

'Onzin. Claudia en ik lagen altijd met elkaar overhoop, al zolang ik me kan herinneren. Daar had jij niets mee te maken.'

Sarah keek van het ene betraande gezicht naar het andere. 'Mevrouw Compson, mevrouw Emberly...'

Mevrouw Compson draaide zich niet eens om. 'Denk eraan, Sarah, je moet oudere mensen nooit in de rede vallen wanneer ze gelijk hebben. Zou je ons even alleen willen laten? Agnes en ik hebben het nodige te bespreken. Het wordt tijd dat ik ophoud zo'n verwaande oude tante te zijn en het bijleg nu het nog kan.' Ze schonk mevrouw Emberly een klein, aarzelend glimlachje, dat de andere vrouw beantwoordde. Toen keek mevrouw Compson over haar schouder naar Sarah, met een blik die duidelijk zei: Jongedame, hierover zal ik later nog een hartig woordje met je spreken.

Sarah knikte, draaide zich om en haastte zich terug naar het huis, mevrouw Compson en mevrouw Emberly samen in de tuin achterlatend.

28

Sarah ging bij de achterdeur op de andere gasten staan wachten. Een paar minuten voor vijven kwamen Bonnie en Diane in Dianes auto aangereden.

'Hoe ging het?' vroeg Bonnie luid fluisterend toe ze naar het huis liepen.

'Dat weet ik nog niet. Ze zijn nog steeds in de tuin.'

Diane ging naast Sarah op het achtertrapje zitten. 'Nou, ze hebben elkaar in elk geval niet vermoord. Dat is al iets.' Ze gaf Sarah een por en grinnikte.

'Ik vind het fantastisch dat je die twee bij elkaar probeert te brengen, Sarah,' zei Bonnie. 'Dat zal niet eenvoudig zijn geweest, zeker niet wanneer je bedenkt dat ze zo lang met elkaar in onmin hebben geleefd.'

'Bonnie heeft gelijk. Als het je lukt, heb je hen heel erg geholpen.'

Sarah bloosde. 'Het stelt niets voor. Ik probeer alleen mijn baan te houden, dat is alles.'

Diane sloeg haar ogen ten hemel. 'Denk je echt dat we dat geloven...'

'Kijk, daar is Judy,' onderbrak Sarah haar, opgelucht dat ze van onderwerp kon veranderen. Ze stond op en wuifde naar Judy, die in haar MPV kwam aangereden. Vlak achter haar volgden Gwen en Summer.

Zoals altijd had iedereen een toetje meegenomen; Sarah leidde hen naar de keuken, waar ze hun dienbladen en dozen naast de stapel lekkers zetten die al op hen stond te wachten. Daarna leidde ze hen door het huis naar de veranda aan de voorzijde. De reacties van de anderen deden haar glimlachen. Ze had tijdens haar eerste dagen hier, toen alles nog onder het stof zat, zelfs nog meer haar ogen uitgekeken. Er was nog heel veel te doen, zei Sarah tegen zichzelf. Zij en Matt hadden al heel veel gedaan om Elm Creek Manor in de oude glorie te herstellen, maar het werk was nog niet af.

Ze wachtten op de veranda in de houten dekstoelen die ze samen met Matt had neergezet. Het gesprek viel stil toen mevrouw Compson en mevrouw Emberly vanaf de noordzijde van het huis kwamen aangelopen, arm in arm. Ze aarzelden onder aan de trap. De anderen keken hen aan.

'Nou?' blafte mevrouw Compson uiteindelijk, boos naar hen opkijkend. 'Wat zitten jullie ons aan te gapen?'

Na een korte stilte barstte mevrouw Emberly in lachen uit, en de anderen vielen haar bij.

Mevrouw Compson lachte schaapachtig. 'Niet echt een groots welkom, hè? Mijn oprechte verontschuldigingen. Iets als dit gebeurt me niet elke dag.'

Ze liepen de balzaal in, waar iedereen op het juiste moment 'O!' en 'Ah!' zei toen Sarah hun de quilt liet zien. Toen ontdekten ze dat iedereen honger had en belde Judy met haar autotelefoon de pizzalijn. Tegen de tijd dat de bezorger bij het huis aankwam, zaten alle vrouwen – ook mevrouw Compson – al als oude vriendinnen te babbelen en te lachen.

Na een ongedwongen maaltijd op de veranda gingen ze aan de slag. Vier vrouwen zaten aan een kant van het raam te quilten, en drie aan de andere kant, terwijl er eentje draden door naalden reeg, naaigerei pakte of lekkere hapjes haalde. Bij tijd en wijle wisselde degene die heen en weer liep van plaats met een van de quilters, zodat iedereen de kans kreeg om haar vingers rust te gunnen. Sarah vond het heerlijk om te zien hoe snel al die handen bijna letterlijk over de stof vlogen. Naast al die ervaren naaisters leek ze zelf maar onhandig te ploeteren, maar ze moest toegeven dat haar steken steeds beter werden.

Toen de avond vorderde, rekten de quilters zich een voor een zuchtend uit en duwden hun stoelen weg van het frame – mevrouw Emberly als eerste, daarna Diane, Judy en de anderen, totdat alleen Sarah en mevrouw Compson nog bezig waren.

'Het is bijna twaalf uur,' zei mevrouw Compson ten slotte. Ze rechtte haar rug en schudde haar schouders los. 'Misschien kunnen we er maar beter mee stoppen.'

Hoewel iedereen moe was, wilden ze geen van allen naar bed, en daarom gingen ze op de veranda zitten kijken naar de vuurvliegjes die geluidloos boven het gazon dansten. Ze zaten nu op zachtere toon te praten, en Sarah merkte dat het zachte gemurmel van de fontein met de steigerende hengst haar bijna in slaap suste.

Haar ogen leken net definitief dicht te vallen toen mevrouw Compson een hand op haar schouder legde. 'Zullen we onze gasten laten zien waar ze slapen?'

Sarah knikte en hees zichzelf uit haar stoel. Ze nam de weekendtas van mevrouw Emberly in haar hand en bracht de anderen naar hun kamers boven. De Tangled Web Quilters waren weliswaar slaperig, maar namen toch de tijd om de mooie amishmeubels, de prachtige quilts op de bedden en de bloemen die mevrouw Compson zo zorgvuldig had geschikt te bewonderen. Sarah liet iedereen zien waar de badkamers waren en wenste hun goedenacht.

Ze zette de tas van mevrouw Emberly in de voor haar bestemde kamer in de hoek. 'Ik zie u morgen weer,' zei ze, de deur helemaal achter zich sluitend.

'Sarah?' riep mevrouw Emberly voordat ze de deur helemaal dicht had kunnen doen.

Sarah duwde de deur weer open. 'Ja?'

Mevrouw Emberly stond midden in de kamer, haar handen voor haar middel gevouwen. 'Bedankt voor vandaag.'

Sarah glimlachte. 'Graag gedaan.'

Mevrouw Emberly keek haar onderzoekend aan. 'Zeg eens, Sarah, heb je de kamers voor ons uitgezocht of is het toeval dat ik hier slaap?'

'Nou, eigenlijk...' Sarah aarzelde en keek over haar schouder om te zien of mevrouw Compson in de buurt was. 'Eigenlijk wilden we iedereen zelf uit deze kamers laten kiezen omdat ze allemaal vlak naast elkaar liggen en al waren schoongemaakt. Maar toen u met Judy in de keuken stond, nam mevrouw Compson me even apart en zei dat ik u deze kamer moest geven. Waarom? Is er iets mis?'

'O, nee. Integendeel.' Ze keek om zich heen, met een bedachtzame, droevige glimlach rond haar lippen. 'Dit was de kamer die mijn eerste man als jongeman heeft gebruikt.' Ze wees naar een bureau naast de deur. 'Zijn initialen staan op dat koperen plaatje daar. We hebben deze kamer samen gebruikt voordat hij dienst nam.'

'Ik snap het.'

'En Sylvia wilde dat ik hier zou slapen. Wat denk je dat haar bedoeling was?'

'Dat weet ik niet. Ik kan het haar vragen.'

'Nee, dat hoeft niet. Ik weet het denk ik wel.'

Sarah glimlachte, knikte en ging weg.

Haar eigen kamer lag twee deuren verder aan de overkant van de overloop. Nadat ze een korte katoenen nachtjapon had aangetrokken, liep ze op haar pantoffels naar de dichtstbijzijnde badkamer. Toen ze terugkwam, zag ze dat mevrouw Compson op haar bed zat.

'Nou, jongedame, jij hebt zeker een drukke dag vol verrassingen achter de rug, hè?'

'U bent toch niet boos?'

'Natuurlijk niet.' Ze stond op en omhelsde Sarah. 'Je dwong me om iets te doen wat ik lang geleden zelf had moeten doen. Ik denk dat ik gewoon een duwtje nodig had.'

'Hoe ging het? In de tuin, bedoel ik. Het gesprek met mevrouw Emberly.'

'Beter dan ik had durven hopen of verwachten.' Mevrouw Compson zuchtte. 'Maar voordat we zo'n hechte band hebben als zussen horen te hebben, is er nog een lange weg te gaan. Zoals je uit mijn verhalen hebt kunnen opmaken, zijn we nooit vriendinnen geweest, maar we zijn sinds onze laatste ontmoeting allebei erg veranderd. Wie zal het zeggen? Misschien zullen we dankzij die veranderingen nu wel vriendinnen worden, wat toen gewoon niet mogelijk was.' Ze glimlachte vol genegenheid naar Sarah. 'Zoals ik al zei, we hebben nog een lange weg te gaan, maar we zijn gelukkig aan een reis begonnen die we vijftig jaar geleden al hadden moeten maken.' Ze draaide zich om en liep de overloop op. 'Slaap lekker, Sarah.'

'Slaap lekker.'

Sarah sloot de deur achter haar en deed het licht uit. Ze ging in bed liggen en ademde de geur van de pas gewassen, zachte katoenen lakens in. De kamer was koel en aangenaam, ook al was het een warme zomernacht. Het maanlicht viel door het open raam, en de gordijnen bewogen door een zacht briesje heen en weer. Sarah ging op haar zij liggen en haalde haar hand over de lege plek naast haar in bed. Dit was de eerste keer dat ze sinds hun trouwen alleen sliep. Het voelde vreemd. Ze rolde op haar rug en staarde met wijdopen ogen naar het plafond. De herinneringen aan de dag vulden haar gedachten. Ze wist dat ze nooit in slaap zou kunnen vallen als ze zoveel aan haar hoofd had.

Toen danste het zonlicht op het gevlochten kleed en klopte er iemand op haar deur. Sarah sprong uit bed en zocht op het nachtkastje naar haar horloge.

'Opstaan, slaapkop,' klonk de stem van Summer aan de andere kant van de deur.

'Kom binnen!' riep Sarah.

Summer kwam grinnikend binnen. 'Blijf je de rest van de dag liggen pitten terwijl wij je quilt doorpitten?'

'Is iedereen al wakker?' Sarah haalde een kam door haar lange haar en pakte haar toilettas.

Sarah knikte. 'Mama en ik zijn vroeg opgestaan omdat we wilden joggen. Dat doet ze altijd, wat voor weer het ook is. Het is hier prachtig. Mevrouw Compson zei dat we je moesten laten slapen tot een van de douches vrij was. Ze zei, en ik citeer haar letterlijk: "Sarah is de laatste tijd zo ondeugend bezig geweest dat ze vast erg moe is geworden."'

'Dat klinkt als iets wat zij zou zeggen, ja.' Sarah lachte. Ze haastte zich naar de badkamer, terwijl Summer zich bij de anderen beneden voegde.

Sarah nam zo snel als ze kon een douche en kleedde zich aan. Daarna liep ze naar de keuken, waar de andere quilters al zaten te babbelen en te lachen, omringd door koffie, bagels en fruit. Na het ontbijt gingen ze naar de balzaal om de quilt af te maken.

Nadat ze een tijdje hadden zitten naaien en kletsen, keek Sarah op, naar Diane, Judy, mevrouw Emberly en Gwen. 'En,' zei ze, van onderwerp veranderend, 'hebben jullie het laatst naar jullie zin gehad toen jullie op quiltkamp gingen?'

'Toe, vertel eens wat,' drong Bonnie aan. 'Mevrouw Compson heeft er nog niets over gehoord.'

Gwen begon aan een levendige beschrijving van het quiltkamp, terwijl de anderen af en toe een detail toevoegden of een anekdote vertelden. Sarah zag dat mevrouw Compson belangstelling voor het gesprek leek te hebben, vooral toen Judy en mevrouw Emberly vol enthousiasme vertelden over de nieuwe technieken die ze tijdens de workshops hadden geleerd.

'Dat klinkt leuk, hè, mevrouw Compson?' vroeg Sarah toen ze klaar waren met hun verhaal. Tot haar grote tevredenheid knikte mevrouw Compson ja.

Tussen de middag namen ze even pauze voor een picknick in de tuin aan de noordzijde. Matt voegde zich daar bij hen, en nadat hij Sarah een zoen had gegeven en 'Ik heb je afgelopen nacht gemist' in haar oor had gefluisterd, stelde hij de quilters allerlei vragen over de geheimzinnige verrassing waarvoor dit feestje was georganiseerd. Hij deed net alsof hij ontzet was toen niemand het wilde verklappen, maar ze wisten dat hij hen alleen maar plaagde. Na het middageten, dat bestond uit broodjes kipsalade, fruit en ijsthee, gaf Matt hun een rondleiding door de tuin en vertelde over de herstelwerkzaamheden die hij en zijn collega's zo succesvol hadden uitgevoerd.

Het duurde niet lang voordat Matt naar de boomgaard vertrok en de vrouwen terugkeerden naar de balzaal. Terwijl de anderen de laatste steken in Sarahs *sampler* aanbrachten, maakten Gwen en Summer een lange bies voor de onafgewerkte randen van de quilt door een grote vierkante lap crèmekleurige stof in twee driehoeken te knippen en die op zo'n manier aan elkaar te zetten dat ze een buis vormden waaruit ze een smalle rand konden knippen die schuin van draad was.

Toen legde Sarah de laatste hand aan het laatste stukje van de quilt.

Mevrouw Emberly, mevrouw Compson en Bonnie haalden de quilt van het rek en spreidden hem uit op de vloer van de balzaal. Terwijl Sarah de randen van de voering en de vulling zorgvuldig gelijk afknipte met de *top*, vouwde Diane de lange strook in tweeën, met de verkeerde kant van de stof naar binnen, en perste die met een warm strijkijzer, zodat de vouw erin zou blijven zitten. Ze legde Sarah uit dat een dubbelgevouwen rand duurzamer was, wat belangrijk was omdat de randen van een quilt het zwaar te verduren kregen. Toen die taak was voltooid, gingen de anderen zich ontspannen op de veranda terwijl mevrouw Compson Sarah liet zien hoe ze de eindrand langs de randen van de *top* van de quilt met de machine moest vastnaaien. Sarah moest een paar steken uithalen en opnieuw beginnen toen ze bij de verstekhoeken kwam, maar uiteindelijk was ze blij met het resultaat.

Sarah en mevrouw Compson namen de bijna voltooide quilt mee naar buiten, waar de anderen de stoelen in een rechthoek op de beschaduwde veranda hadden gezet. Na een discussie over de vraag welke steek beter was, een blinde steek of een overhandse steek – de voorstanders van de blinde steek wonnen – lieten ze Sarah zien hoe ze de eindrand over de randen kon vouwen en die aan de achterkant kon vastnaaien. Iedere quilter werkte aan een achtste van de omtrek van de quilt totdat alle randen door een gladde reep stof waren bedekt.

Sarah dacht dat de quilt nu klaar was, maar tot haar verbazing draaiden de anderen de voering naar boven en keken ze naar Summer. De jongste quilter deed een greep in haar naaidoos en haalde er een rechthoekig lapje stof met een blauwe rand uit, dat ze in Sarahs schoot legde.

'Wat is dit?' Sarah tilde het lapje op en bekeek het aandachtig. Op de goede kant stond iets afgedrukt, en ze las hardop:

DE SAMPLER VAN SARAH
Patchwork: Sarah Mallory McClure en Sylvia Bergstrom Compson
Doorpitten: Tangled Web Quilters
3 augustus 1996
Elm Creek Manor, Waterford, Pennsylvania

'Het is een etiket dat je op de achterkant kunt naaien,' legde Summer uit. 'Ik heb een stukje stof op papier met een waslaagje gestreken en dat door mijn laserprinter gehaald. Nu gaat de tekst er in de was niet uit.'

'Nou, naai dat etiket er maar op, dan kunnen we deze quilt officieel voltooid verklaren,' drong Diane aan.

Sarah naaide het etiket met een applicatiesteek in de linkeronderhoek aan de achterkant. Ze hechtte de draad af en stond op, met de twee hoeken van de quilt in haar uitgestoken armen. Mevrouw Compson en Summer pakten de twee andere hoeken beet, en de drie vrouwen hielden de quilt zo tussen hen in. De anderen kwamen dichterbij om hem beter te bekijken.

Sarahs eerste quilt was klaar, en hij was prachtig.

Judy begon te klappen en te juichen, en de rest deed al snel mee.

'Je hebt zojuist je eerste quilt voltooid, Sarah,' zei Bonnie. 'Hoe voel je je?'

'Moe,' antwoordde Sarah gevat, en de anderen moesten lachen. Sarah besefte dat ze zich ook een tikje droevig voelde. Ze zou bijna willen dat de quilt niet klaar was, omdat ze er nu niet meer aan zou kunnen werken.

'Ga je nog een toegift geven?' vroeg Diane.

'Ik weet het niet,' zei Sarah, en toen viel haar blik op mevrouw Compson. Ze had haar arm om mevrouw Emberly geslagen en lachte vol trots naar haar leerlinge. Aan de andere kant: misschien wachtte het volmaakte project al op haar. Ergens in het huis lag een herdenkingsquilt die moest worden voltooid.

Het was bijna vier uur toen de Tangled Web Quilters klaar waren met het bijeenzoeken van hun spullen en het inladen van de auto's. Ze bedankten mevrouw Compson voor het heerlijke feestje en spraken de hoop uit dat ze snel weer eens zo bij elkaar konden komen. Mevrouw Compson en Sarah gingen bij de achterdeur staan en wuifden hun vertrekkende gasten na.

Toen gingen ze weer naar binnen om de rommel op te ruimen.

Toen Sarah de afwas aan het doen was, kwam mevrouw Compson met de laatste lading was de keuken in. 'Ik leg dit in de bijkeuken, en laten we daarna lekker buiten gaan zitten. Ik doe de rest morgen wel.'

Sarah liet de gootsteen leeglopen, droogde haar handen af en liep achter haar aan naar buiten. Mevrouw Compson liet zich met een zucht in een van de dekstoelen zakken. Sarah ging naast haar op de grond zitten en liet haar hoofd tegen de stoel rusten. Ze zeiden geen van beiden iets en genoten van de stilte van de voortuin, die baadde in het zonlicht, en van het bos in de verte. Het was een stilte die alleen werd verbroken door het geruststellende geluid van de fontein en het gezang van de vogels.

Toen bedacht Sarah dat zich geen beter moment zou aandienen. Ze draaide zich om en keek op naar mevrouw Compson.

'Nog even over dat betere bod dat ik u moest doen,' zei ze. 'Ik kan natuurlijk mijn nette pakje aantrekken en u een echte presentatie geven, compleet met dia's en de hele poespas, maar ik kan u ook meteen vertellen wat ik in gedachten heb. Aan welke methode geeft u de voorkeur?'

29

'Wat mij betreft vertel je het meteen.' Mevrouw Compson vouwde haar handen in haar schoot.

Sarah stond op en ging in de stoel naast haar zitten. 'U bent
lerares handvaardigheid geweest, klopt dat?'

'Dertig jaar lang, op een school in Allegheny.'

'En u vond het leuk om dat gastcollege voor de studenten van
Gwen te geven, nietwaar? En u hebt genoten van het feestje dit
weekend, en u had er plezier in om mij les te geven?'

'Ik vond het vooral leuk om jou les te geven.'

'Dus ik mag concluderen dat u in veel dingen bevrediging
vindt, waarvan de belangrijkste drie quilten, lesgeven en contact
met mensen om wie u geeft zijn?'

'Je bent wijzer dan je van iemand van jouw leeftijd zou verwachten.'

'Dank u. Ik heb ook gemerkt dat u veel aandacht had voor het
gesprek dat de Tangled Web Quilters voerden over het quiltkamp dat ze onlangs hebben bezocht.'

'O ja. Ze hadden het zo te horen erg leuk gehad, en het moet
enig zijn om op zo'n manier andere quilters te leren kennen en je
naaikunst te verbeteren. Misschien kunnen jij en ik volgend
jaar...' Ze hield haar hoofd scheef en kneep haar ogen tot spleetjes. 'Hm. Ga je voorstellen wat ik denk dat je gaat voorstellen?'

Snel, voordat mevrouw Compson enige twijfels kon uitspreken, beschreef Sarah haar plan om Elm Creek Manor om te toveren in een plek waar zowel ervaren kunstenaars als amateurs het hele jaar terecht zouden kunnen om hun kennis en hun liefde voor quilten met elkaar te delen.

Nationaal bekende quilters zouden speciale cursussen en lezingen kunnen geven, terwijl mevrouw Compson en andere leden van het vaste groepje de gewone lessen konden geven. Sarah zou zich over de financiële kant van de zaak en de marketing buigen, net zoals ze in haar vorige baan had gedaan. Ze noemde de financiële en juridische voorwaarden waarnaar ze al onderzoek had gedaan, in de hoop dat ze genoeg middelen zouden hebben om het plan werkelijkheid te laten worden. Een dergelijk plan zou niet gemakkelijk of snel te realiseren zijn, maar Elm Creek Manor kon een toevluchtsoord worden voor de quilter die zocht naar een plekje waar in alle rust kon worden gewerkt: een week lang, een maand lang, een zomer lang. Mevrouw Compson zou zich kunnen richten op de activiteiten waaraan ze het meeste plezier beleefde, en het mooiste was nog dat Elm Creek Manor weer tot leven zou komen.

Toen Sarah haar plan had onthuld, keek ze aandachtig naar het gezicht van mevrouw Compson, in de hoop dat ze zou kunnen zien wat die ervan vond. Mevrouw Compson keek echter alleen maar voor zich uit.

Ten slotte verbrak ze haar stilzwijgen. 'Dat klinkt als een mooie droom, Sarah, maar je bent zelfs nog nooit op quiltkamp geweest. Hoe weet je dat je het leuk zou vinden?'

Hoe kon iemand dat niet leuk vinden? 'Dat is waar, maar ik heb heel wat onderzoek gedaan en ga nog meer doen. U en ik kunnen een paar kampen bezoeken en met de leiding en de deelnemers praten. We moeten ook gaan praten met de quilters die niet gaan, om erachter te komen wat er ontbreekt. Ik wil er zoveel energie en tijd in steken als nodig is. Zo hevig geloof ik hierin.'

Mevrouw Compson keek nog steeds weifelend. 'Dat is allemaal heel leuk en aardig, maar ik ben bang dat je het leiden van een kamp verwart met het bezoeken ervan. Ik dacht dat je een hekel had aan boekhouden en dat soort dingen. Ik wil niet dat je omwille van mij een nieuwe zaak opzet en dan niet tevreden bent met je werk.'

'Ik heb geen hekel aan boekhouden, en ik zal echt wel tevreden zijn.' Dat was haar laatste zorg. 'Wat ik niet leuk vond aan mijn laatste baan was het gevoel dat het een sleur was geworden, dat ik alleen maar nummertjes zat in te voeren en sommetjes zat te maken, en dat het er allemaal niet toe deed. Ik wilde dat mijn werk... betekenis zou hebben. Ik wilde dat het er iets toe zou doen.' Ze probeerde uit te leggen hoe ze zich voelde, hoe ze zich al heel lang had gevoeld. 'Dit zou er wel toe doen. We zouden iets bijzonders doen. Ik zou een doel hebben.'

Mevrouw Compson knikte, en Sarah had het idee dat ze iets minder sceptisch keek, al scheelde het niet veel. 'En wie moeten die cursussen geven? Ik kan dat niet allemaal zelf doen, en hoewel jij erg goed bezig bent, ben je daar nog niet aan toe.'

'Ik heb het er al met de Tangled Web Quilters over gehad. Mevrouw Emberly zou appliqueren kunnen geven, Diane zou beginners kunnen leren patchworken, Bonnie zou naast haar lessen in de winkel hier lessen in Keltisch knoopwerk en kleermaken kunnen geven, en u zou lessen patchwork voor gevorderden en lessen in doorpitten kunnen geven. Als blijkt dat we meer hulp nodig hebben, kunnen we altijd advertenties in quiltbladen zetten, of, nog beter, zouden we via het Waterford Quilting Guild iemand kunnen inhuren.'

'Hm.' Mevrouw Compson tikte met haar vingers op de leuning van haar stoel. 'Ik zie één groot nadeel aan jouw plan.'

De moed zonk Sarah in de schoenen. 'Wat dan?' Ze was er zo zeker van geweest dat ze aan alles had gedacht. 'Als u er zelf geen geld in wilt steken, kunnen we heus wel een paar investeerders vinden.'

'Daar gaat het niet om. Ik ga zeker niet het geld van een ander gebruiken voor iets wat ik heel goed zelf kan betalen.' Ze zuchtte. 'Het gaat om iets heel anders. Ik geloof niet dat je eraan hebt gedacht dat het voor mij erg zwaar zou zijn om voor zoveel gasten te zorgen. Ik kan niet de hele dag de trap op en af rennen om iedereen op haar wenken te bedienen.'

'Ik geloof dat ik begrijp wat u bedoelt.'

'Er is natuurlijk maar één oplossing. Je zult hier moeten komen wonen, dan kun jíj iedereen op haar wenken bedienen.'

'Hier komen wonen? Op Elm Creek Manor?'

'Het speelhuisje staat er nog steeds, mocht je daar de voorkeur aan geven. Natuurlijk ga ik ervan uit dat je Matthew meeneemt. Ja, de enige oplossing die ik voor dit probleem zie, is dat jullie hier komen wonen, en ik vrees dat dat de enige voorwaarde is die ik ga stellen, dus als je er bezwaren tegen hebt...'

Sarah hief lachend haar handen op. 'U hoeft me niet om te praten. Ik zou het heerlijk vinden om hier te wonen.'

'Goed, dan. Maar je moet natuurlijk met Matthew overleggen voordat je je spullen pakt.'

'Ik heb ook nog een voorwaarde.'

Mevrouw Compson trok haar wenkbrauwen op. 'Zijn we aan het onderhandelen?'

'Zo zou u het kunnen noemen. Ik stel als voorwaarde dat u telefoon neemt, zodat onze bezoekers ons kunnen bellen.' Sarah wreef haar handen over elkaar, die door het afwaswater rimpelig waren geworden. 'En een vaatwasser.'

'Dat zijn twee voorwaarden. Maar goed, jij je zin. En nu heb ik nog een eis.' Ze keek Sarah onderzoekend aan. 'Die zul je misschien niet leuk vinden.'

'Zegt u het maar.'

'Ik weet niet wat voor soort conflict jij en je moeder met elkaar hebben, maar je moet me beloven dat je met haar gaat praten en het op zult lossen. Wees niet zo koppig en dwaas als ik ben geweest en laat wraakzuchtige gevoelens je relaties met anderen niet verpesten.'

'Ik geloof niet dat u weet hoe moeilijk dat is.'

'Ik zeg niet dat ik dat weet, maar ik kan het wel raden. Ik verwacht geen wonderen. Het enige wat ik van je vraag, is dat je van mijn fouten leert en een poging zult doen.'

Sarah ademde diep in en liet haar adem toen langzaam ontsnappen. 'Goed dan. Als dat een van uw voorwaarden is, wil ik het wel proberen. Ik kan u niet beloven dat het een succes zal worden, maar ik zal het proberen, mevrouw Compson.'

'Daar ben ik al tevreden mee. En als wij met elkaar gaan samenwerken, dan sta ik erop dat je me Sylvia noemt. Ik heb genoeg van dat gemevrouw. Je hoeft niet zo beleefd te doen.'

Even vroeg Sarah zich af of mevrouw Compson haar zat te plagen. 'Maar u zei dat ik u mevrouw Compson moest noemen. Weet u nog?'

'Dat heb ik helemaal niet gezegd.'

'Jawel, tijdens onze allereerste ontmoeting.'

'Is dat zo?' Mevrouw Compson fronste nadenkend. 'Hm. Nou, misschien heb ik dat wel gezegd, maar dat is al een hele tijd geleden, en sindsdien is er veel gebeurd.'

'Daar kan ik het alleen maar eens zijn.' Sarah glimlachte. 'Goed, Sylvia dus.'

'Mooi.' Mevrouw Compson zuchtte en schudde haar hoofd. 'Een kunstenaarskolonie. Dat klinkt als iets uit mijn studententijd.' Ze bleef in gedachten verzonken zitten. Sarah had de indruk dat ze nog nooit zo'n lange stilte had hoeven verdragen.

Zeg ja. Zeg alsjeblieft ja. Sarah balde haar handen in haar schoot tot vuisten. Alsjeblieft, alsjeblieft, alsjeblieft...

'Dan hoeven we denk ik alleen nog maar een naam voor onze zaak in spe te vinden, denk ik.'

Sarah had het gevoel dat ze uit elkaar zou barsten. 'Betekent dat ja?'

Mevrouw Compson wendde zich tot Sarah en stak haar hand uit. Haar ogen glansden. 'Dat betekent ja.'

Sarah uitte een vreugdekreet en schudde mevrouw Compson de hand. Mevrouw Compson barstte in lachen uit en omhelsde haar.

Terwijl ze op de veranda plannen zaten te smeden, zong Sarahs hart van vreugde. Mevrouw Compson leek nog opgetogener, als dat mogelijk was. Sarah vermoedde dat mevrouw Compson, net als zij, nu al de prachtige quilts en de verzamelde krachten·van hun maaksters voor zich zag die het landhuis weer tot leven zouden wekken.

De eerste vraag was gemakkelijk te beantwoorden: een naam voor hun quiltparadijs.

Elm Creek Quilts.

DANKWOORD

Ik ben iedereen die heeft meegewerkt aan de totstandkoming van dit boek bijzonder dankbaar:

Mijn redactrice, Laurie Chittenden, die haar hart opende voor dit verhaal en het nog mooier maakte; en mijn agent, Maria Massie, die me hulp en advies heeft gegeven.

De leden van QuiltNet, die vrijgevige vrienden zijn gebleken.

Mijn leraren, met name Percival Everett en James Walton, die tegen me zeiden dat ik dit kon.

De leden van de Internet Writing Workshop, met name Lani Kraus, de lijstbeheerder, die de scepter zwaait over een geweldig forum voor schrijvers in de dop; Dave Swinford, die de lijst met boeken bijhoudt en een van de aardigste mensen op het net is; Jody Ewing, omdat ze zo aardig is; en Candace Byers, Warren Richardson en Lesli Richardson omdat ze hun mening wilden geven.

Mijn vriendin Christine Johnson, die elk hoofdstuk heeft gelezen en me bleef aanmoedigen wanneer ik dat het hardst nodig had.

Geraldine, Nic en Heather Neidenbach; Virginia en Edward Riechman en Leonard en Marlene Chiaverini omdat ze me liefde en steun hebben geboden.

En natuurlijk mijn man, Marty: bedankt voor alles.